KB179359

표적

# 표적

돈 펜들턴 지음
한국첩보문학협회 옮김

**7**

## 시카고 대격전

부자나라

# 표적

**❼ 시카고 대격전**

**초판1쇄 인쇄** 2016년 10월 20일
**초판1쇄 발행** 2016년 10월 21일

**지은이** 돈펜들턴
**옮긴이** 한국첩보문학협회
**펴낸이** 박대용
**펴낸곳** 도서출판 부자나라

**디자인** 디자인 상상(kkt9512@hanmail.net)

**주소** 10882 경기도 파주시 교하읍 산남리 292-8
**전화** 031)957-3890, 3891, **팩스** 031)957-3889
**이메일주소** zinggumdari@hanmail.net

**출판등록** 제406-2104-000069호
**등록일자** 2014년 7월 23일
ISBN 979-11-87475-05-7   04840
　　　979-11-953288-8-8   04840 (세트)

# 차 례

# 시카고 대격전

# 1
## 도전장

시카고에서의 전투가 불과 몇 초 앞으로 다가왔음을 맥 보란은 전신으로 느끼고 있었다. 스코프의 눈금 위에 떠오른 얼굴은, 입김마저 얼어붙을 듯한 미시간 호반의 매서운 추위를 참고 견디며 몇 시간이나 기다려온 얼굴이었다. 그 동안 20배 스코프의 시야에 많은 얼굴들이 스치고 지나갔지만 맥 보란은 지금의 그 얼굴만을 기다리며 묵묵히 스코프를 들여다보고 있었다.

그것은 지난날의 순수함과 단정했던 흔적이 다소나마 남아 있는 얼굴이었다. 그러나 그것은 고분을 파헤쳐야만 엿볼 수 있는 퇴락한 유물과 같은 것일 뿐, 그 얼굴을 감싸고 있는 것은 온갖 추잡한 야망과 썩어빠진 짓거리가 남겨 놓은 더러운 잔해였다.

인간으로서는 도저히 상상할 수 없는 잔인한 일들을 자행해 오며 수많은 죽음의 고비를 넘겨온 그 얼굴이야말로 맥 보란으로 하여금 시카고에서의 전투의 막을 올리도록 작정케한 것이었다.

그러나 맥 보란 중사는 아주 짧은 동안이나마 주저하지 않을
수 없었다. 그를 처형해야 한다는 절대적인 확신이 서지 않는데
다가 알지 못할 불안감이 보란의 공격을 망설이게 하고 있었다.

하지만 그는 지난 이틀 동안 시간과 장소를 선정하기 위해 면
밀한 정찰을 했었고 그 결과 오늘의 공격을 중단시킬 만한 어떤
위험한 상황도 없다는 것을 확신했다.

호숫가에 외따로 떨어진 그 저택은 공격을 하기엔 가장 적절
한 장소였다.

경비는 그다지 삼엄하지 않았다. 고용인도 그리 많지 않았고
그나마 그들은 느긋하게 쉬고 있는 듯이 보였다. 권총을 가진 사
람은 겨우 네 명에 지나지 않았다. 그 중 한 명은 정면 입구에,
또 다른 한 사내는 현관에, 그리고 나머지 둘은 그 두 사내들과
교대를 하기 위해 대기하고 있었다.

저택 안에는 요리사 한 명과 바텐더, 웨이터가 한 명씩 있었고
그곳에 상주하는 접대부는 없는 것 같았다.

그 저택의 이층에는 침실이 6개 있었으며 아래층에는 주방과
식당, 라운지, 도박장 그리고 회의실을 겸한 커다란 서재 등이
있었다.

보란은 자신의 마음이 그렇게까지 불안한 까닭을 알 수 없었
다. 그는 지금 그 저택과 인접한, 겨울 동안 폐쇄된 갈레지 아파
트의 빈 방에 자리잡고 있었다. 그곳은 모든 면에서 치밀하게 계
산한 끝에 선택한 최상의 위치였다.

매서운 바람이 끊임없이 코 앞으로 불어닥쳤다. 공격할 장소
를 내려다보고 있는 그의 시야를 가로막는 것은 아무 것도 없었

다. 상황에 따라 선택할 수 있는 퇴로도 몇 개 확보되어 있었다. 공격 장소까지의 거리는 약 300미터였으므로 적의 주무기인 권총으로는 효과적인 반격을 할 수 없었다.

그럼에도 보란은 알지 못할 불안을 느꼈다. 단순한 공포는 아닌 것 같았다.

전투의 현장으로 그를 이끌어온 본능이, 무엇인가를 예감한 것은 아닐까? 그렇다면 그것은 무엇이란 말인가?

보란은 고개를 세차게 흔들며 그 불안을 떨쳐 버리려 했다. 추위를 무릅쓰며 그가 기다려온 악마의 화신 같은 얼굴은 여전히 그의 시야를 가득 채우고 있었다.

방금 자동차에서 내린 그 얼굴의 주인공은 차 옆에 서서 잔뜩 거드름을 피우며 호수 쪽에서 불어오는 바람을 마주하고 있었다. 그가 운전사에게 무엇인가를 지시하는 동안 그와 함께 온 여자는 저택 안으로 들어가 버렸다. 그 여자는 흰색 모피 코트에 몸을 묻다시피 한 금발의 미녀였다. 그녀의 걸음걸이에서는 천부적일 듯싶은 성적 매력이 물씬물씬 풍겨 나오고 있었다.

배율이 높은 스코프에 비친 풍경은 매우 일그러진 것이었다. 아우렐리의 얼굴은 마치 몸뚱이에서 분리되어 렌즈 속으로 뛰어들어온 것처럼 스코프의 눈금 위에 매달려 있었다. 이제 전투를 벌여야 할 시간이 되었다고 보란은 생각했다. 근원을 알 수 없는 불안을 느끼건 말건 간에 지금은 전투를 벌여야 할 시간이었다.

보란은 심호흡을 하고 묵직한 웨더비 마크 V를 단단히 움켜쥔 후 주저없이 방아쇠를 당겼다. 그의 어깨에 강한 진동을 남기고 튕겨져 나간 뜨거운 탄알은 눈 깜박하는 사이에 목표물에 들이박혔다. 보란은 콧등을 찡그린 채 스코프를 통해서 루이스 아우렐리가 피와 살점을 흩뿌리며 산산조각 나는 것을 끝까지 지켜보았다. 마피아의 중견 간부인 아우렐리는 자신이 어떤 공격을 받았는지도 깨닫지 못한 채 얼어붙은 땅바닥에 나동그라졌다.

볼트 액션이 매끄럽게 작동하는 웨더비의 총신을 지체없이 약간 왼쪽으로 이동한 후 1인치 가량 위로 쳐들고 보란은 제2의 목표물을 노렸다. 아우렐리의 보디가드인 아도니스 사라비치의 상기된 넓적한 얼굴이 스코프 속으로 빨려 들어왔다.

그는 보스에게 어떤 일이 벌어졌는지 깨닫지 못한 듯 어리둥절한 표정이었다. 그러나 그것도 잠깐뿐, 곧 그의 얼굴은 뻥 뚫린 검은 구멍으로 검붉은 피와 범벅이 된 뇌수를 쏟아 내며 스코프 아래로 사라져 버렸다.

다시 강력한 라이플은 뜨거운 불꽃을 토해 냈고 명사수의 명령을 받은 죽음의 사자는 세 번째 목표물을 짓이겨 놓았다.

그 모든 일은 단 3초 사이에 벌어진 것이었다. 보란의 심판을 받은 세 사내는 부정과 비리로 쌓아 올린 호숫가의 저택 주차장을 피로 붉게 물들이며 쓸모없는 고깃덩이가 되어 버렸다.

갑자기 아우렐리의 캐딜락이 갈레지 아파트 쪽으로 쏜살같이 달려나왔다. 그것은 보란을 붙잡으려는 행동이 아니라 도망치기 위한 본능적인 동작이었다. 보란은 미소를 띠며 차의 앞바퀴에다 한 발 쏘았다. 캐딜락은 균형을 잃고 그 자리에서 급선회하더니 가까스로 멈추어 섰다. 보란은 그제서야 스코프에서 눈을 뗐다.

그때 저택 위층에 있는 침실의 창문 하나가 벌컥 열리면서 사내 한 명이 밖으로 몸을 내밀었다. 그 사내는 보란 쪽을 손가락질하며 아래쪽에 있는 경비원에게 소리를 쳤다. 순간 보란은 위층의 다른 창문에서 무엇인가 겨울 햇살에 반짝거리는 것을 발견하고 본능적으로 그 자리에 납작 엎드렸다.

아니나 다를까, 날카로운 공기와의 마찰음을 내며 날아온 총알이 보란의 머리 위에 있는 창틀을 후벼팠다. 나뭇가루가 보란의 회색빛 머리칼을 덮었다. 이어 두 번째 총알이 보란의 귀 옆을 위협적으로 스치며 방 안으로 날아들었다.

보란은 전투를 시작하기 전에 느꼈던 불안의 정체를 알 것 같았다. 결국 그의 사전 점검에는 허점이 있었다는 걸 비로소 깨달았다. 시카고의 마피아들은 결코 겉보기처럼 멍청하지만은 않았다. 호숫가의 저택에는 이틀 동안의 정찰로는 알아낼 수 없는 방어 수단이 강구되어 있었던 것이다.

보란은 그들의 반격이 신속하고도 정확하다는 데에 놀랐다. 강력한 라이플 몇 자루가 일제히 요란한 소리를 토해 내고 있는 동안 보란은 죽은 개구리처럼 바닥에 엎드려 있을 수밖에 없었다.

마피아들은 보란이 반격을 할 수 없게끔 창문에 대고 집중적으로 총알을 퍼붓고 있었다. 시간을 벌어 우선 집 밖에 있는 사내들을 안전한 곳으로 대피시키려는 작전 같았다. 창틀을 산산조각 내며 날아든 총알은 나무로 된 기둥과 붙박이장에 벌집 같은 구멍을 뚫어 놓았다.

그러나 보란도 가만 있을 수만은 없었다. 그는 자세를 최대한 낮춘 채 문 쪽으로 기어갔다. 문은 탄환이 날아드는 방향과 직각으로 열려 있었다. 그는 문간에 비스듬하게 몸을 기댄 다음 아직도 길 한가운데 엉거주춤하게 서 있는 캐딜락을 향해 재빨리 총을 세 발 쏘았다.

마피아들은 즉각적으로 반응해 왔다. 창문에 집중되었던 그들의 총구는 문 쪽으로 돌려졌고 그 순간 이미 보란은 만족한 미소를 띠며 창문 곁으로 돌아와 있었다.

그는 사내들을 처치하는 데 3초간의 여유가 필요하다고 판단했다. 그러나 머리를 조금 내밀고 맞은편 저택을 살펴본 보란은 놈들을 처치하는 데 3초가 아니라 4초의 여유가 있어야겠다고 생각을 고쳐먹었다. 그는 맞은편 저택의 지붕 위에서 쏟아지는 불꽃을 보았다. 창문들마다 한 자루씩의 라이플이 비어져 나와 갈레지 아파트를 노리고 있었던 것이다.

보란은 스코프에 눈을 바짝 들이대고 지붕 마루를 따라 시선을 이동시키다 표적이 조준 십자선에 또렷이 떠오르자 힘껏 방아쇠를 당겼다. 명중했는지는 확인할 필요도 없었다. 곧 시선을 왼쪽으로 이동시키니 지붕 위에 있던 사내가 뛰어들듯 스코프의 렌즈를 꽉 메웠다. 동시에 채 식지도 않은 총구에서 튀어나간 총알은 그 사내의 심장을 사정없이 짓이겨 놓았다.

보란은 달아오른 총구를 침실 쪽으로 돌렸다.

그러나 보란이 필요로 했던 4초간의 여유는 주어지지 않았다. 마피아들이 보란의 의도를 알아차리고 즉시 반격을 해왔기 때문이었다. 보란의 정면에 위치한 사내의 얼굴이 스코프 속에 자리 잡는 것과 동시에 그 사내가 쥐고 있던 기관총이 불을 뿜었다. 보란은 반사적으로 벽 뒤로 몸을 피했다. 방금 그가 서 있던 자리는 날아온 기관총의 탄알로 박살이 났고 산산이 부서진 가구의 파편으로 방 안이 자욱해졌다. 보란은 재빨리 몸을 돌려 지체없이 표적을 향해 방아쇠를 당겼다. 그리고는 사내가 저택의 침

실 안으로 널브러지는 모습을 스코프로 들여다본 후 앞서 공격
한 두 사내가 죽어 넘어진 것도 확인했다.

전투의 1막은 끝났다. 잠시 총격이 멎고 주위가 조용해지자
보란은 그제서야 뺨을 타고 흘러내리는 따뜻한 액체의 감촉을
느끼고 손가락으로 문지르다 뺨에 꽂힌 날카로운 나뭇조각을 뽑
아 냈다. 보란은 손수건을 꺼내 피를 닦으며 죽음의 문턱에까
지 바짝 다가갔던 순간과 조그만 실수가 죽음과 직결될 수 있다
는 전투의 진리를 되새겼다.

보란의 공격을 받았던 캐딜락에서는 불기둥이 치솟고 있었다.
맹렬한 불길에 휩싸여 있던 차는 마침내 요란한 폭음을 내며 높
게 솟구쳤다가 마차가 지나다니는 좁다란 길 위로 굴러 떨어졌
다.

저택의 앞마당과 그 주위는 정신없이 뛰어다니는 사내들로 매
우 어수선했다. 한 사내가 신경질적으로 전투원들에게 명령을
내리는 소리도 들려 왔다.

잠시 후 그 저택과 갈레지 아파트 사이의 울타리 구실을 하는
관목들이 흔들리더니 얼굴이 거무스레하고 덩치가 큰 웬 사내의
모습이 나타났다. 그 사내는 옆구리에 톰슨 기관총을 끼고 있었
다.

스코프를 사용하지 않더라도 보란은 사내의 얼굴 표정을 똑똑
히 볼 수 있었다. 보란과 눈이 마주친 사내는 한순간 움찔했으나
곧 톰슨의 총구를 천천히 치켜 올렸다.

보란은 벌떡 몸을 일으키면서 방아쇠를 당기기 시작했다. 아
래에 있던 사내도 자지러지게 놀라서 톰슨을 마구 갈겨 댔으나
웨더비의 무시무시한 불꽃을 피할 수는 없었다.

웨더비가 계속 불을 뿜자 그 사내는 뒤로 주춤 물러서더니 관목 울타리에 등을 기댔다. 보란은 방아쇠에 걸었던 손가락을 빼고 사내를 내려다보았다. 사내가 옆구리에 꽉 끼고 있던 톰슨 기관총이 발 아래로 떨어지며 둔탁한 소리를 냈다. 곧 이어 사내는 피로 물든 가슴을 움켜쥐고 눈을 허옇게 뒤집으며 앞으로 무너졌다.

「브레키가 당했다!」

저택 쪽에서 한 사내가 소리를 질렀다.

보란은 완전히 부서진 창문 곁에 저격수 메달을 걸어 놓고 쏜살같이 문 쪽으로 갔다.

그들은 결코 만만한 상대가 아니었다. 그렇게 다루기 힘든 놈들을 계속 상대하다간 자칫 사람들의 웃음거리밖에 되지 않을 것이란 생각조차 들었다.

적들은 정적 뒤에 다가올 전투에 대비하여 대열을 정비하고 있었다. 그들이 어떤 식으로 반격해 오는지는 누구보다도 보란이 잘 알고 있었다. 지금 보란이 해결해야 할 가장 큰 문제는 그곳을 안전하게 빠져 나가는 일이었다.

보란은 전속력으로 문을 빠져 나온 후 좁은 현관의 철제 난간을 뛰어넘어 약 10피트 아래쪽에 펼쳐진 얼어붙은 땅 위로 몸을 날렸다. 한쪽 무릎을 구부린 채 사뿐히 바닥에 내려앉자 보란은 재빨리 그 건물의 뒤쪽으로 몸을 숨겼다.

적들은 보란이 꽁무니를 빼려는 것으로 생각하고 있는 것 같았다. 그러나 보란은 오히려 적에게 다가가고 있었다. 그는 권총 벨트에서 베레타를 꺼내 들고 갈레지 아파트를 돌아나와 발소리를 죽이며 관목 울타리 쪽으로 달려갔다. 상대방의 전력이 우세

할 때는 그들이 짐작하고 있는 일반적인 전술과 반대되는 행동을 하는 것이 유리하다. 그들은 보란의 기습을 생각지도 못하고 있을 것이었다.

보란은 관목 울타리 사이에 몸을 숨긴 채 눈동자를 굴려 주변을 살펴본 다음 앞으로 뛰쳐나갔다. 그곳에 있던 세 명의 사내는 그들의 눈앞에 불쑥 나타난 보란을 보고 그 자리에서 굳어 버렸다.

그 순간을 놓치지 않고 보란은 베레타를 갈겼다. 맨 앞에 있던 사내가 고꾸라졌고 나머지 두 사내는 거의 반사적으로 보란 쪽으로 총구를 돌렸지만 그들을 넘어뜨릴 수는 없었다. 보란은 침착하게 두 번째 사내에게 죽음의 선물을 안겨준 후 세 번째 사내의 오른쪽 어깨를 쏘았다.

사내는 비명을 지르며 왼손으로 피가 솟구쳐 오르는 오른팔을 움켜쥐었다. 그러자 검붉은 피가 사내의 손가락 사이사이로 폭포처럼 흘러내렸다.

보란은 사내 쪽으로 한 걸음 다가갔다. 겁에 질린 얼굴로 보란의 얼굴과 베레타를 번갈아 쳐다보고 있는 사내는 키가 훌쩍 크고 몸이 가는 곰보였다.

그 사내는 보란의 급습에 제대로 저항해 보지도 못한 채 널브러진 동료들의 몸뚱이를 흘끗 보고는 어이없다는 듯 입을 딱 벌렸다.

곧 이어 그는 용기를 내어 보란을 마주 보았으나 감히 눈을 똑바로 두지 못한 채 이내 시선을 돌렸다.

「각오는 되어 있겠지?」

싸늘하게 보란이 물었다.

곰보 사내는 얼굴 가득 공포의 그림자를 드리우며 고개를 설레설레 저었다.

「너말고 또 몇 놈이나 있나?」

보란은 저택을 턱짓으로 가리키며 말했다.

「아무도…… 나밖에 없습니다.」

사내는 쥐어짜는 듯한 소리로 더듬거렸다. 보란이 차가운 눈초리로 사내를 쏘아보자 그 시선이 힘에 겨운 듯 사내는 신음을 하며 고개를 떨어뜨렸다.

「넌 행운의 여신에게 감사해야 할 거야.」

보란은 억양 없는 목소리로 말하며 저격수 메달을 사내의 발치에 던졌다. 사내가 움찔하며 엉거주춤하게 서 있자 다시 보란이 말했다.

「그걸 라발로한테 전해. 다음 차례는 그놈이란 말과 함께. 알았지?」

사내는 보란의 눈치를 보며 피에 젖은 왼손으로 메달을 집어들고 자세히 들여다보았다. 갑자기 그의 눈에서 묘한 빛이 뿜어져 나왔다.

「역시 그렇군요! 나도 짐작은 했었습니다. 이런 엄청난 짓을 저지를 수 있는 사람은 맥 보란 당신밖에 없으니까요.」

「빨리 눈앞에서 사라져!」

보란은 듣기 싫다는 듯 위협적으로 쏘아붙였다.

사내는 얼굴을 잔뜩 일그러뜨리고 슬슬 뒷걸음질을 치더니 홱 돌아서서 저택 쪽으로 달아나기 시작했다. 뒤도 돌아보지 않고 뛰어가는 사내는 분명 행운의 여신에게 감사하고 있을 것이었다.

보란은 시체를 훌쩍 뛰어넘어 빠른 걸음으로 자동차로 향했다. 그 곰보 사내가 가져간 것은 악의 무리들에 대한 맥 보란의 도전장이었다. 피에 굶주린 마피아들은 그 도전장을 결코 그냥 넘겨 버리지 않을 것이다. 운명의 주사위는 이미 던져진 셈이었다.

시카고에서의 대 마피아 전투는 그렇게 요란한 총성과 함께 시작되었다. 그리고 지금 차고를 향하고 있는 보란의 눈앞에 나타난 상황으로 볼 때 또 다른 어떤 일이 그의 인생에 뛰어들 것 같은 예감이 들었다. 차고 앞에는 갈레지 아파트에서 스코프를 통해 보았던 금발의 미녀가 불안한 눈동자를 굴리며 서 있었던 것이다.

어깨가 들먹거릴 정도로 숨을 몰아 쉬고 있는 매력 만점인 그 여자의 금발은 세찬 바람에 마구 흩날렸다. 그녀는 어디선가 모피 코트를 잃어버린 모양이었다.

그녀는 거의 알몸이나 다름없는 행색으로 터질 듯한 가슴을 두 팔로 감싸안은 채 보란을 뚫어져라 쳐다보았다. 그녀의 온몸엔 소름이 돋아 있었고 도톰한 입술은 새파랗게 질려 있었는데 그 까닭이 추위 때문인지 아니면 공포 때문인지는 분명하지 않았다. 그러나 보란이 확실히 느낄 수 있었던 것은 그녀로 인해 자신의 전투가 새로운 국면으로 접어들리라는 예감이었다.

# 2
## 폭시 레이디

「제발 날 데려가 주세요. 난 당신의 적이 아니랍니다.」

스코프 속에서 어른거릴 때의 그녀는 보란에겐 한낱 그림의 떡에 불과했다. 그러나 지금 자신에게 거의 매달리다시피 애원하며 서 있는 금발 미녀는 손에 움켜쥔 연약한 참새와 다름없었다.

그녀는 한 번 쳐다보는 것만으로도 현기증을 일으킬 정도로 뛰어난 미모를 지니고 있었다. 6피트가 조금 못 될 것 같은 그녀의 늘씬한 몸매는 얼굴 못지 않게 아름답고 풍만했다. 손가락 하나라도 건드리면 금방 터져 버릴 듯한 젊음이 온몸에 충만해 있었다.

지금 그녀가 걸치고 있는 것은 옷이라고 부르기엔 너무나 민망한 것이었다. 마치 막 무대 공연을 끝내려는 스트리퍼가 걸친 마지막 천조각 같은 것들이 그녀가 입고 있는 옷의 전부였다.

완벽한 균형을 이룬 가슴의 돌기는 겨우 가느다란 끈으로 감추어졌고 손바닥보다도 더 작은 삼각형의 비단 조각이 비너스 계곡을 아슬아슬하게 가리고 있었다.

그리고 부드럽게 솟아오른 가슴의 계곡 사이에는 빨간색으로 보디 페인팅된 여우의 머리가 고혹적인 추파를 던지고 있었다.

보란은 그녀가 몸에 걸치고 있는 천조각을 다 합친다 해도 그의 손수건 한 장보다 작을 것이라고 생각했다. 그 밖에 그녀가 더 착용하고 있는 것이라고는 하얀 털이 달린 앵클 부츠뿐이었다. 그녀는 그런 형편없는 차림으로 미시간 호에서 불어오는 칼날 같은 바람과 마주하고 있었다.

지금 보란으로서는 누구를 도와줄 형편이 아니었다. 그러나 침대 위에서나 소용됨직한 꼴을 한 여자가 매서운 바람이 몰아치는 호숫가에 덜덜 떨며 서 있는 것을 방관할 수만은 없었다. 더욱이 그 여자는 금방이라도 그 자리에 주저앉아 버릴 것 같은 표정이었고 분홍빛이 감돌던 피부는 보란이 보고 있는 사이에도 점점 푸르죽죽하게 죽어 가고 있었다.

보란은 아무 대꾸도 하지 않고 웨더비를 차 안에 집어넣으며 그 여자를 어떻게 처분해야 할 것인지 골똘히 생각해 보았다. 결국 보란은 내키지는 않지만 그녀를 그냥 내버려둘 수는 없다고 판단하고 여자 쪽으로 돌아서서 고개를 끄덕여 보였다.

숨을 헐떡거리며 바들바들 떨고 있던 그 여자는 안도의 한숨을 내쉬며 구르듯 차 안으로 뛰어들었다. 과연 그녀가 보란에게 고마운 마음을 갖고 있을지 어떨지는 의심스러운 일이었다.

그러나 살인적인 한파 속에 벌거벗은 것과 다름없는 차림새를 하고 있는 여자를 못 본 체할 수는 없지 않은가.

운전석으로 미끄러져 들어간 보란은 뒷좌석으로 손을 뻗어 코트를 집어 그녀의 어깨에 걸쳐 주었다. 여자는 무릎을 굽혀 다리를 시트 위에 올려놓고 얼굴만 내놓은 채 코트를 완전히 뒤집어썼다. 그녀는 긴장이 풀린 탓인지 이빨까지 덜덜거리며 떨기 시작했다.

그들이 탄 차는 전투가 벌어졌던 저택을 뒤로 하고 레이크쇼 드라이브를 경쾌하게 달려나갔다. 이제 서두를 것은 아무 것도 없었다. 보란은 4분의 1갤런들이 보온병에 들어 있던 커피를 따라 여자에게 내밀었다. 그녀는 고맙다는 표정을 지어 보이곤 잠시 커피에서 피어 오르는 하얀 김을 바라보다가 천천히 입으로 가져갔다. 커피잔을 내려다보고 있는 수정 같은 그녀의 눈에서 부챗살처럼 퍼진 속눈썹이 파르르 떨렸다. 그녀는 뜨거운 것이 뱃속으로 들어가자 추위로 얼어붙었던 몸이 다소 풀리는지 한껏 웅크리고 있던 몸을 조금 폈다.

보란은 그녀가 커피를 다 마시고 나자 그녀에게 담배를 선넸다.

「기분이 어떻소?」

보란은 담배에 불을 붙여 주며 차에 오른 후 처음으로 말을 건넸다.

「이제 정신이 드는 것 같아요. 고마워요.」

그녀는 조그맣게 중얼거렸다.

그때 빨간 경고등을 번쩍이며 경찰차 한 대가 그들이 탄 차를 스쳐 지나갔다. 경찰차는 북쪽을 향해 열심히 달려가고 있었는데 그 목적지는 너무나 뻔했다. 그 차를 따라 두 대의 경찰차가 꼬리를 물고 달려갔다.

보란의 코트를 뒤집어쓴 채 담배를 피우고 있던 여자의 표정이 순간 어두워졌다. 그녀도 그 경찰차들이 달려가고 있는 곳을 짐작한 듯했다.

「정말…… 너무나 고마워요.」

여자는 불편한 듯 자세를 고쳐 앉으며 말했다.

「뭐가?」

보란은 코웃음을 치며 무뚝뚝하게 말했다.

「날 그 지옥 같은 곳에서 꺼내 주셨으니까요.」

「뭔가 잘못 생각하고 있는 것 같군. 당신은 프라이팬 속에서 뛰쳐나와 불 속으로 뛰어든 거요.」

보란은 여자의 말을 자르며 비아냥거렸다.

「무슨 뜻이죠?」

여자는 투명한 푸른색 눈동자로 보란을 뚫어져라 쳐다보며 물었다. 그러나 보란은 눈썹 하나 까딱하지 않고 히터를 더듬어 볼 뿐이었다. 히터는 알맞게 데워져 있었다.

「난 당신이 누군지 알아요. 맥 보란이죠?」

여자는 웃음을 머금은 얼굴로 당돌하게 말했다.

「히터 쪽으로 발을 뻗어요.」

보란은 여전히 무뚝뚝했다.

그녀는 다리를 쭉 뻗고 시트에 느긋하게 기대앉아, 표정 없는 얼굴로 앞쪽만 쳐다보고 있는 보란의 옆모습을 빨아들일 듯한 눈길로 쳐다보았다. 그러나 보란이 아무 반응도 보이지 않자 그녀는 가볍게 한숨을 내쉬었다.

「난 폭시 레이디예요.」

보란은 그 말을 듣는 순간 그녀를 잠깐 돌아보았다.

그녀는 20대 초반으로 보였는데 호수같이 깊고 푸른 두 눈에는 지성적인 맑음이 가득 고여 있었다. 만일 그녀가 지금과 같은 상황에만 놓이지 않았더라면 가랑잎이 굴러가는 것만 보아도 까르륵거릴 소녀들처럼 따스한 마음씨를 지닌 여자일 것 같았다. 보란은 그녀의 시선을 피하지 않았다.

지금 그녀의 눈동자에 담긴 표정은 유혹도 도전도 아니었다. 그렇다고 동정을 구하는 눈길은 더욱 아니었다. 그녀는 보란이 그녀에게 보이고 있는 호기심과 꼭 같은 감정을 품고 흥미 있다는 눈길로 보란을 바라보고 있을 따름이었다.

「결코 호락호락한 아가씨는 아닐 것 같군.」

보란은 엷은 미소를 지었다.

「내 말을 오해하셨군요. 난 그런 뜻으로 말한 게 아니었어요.」

그녀의 눈빛이 심각하게 변했다.

「당신이 무슨 뜻으로 얘기했는지는 아마 당신보다 내가 더 잘 알 거요.」

보란은 다시 굳은 표정이 되었다.

그는 세상 돌아가는 일에 어두운 사람이 아니었다. 폭시 레이디라면 『폭시』지에 실릴 자격이 있는 여자들로서 세상 사람들이 누구나 다 알고 있는 키 클럽, 즉 회원 각자가 열쇠를 가질 수 있는 클럽의 〈레어〉격인 여자에 해당되었다. 그 여자들은 한결같이 미끈하게 빠진 미녀들이었고 그녀들의 눈웃음만 보아도 온몸이 근질근질해진다는 섹스 심벌이었다. 그녀들은 비즈니스 사회의 간판 스타라 할 수 있었다. 다시 말해 모델이나 여배우로서 폭시 레이디가 된다는 것은 장미빛 미래를 향한 탄탄 대로에 올라서게 된다는 것을 의미했다. 보란뿐 아니라 월남에 파병되었던 수많은 장병들은 특히 폭시 레이디에 대해 잘 알고 있었다. 그녀들의 생동감 넘치는 나체 사진이며 그와 비슷한 그림이 없는 막사나 텐트는 찾아보기 힘들었다.

그녀는 몸을 앞으로 내밀고 재떨이에 담뱃불을 비벼 껐다. 그 바람에 코트가 그녀의 어깨에서 미끄러져 발 아래로 떨어졌다. 그녀는 길게 한숨을 내쉬며 그 코트를 집어들어 차곡차곡 개더니 등받이에 그것을 걸쳐 놓았다. 좁은 차 안은 히터로 충분히 데워져 있었다.

그녀는 턱을 괸 왼손의 팔꿈치를 등받이에 올려놓고 보란 쪽으로 몸을 돌렸다. 보란은 언제 벗겨져 나갈지 불안한 천조각을 걸친 채 비스듬히 앉아 있는 여자의 거의 벗은 몸을 냉정한 눈길로 쳐다보곤 다시 앞쪽으로 시선을 돌려 운전에 전념했다.

「보고 있다고 해서 모두 당신 차지가 되는 건 아니에요.」

그녀는 어느 흑인 코미디언이 유행시킨 말을 보란에게 하며 키득거렸다.

「뭐가 그렇게 재미있소?」

보란이 쌀쌀하게 말했다.

「그게 바로 〈레어〉의 비밀 규칙이거든요. 그 때문에 남자들은 욕구 불만이 되어서 우리 말이라면 쩔쩔매게 되죠.」

「짐승 같은 마피아들을 상대하는 매춘부들의 비밀 규칙이란 말이지?」

보란은 코웃음을 쳤다. 그를 쳐다보고 있는 그녀의 아름다운 눈썹이 위로 치켜 올라가는 듯했으나 그녀의 목소리에는 조금도 흔들림도 없었다.

「당신이 내 말을 믿어 주실지 모르겠지만 내가 그 저택에 간

건 오늘이 처음이었어요. 물론 루이스 아우렐리가 어떤 사람인
지는 알고 있었죠. 하지만 어쨌거나 그가 이 도시를 꽉 잡고 있
는 사람들 중 하나라는 건 틀림없는 사실 아니에요? 그리고 유
명 인사들을 알아 둔다고 해서 죄가 되는 건 아니잖아요?」

「그렇겠군.」

보란은 현재의 위치를 파악하기 위해 도로 표지판을 열심히
들여다보고 있었으므로 그녀의 얘기에는 건성으로 대답했다.

「모든 게 돈을 벌기 위해서예요. 우린 계약에 따라 일을 하고
있어요.」

그녀는 한숨을 내쉬고 다시 말을 이었다.

「폭시 레이디는 비공식적인 모임에 곧잘 참석하곤 해요. 그런
델 나가야 사람들을 많이 만날 수 있고 사람들에게 알려져야만
돈벌이하기가 쉬운 우리들로선 어쩔 수 없는 일이죠.」

그녀는 완전히 정상으로 돌아온 자신의 피부를 슬쩍 내려다보
았다.

「음.」

보란은 기계적으로 고개를 끄덕였다.

「당신은 내 얘기가 듣고 싶지 않은가 보군요. 당신이 그만두라
면 입을 닫고 앉아 있겠어요.」

「아니오. 듣고 있으니 계속하시오.」

보란은 정색을 하고 말했다. 그러나 그의 눈은 계속 도로 표지
판을 훑어보면서 그곳이 어디쯤인지 알아내기 위해 애쓰고 있었
다.

「아우렐리 씨는 클럽 회원이었어요. 당신은 설마 내가 이런 꼴
로 데이트에 나왔다고 생각하진 않았겠죠? 난 그곳에서 있을 무

슨 모임의 시중을 들기로 되어 있었어요. 그런데 그곳에 도착하고 보니 모임에 참석할 것으로 보이는 사람은 눈에 띄지 않았어요. 이상하다고 생각하고 있는데 바텐더로 보이는 웬 사내가 다가오더니 내 코트를 벗겨 다른 방으로 가져가더군요. 그리고 곧 총소리가 나기 시작했지요. 난 직감적으로 좋지 못한 일이 생긴 걸 알아차렸죠. 바깥을 내다보기 위해 창문으로 가보니 그때 벌써 아우렐리와 다른 두 사내가 주차장 바닥에 뒹굴고 있더군요. 그 피…….」

그녀는 몸을 부르르 떨더니 다시 입을 열었다.

「난 나도 모르게 바깥으로 뛰어나갔어요. 이층 창문에서 누군가 옆 건물을 향해 마구 총을 쏘아 대더군요. 그때 캐딜락에서 불기둥이 솟아올랐어요. 그러자 어디선가 당신 이름을 들먹이며 외치는 소리가 들렸어요. 난 당신 이름을 듣는 순간 마구 뛰기 시작했어요. 당신에게로 가야만 살 수 있다는 생각이 들었기 때문이었어요. 지금 생각하니 내가 왜 그런 생각을 했었는지 모르겠군요.」

그녀는 고개를 갸웃거렸다. 그 모습이 무척이나 귀엽게 보였다.

「하고 싶은 말을 다 해보시오.」

「난 의심이 많은 편이긴 하지만 낭만적인 면도 꽤 있나 봐요. 아마 당신에게 달려가며 내가 한 생각은 이런 것이었을 거예요. 그곳은 아우렐리밖에 모르는 은신처다, 그렇기 때문에 우물쭈물하다가는 내가 그곳에 있다는 걸 어느 누구도 알지 못한 채 죽어버릴지도 모른다……. 그래서 난 당신을 백마 타고 나타난 왕자님으로 생각하게 됐을 거예요. 당신은 소문이 자자하지만 아무나 죽이진 않는다는 걸 알고 있었거든요. 난 왕자의 품에 안긴 거예요.」

그녀는 장난스럽게 웃음을 터뜨렸다.

「당신은 큰 착각을 했소. 난 왕자가 아니오.」

보란은 무뚝뚝하게 대꾸했다.

「아니에요. 당신은 날 구하러 오신 왕자님임에 분명해요. 하얀 말을 타고…….」

「말이 아니라 관(棺)이라고 하는 게 더 적절한 표현일 거요.」

보란은 침울하게 얘기했으나 그녀는 들은 체도 하지 않았다.

「우리 클럽 아가씨들이 어젯밤에 당신 얘기를 했었어요. 당신 얘기를 한 바로 다음날 당신을 만나게 될 줄 알았더라면 더 일찍 그런 얘기를 하는 건데……. 아무튼 당신의 뉴욕 전투에 대한 얘길 하면서 당신이 시카고에는 나타나지 않을 거라고 입을 모았죠. 시카고는 범죄의 수도니 뭐니 하면서 말들이 많잖아요? 나도 그렇게 생각하고 있을 정도니까요.」

그녀는 눈을 반짝거리며 침을 삼켰다. 보란은 얘기를 계속하라는 듯 고개를 끄덕였다.

「그런데 갑자기 귀를 찢을 듯한 총소리가 났고 사람들이 당신 이름을 부르며 야단법석이었어요. 사실 그때까지도 난 당신이 시카고에 나타나리라곤 생각지 않았어요. 하지만 당신은 분명 시카고에 와 있었어요!」

그녀는 흥분한 듯 목소리가 가늘게 떨려 나왔다.

「그것도 바로 당신 눈앞에.」

보란이 한마디 거들었다.

「그래요. 그리고 날 구해 주셨죠, 그렇죠?」

「꼭 그렇게만 생각할 수 없는 게 유감이오.」

「그건 내 말을 믿지 않는다는 뜻인가요?」

「아니오. 당신 얘기는 믿을 만하오. 아가씨, 내 목숨은 이제 당신에게 달려 있소. 그리고 당신이 죽고 사는 것도 나에게 달려 있소. 그렇게 어리둥절한 표정 짓지 마시오. 당신도 곧 알게 될 테니. 한 가지 물어 보겠는데 당신이 아우렐리와 그 호숫가의 저택으로 갔다는 것을 아는 사람은 몇 명이나 되오?」

「많아요. 아까도 말했지만 난 계약에 의해 그곳으로 간 것이니까요.」

그녀는 의아한 시선으로 보란을 쳐다보며 대답했다.

「아가씨, 놈들이 이번 일을 하나씩 캐어 들어간다고 생각해 보시오. 놈들은 전투 현장에 있던 여자가 사라진 걸 금방 눈치챌 거요. 그러면 그 여자가 어떻게 그곳을 빠져 나갈 수 있었는가에 대해 생각을 할 것이고 마침내 보란과 내통하고 있었기 때문에 아무런 해도 입지 않고 그곳에서 사라질 수 있었다는 결론에 도달할 거요. 마피아들은 아무리 조그만 일이라도 놓치지 않소. 그리고 결론부터 내린 후에 그것에 적합한 사건의 과정을 만들어 내는 솜씨가 경찰 못지 않소. 일단 결론이 나오면 그놈들은 즉각 행동을 시작할 테고 그놈들이 하는 일은 언제나 그렇듯 인정 사정을 헤아리지 않소. 그 일을 시작할 때가 언제인지는 알 수 없지만 놈들은 곧 폭시 레이디 한 명을 찾아내기 위해 눈에 핏발을 세울 거요. 비약의 천재인 마피아들이 오늘 그 저택에서 벌어진 일 모두가 그 폭시 레이디의 각본에 의한 것이라고 생각하게 된다면 그들은 수색 작업에 더욱 열을 올릴 거요. 그럼 그 여자는 죽은 목숨이나 다름없게 되는 거지. 어떻소? 당신의 생명이 내 손에 달려 있다는 애기를 알아듣겠소?」

보란은 담담하게 애기를 하고 있었지만 그 여자에 대한 책임이 점점 무거워짐을 느꼈다. 그녀는 처음엔 미소를 띠고 보란의 말을 듣고 있었으나 그의 애기가 끝났을 때에는 얼굴이 하얗게 질려 있었다.

「이젠 어떻게 하죠? 프라이팬에서 뛰쳐나와 불 속으로 뛰어들었다던 당신의 말이 바로 그런 뜻이었군요.」

그녀는 한숨을 내쉬었다.

「그렇소.」

「그럼 난 어떻게 해야 하나요? 그곳으로 다시 돌아가야 한단 얘긴가요?」

여자는 몸서리를 쳤다.

「아니오. 돌아가기엔 너무 늦었소. 그곳에는 벌써 경찰들이 새까맣게 몰려 있을 거요. 그것보다 마피아들에게 둘러댈 그럴 듯한 변명거리나 궁리해 놓는 게 좋을 거요. 눈앞에서 사람이 죽어 넘어지는 걸 보고 얼이 빠져 도망쳤는데 마음씨 좋은 아저씨가 차로 시내까지 데려다 주었다는 둥……..」

보란은 그녀의 표정이 일그러지는 걸 보고 말을 끊었다.

「그런 핑계는 설득력이 없어요.」

그녀는 손톱을 잘근잘근 씹었다.

「왜?」

「내가 당신 쪽으로 뛰어가는 걸 본 사람이 있어요. 그들은 주방의 창문 곁에 서서 열심히 바깥을 내다보고 있더군요.」

「그럼 일이 난감하게 되었군.」

「차라리 날 경찰서로 보내 주세요. 그들에게 보호해 달라고 해야겠어요.」

그녀는 겁먹은 눈동자를 불안하게 굴렸다.

「그럴 수는 없소. 난 경찰이 당신을 안전하게 보살펴줄 것이란 확신이 서지 않소.」

보란은 고개를 내저었다.

「이것도 저것도 다 안 된다면 집으로 갈 수밖에 없군요. 당신 이 집에까지 데려다 주시겠어요?」

「집이 어디요?」

「엘름허스트예요. 집에 가면 클럽으로 전화를 해서 사실대로 얘기해야겠어요.」

갑자기 그녀는 놀랍도록 침착한 태도를 보였다.

「놈들이 찾아온다면……?」

「그들에게도 사실 그대로 얘기하겠어요. 다른 방법이 없잖아 요?」

보란은 그녀의 말에 찬성할 수도 그렇다고 반대할 수도 없었 다. 그는 지금 그의 옆좌석에 앉아 있는 아가씨 못지 않게 아름 답고 천진했던 여자들의 처참한 죽음을 떠올리고 있었다. 에비 클리포트는 칠면조 요리가 되어 소시지 공장의 조리대 위에서 죽어 갔다. 파리에서 그에게 에덴 동산의 꿀맛을 보여 주려던 여 배우는 무시무시한 기관총 세례를 받고 최후를 맞이했다. 그뿐 이 아니었다. 마이애미 전투에서는 보란을 대신하여 언제나 자 랑스럽게 여기던 자신의 아름다운 젖가슴이 불로 지져지는 고문 까지 당하다 숨진 쿠바 이민 출신의 용감한 아가씨도 있었다. 그 녀들은 다 맥 보란의 전투에 뛰어든 대가로 목숨을 잃어야 했다.

그리고 이제 또 한 사람의 여자가 불을 향해 부나비처럼 뛰어

들었다. 그 여자의 남은 날은 누가 보장해줄 것인가? 그녀 또한 다른 여자들처럼 처참하게 죽어 간다면……? 보란은 쓰디쓴 미소를 지었다.

「당신이 원했든 원하지 않았든 폭시 레이디는 이미 맥 보란 정글 속으로 뛰어든 거요.」

보란은 어두운 눈빛으로 그녀를 바라보며 마치 자신에게 얘기하는 것처럼 중얼거렸다.

그는 자신을 보호할 수 있는 수단이라곤 하나도 갖지 못한 그 여자를 돌보아 주기로 결심했다. 그것은 맨발로 칼날 위를 걸어가는 것 같은 그의 전투를 더욱 어렵게 하는 결단임에 틀림없지만 그렇다고 그녀를 내버려둘 수도 없었다.

보란은 갑자기 핸들을 거칠게 꺾어 서쪽으로 뻗은 도로 위로 올라섰다. 전투에 숙달된 그의 두뇌는 벌써, 예기치 못한 사태로 실행이 어렵게 된, 애초의 전술과 전투 순서를 수정하기 시작했다.

그러나 보란은 이미 그가 다음으로 해야 할 일이 무엇인지를 확실히 알고 있었다.

# 3
## 생명을 건 흥정

하이웨이의 제왕으로 불리는 피에트로 라발로는 윗사람으로서의 여유와 부하들에 대한 애정을 한껏 담은 미소를 떠올리며 심복의 얼굴을 바라보았다.

「도대체 이제껏 어디 가 계셨습니까? 얼마나 찾았다구요.」

한때는 콜롬보 팔메리란 이름을 사용했던 루디 파머는 얼굴을 잔뜩 찌푸린 채 라발로를 쳐다보았다.

「그래? 자네가 날 찾아다니는 동안 뭘 했는고 하니 아주 중요한 일 하나를 마무리지었지.」

라발로는 번쩍이는 마호가니 책상 쪽으로 느릿느릿 걸어가 몹시 힘든 일을 하고 난 사람처럼 푹신한 의자에 몸을 묻었다. 그는 신경질적으로 손바닥을 비비며 서 있는 루디 파머를 보고 다시 입을 열었다.

「무슨 일이 있었나? 왜 그리 흥분하고 있어?」

「뭐라고 얘길 해야 좋을지 모르겠습니다, 보스. 좋지 않은 소식인데요⋯⋯.」

「답답하게 굴지 말고 말을 해봐. 얼마만큼 안 좋은 소식이야?」

「루이스 아우렐리가 죽었습니다.」

「죽어?」

「네.」

라발로는 한동안 멍하니 파머를 바라보다가 믿을 수 없다는 표정을 지으며 창 밖으로 눈길을 돌렸다.

「그랬군. 내가 뭐라고 했나? 병을 기르지 말고 빨리 진찰을 받으라고 했지? 내 말을 듣지 않더니 결국 급사하고 말았군.」

라발로는 혀를 찼다.

「그게 아닙니다.」

루디 파머가 급히 말했다.

「아니긴 뭐가 아냐?」

「아우렐리는 총에 맞아 죽었습니다. 머리가 날라 갔다구요. 그의 부하도 열 명쯤 깨진 모양입니다. 시티 짐의 얘기로는 시체가 사방에 널려 있었다고 합니다. 제대로 맞서 보지도 못하고 고스란히 당했답니다.」

파머는 침을 꿀꺽 삼켰다.

라발로는 굳은 얼굴로 의자에서 일어서더니 슬로 비디오의 동작과도 같이 천천히 마호가니 책상의 서랍을 열고 45구경 콜트를 꺼내 탄창을 점검한 후 조심스럽게 책상 위에 올려놓았다. 그는 창가로 느릿느릿 다가가 뒷짐을 지고 서서 아래를 내려다보았다. 현대적인 사무실 빌딩 주위에는 창고들이 에워싸듯 늘어서 있었다.

「그런데 시티 짐 이야기가 왜 나오지?」

라발로는 거의 들리지도 않는 목소리로 물었다.

「그 저택으로 경찰이 긴급 출동한 모양이었습니다.」

「그럼 아우렐리는 호숫가에서 당했다는 얘긴가?」

「네. 시티 짐의 말로는…….」

「그가 직접 전화를 했었나?」

라발로는 몸을 홱 돌리며 소리쳤다.

「그렇습니다.」

파머는 초조한 듯 담배를 꺼내 물고 불을 붙였다. 그는 담배 연기를 길게 내뿜으며 말을 이었다.

「들어 보십시오. 호숫가의 경호원 중에 조니 베거스라는 사내 가 있다는 걸 아시죠? 키가 크고 곰보에다 항상 트럼프로 갖가 지 요술을 부리던…….」

「빨리 빨리 얘기해!」

라발로는 소리를 질렀다.

「그곳에서 살아 남은 사람은 조니 베거스뿐이랍니다. 조니 말 로는 보란이란 놈이 그 짓을 저질렀다고 합니다. 그는 보란과 맞 닥뜨리고…….」

돌연 라발로가 책상 위에 있던 묵직한 유리 재떨이를 벽 쪽으 로 집어 던졌다. 파머는 깜짝 놀라 입을 다물었다. 재떨이는 벽 에 상처를 남기고 산산이 부서졌다. 그 바람에 벽에 걸려 있던 액자가 바닥으로 떨어져 박살이 났다.

「제발 진정하십시오, 보스.」

「하던 얘길 계속해. 난 아무렇지도 않아.」

라발로는 콜트를 거칠게 움켜쥐고는 허리에 찬 권총 벨트에 쑤셔 넣었다.

「놈은 조니에게 메달을 건네 주며 보스에게 전하라고 했답니다. 보스도 놈이 명함 대신 사용하는 그 메달을 아실 겁니다. 그 겁도 없는 놈은 다음 차례는 보스라고 했다는군요. 그것 때문에 시티 짐이 직접 전화를 한 겁니다. 짐은 보스가 당장 이곳을 떠나야 한다고 하더군요.」

파머는 라발로의 눈치를 살피며 조심스럽게 얘기를 끝냈다.

「건방진 놈! 내가 누군지 알고 그 따위로 주둥아리를 놀리는 거야?」

라발로는 화가 몹시 나서 버럭 소리를 내질렀다.

「어떤 놈 말입니까? 시티 짐은 그저…….」

「그놈이 아니야! 도대체 그 시건방진 놈이 여기가 어딘 줄 알고 날뛰는 거야? 뉴욕에서 하던 수작이 이 시카고에서도 통할 줄 알아? 당장 잡아서 요절을 내고 말 테다.」

라발로는 그가 알고 있는 욕설을 몽땅 사용하려는 듯 한참 동안 욕지거리를 퍼부었다.

「하지만 놈은 이미 일을 저질러 놓았습니다. 보란이란 놈은 미치광이나 다를 바 없습니다. 그 점은 보스도 인정하시겠죠? 그 미치광이는 마약을 복용하고 있음에 틀림없습니다. 월남에서 돌아온 놈들은 모두 상습적으로 마약을 쓰니까요. 매일처럼 헤로인을 두세 대씩 맞으면 누구나 그놈처럼 미친 짓을 저지르고 다닐 겁니다. 아무래도 그놈은…….」

파머는 보스를 곁눈질해 가며 주절주절 말을 늘어놓았다.

「조용히 하지 못해! 누구 약을 올리는 거야 뭐야! 난 아직도 아우렐리가 죽었다는 게 믿어지지 않아. 잠시 동안 생각을 정리해 봐야겠어.」

「한 가지만 더 말씀 드리겠습니다. 니코와 엣지를 부르러 보냈습니다. 부하들을 있는 대로 다 불러 모아서라도 보스를 집까지 안전하게 모시려구요. 그 미친 녀석이 보스를 덮칠 엄두도 내지 못하게 말입니다.」

파머는 칭찬을 기다리는 어린애 같은 표정을 지었다.

「그래, 알았어. 만일 시티 짐에게서 다시 전화가 오면 내가 개인적으로 고마워하더라고 전해.」

라발로는 목소리를 가라앉히고 다시 뒷짐을 지고 서서 창 밖을 내다보았다. 그러나 그의 시선은 그 무엇도 잡고 있지 않은 듯했다. 그는 어떤 생각에 깊이 빠져 있었다.

루디 파머는 고개를 끄덕이며 문 쪽으로 몇 발자국 걸어가다 라발로를 돌아보았다.

「참, 아우렐리가 총에 맞았을 때 그곳에 계집 한 명이 있었다고 합니다.」

「그럴 수도 있겠지.」

라발로는 조용히 대꾸했다.

「그런데 그 계집은 현장에 남아 있지 않았답니다. 고것이 보란을 향해 뛰어가는 걸 요리사가 봤답니다.」

「빌어먹을! 그러길래 여자란 남자의 목숨을 재촉하는 요물이라고 내가 늘 아우렐리에게 얘기했었는데. 쉰다섯 살이나 돼 가지구 젊은 여자를 너무 밝히더라구! 더구나 몸까지 편치 못한 주제에.」

라발로는 미간을 잔뜩 모으며 투덜거렸다.

「지금 그 여자의 행방을 알아보고 있는 중입니다, 보스.」

파머가 말했다.

「잘했어. 그 계집을 꼭 내 앞으로 끌고 오도록 해. 내가 직접 할 얘기가 있으니까.」

루디 파머는 만족한 듯 미소를 띤 얼굴로 조심스럽게 사무실 문을 열고 밖으로 나갔다.

화가 머리끝까지 치민 라발로는 콜트의 손잡이를 오른손 집게손가락으로 톡톡 두드리며 한동안 씩씩거리다가 커다란 책상의 한쪽 모퉁이에 걸터앉아 심호흡을 했다. 그리고는 다시 멍청한 표정이 되어 창 밖을 내다보았다.

분노와 놀람과 공포로 뒤범벅이 되었던 그의 마음에 비로소 어떤 슬픔 같은 게 밀려들었다.

루이스 아우렐리는 그와 매우 가까운 사이였다. 그들은 서로 힘을 합해 가문 내에서의 승진 경쟁자들을 물리치고 누구도 넘볼 수 없는 굳건한 아성을 쌓아 올렸다. 음모와 암투가 판을 치는 마피아의 세계에서 아우렐리는 진정한 친구라고 할 수 있었다.

피에트로 라발로는 예전엔 미처 느껴 보지 못했던 고독감으로 온몸을 떨었다. 그것이 누구 때문이란 말인가? 어쭙잖은 복수의 집념에 불타고 있는 한 겁없는 사내에 의해서 라발로가 그토록 비참한 기분을 맛보아야 한다는 건 있을 수 없는 일이었다. 피에트로 라발로는 이제껏 그 건방진 애송이 따위에는 관심조차 두지 않았었다.

라발로는 마이애미에서 있었던 일을 잠깐 되새겨 보았다. 당시 시카고에서 마이애미로 파견된 전투원들은 보란에게 혼이 났었다. 그러나 그때 아우렐리와 라발로는 그곳에서 수백 마일 떨어진 곳에 있었고 라발로는 보란이 마이애미를 습격한 이유가 순전히 개인 감정 때문이라고 판단했었다.

그 후로도 그는 맥 보란을 잡기 위해 특별히 돈을 쓸 필요는 없다고 생각했었다. 왜냐하면 아우렐리나 자신이 보란의 개인 감정을 다칠 만한 일을 했다고는 생각되지 않았기 때문이었다.

그러나 아우렐리가 죽고 난 지금은 왠지 불안한 마음이 들었다. 게다가 보란은 정식으로 도전을 해오지 않았는가?

이제 검은 옷을 걸치고 날뛰는 맥 보란을 잡는 일은 라발로 자신의 일거리였다. 보란은 라발로의 가장 믿음직한 친구를 쏘아 죽이고 나서도 버젓하게 살아 있었다. 이 순간에도 놈은 음산한 미소를 흘리며 버르장머리없이 날뛰고 있겠지. 라발로로서는 더 이상 보란을 그대로 놓아둘 수 없었다.

피에트로 라발로는 마호가니 책상 위에 걸터앉은 채 오랫동안 생각에 잠겨 있었다. 정신을 차려 보니 주위에는 벌써 땅거미가 지고 있었다. 그는 창가로 천천히 다가가 블라인드를 완전히 내린 다음 불을 켰다.

그는 책상 뒤의 커다란 의자에 앉아 창고에 있는 사무실과 연결된 인터폰의 버튼을 눌렀다. 딱딱한 목소리가 즉시 대답을 했다. 라발로는 다소 신경질적인 말투로 대뜸 물었다.

「록포드에서는 아직 안 왔나?」

「네, 미스터 라발로.」

「그놈은 도대체 어떻게 생겨 먹은 놈이야? 4시까지 오기로 되어 있잖아? 벌써 5시야, 5시!」

라발로는 짜증과 함께 새삼 분노가 끓어오르는 것을 느꼈다.

「벨비디아 부근의 인터스테이트가 예기치 못했던 눈보라 때문에 불통입니다.」

조심스러운 목소리가 인터폰에서 흘러나왔다.

「눈보라라구? 만약 그놈이 나타나면 내 말을 그대로 전해. 모든 계약은 백지화되었다고 말이야!」

라발로는 소리를 버럭 질렀다.

「무슨 말씀이십니까?」

「시간 약속을 지키지 않는 사람은 필요없어. 그리고 앞으로도 〈라발로와 아우렐리〉의 일은 그쪽으로 돌리지 말도록.」

「하지만 이번 일을 위해 그쪽에서는 트럭을 자그마치 50대나 빌렸다고 했습니다. 그렇게 간단하게 계약이 백지화되지는 못할 겁니다. 더구나 그가 제 시간에 오지 못한 건 순전히 눈보라 때문이니까요.」

인터폰에서 다급한 사내의 말소리가 울렸다.

「간단히라니? 누가 간단하다고 했나? 자넨 그놈한테 계약이 백지화됐다는 내 말을 전하기만 하면 돼. 만일 군소리를 하거든 묵직한 렌치로 뒤통수를 한 대씩 갈겨 주겠다고 해. 다른 지방의 운송 회사가 〈L & A〉를 함부로 보는 것을 난 참지 못해. 나한테 반대 의사를 보이는 것도 마찬가지야.」

「알겠습니다, 보스. 그들이 빌렸다는 50대의 트럭은 알아서 처리하라고 하겠습니다.」

「그래.」

라발로는 인터폰의 버튼에서 손을 떼고 의자 등받이에 몸을 묻었다.

그때 옆문이 열리고 루디 파머의 모습이 나타났다.

「밑에서 호위대가 기다리고 있습니다, 보스.」

파머는 몹시 민망하다는 표정이었다.

「그래서?」

라발로는 무뚝뚝하게 물었다.

「어서 집으로 가셔야지요.」

「먼저 내려가 있어. 그런데 아우렐리의 부인에겐 소식 전했나?」

「아직 못 전했습니다. 그녀는 집에 없더군요. 예년 같으면 지금쯤 나소에 있을 겁니다. 찾는 대로 연락하겠습니다.」

「그래. 만일 나소에 없으면 세인트토머스도 알아봐. 그곳도 즐겨 가곤 하니까. 어서 나가봐.」

파머는 뒷걸음으로 밖으로 나가 문을 닫았다.

라발로는 무슨 생각을 했는지 음산한 미소를 띠며 전화기로 손을 뻗었다. 상대방과는 바로 연결되었다.

「조닌가? 난 〈L & A〉의 피에트로 라발로야.」

「오랜만일세.」

수화기 속에서 카랑카랑한 목소리가 울렸다.

「지난주에 자네와 선거 운동 자금에 관한 얘기를 하면서 내가 큰소리 친 것 기억하겠지? 그건 나로 봐서는 코끼리 입에 비스킷이나 다름없다구. 그것보다 자네의 구미가 당길 만한 일이 있어 전화했네. 자네 아들 말일세. 존 주니어라고 했던가? ……내 기억력도 쓸 만하군. 내가 존 주니어에게 대형 트럭 50대를 헐값으로 빌릴 수 있는 방법을 일러 줄까 하는데.」

라발로는 말을 끊고 잠시 전화기에 귀를 기울여 보고는 만족한 미소를 지었다.

「이보다 더 싼 값으로 운송업을 시작할 순 없을 거야. 내일 아침에 자네 아들을 내 사무실로 보내 주게. 자세한 얘기는 그에게 직접 하겠네. ……별말을 다하는군. 친구 좋다는 게 뭔가?」

피에트로 라발로는 음흉한 미소를 입가에 떠올리며 전화를 끊었다.

한 사람의 파멸은 다른 한 사람의 성공을 뜻했다. 록포드에서 밑바닥 생활을 하다가 오늘날의 지위에 오른 피에트로 라발로는 성공 뒤에 숨은 무서운 진리를 잘 알고 있었다.

라발로는 45구경 콜트를 꺼내 다시 한 번 점검을 하고 외투를 입은 후 그것을 주머니 속에 넣었다. 그는 사무실 안을 휘 둘러보고 복도로 나섰다. 아무래도 관 속에 누워 있는 아우렐리의 모습을 보기 전까지는 그의 죽음을 믿을 수 없을 것 같았다.

그러나 언제까지 죽은 사람 생각만 하고 있을 수는 없었다. 살아 남은 사람은 그 나름대로 오래 살 궁리를 해야 하니까. 그는 손을 주머니에 넣고 콜트의 손잡이를 슬슬 어루만졌다.

그는 바삐 층계를 내려갔다. 그리 크지 않은 사무실 빌딩 안은 조용했다. 문득 5시를 알리는 종소리를 듣기가 무섭게 사무실을 빠져 나가는 직원들이 괘씸하게 생각되었다. 그들이 그곳에서 일을 하는 것도 살아가기 위한 방편이고 그렇다면 좀더 열심히 일을 하는 것이 그들을 위해서도 좋은 일 아닌가? 라발로는 직원들에게 기압을 넣고 쥐어짜야겠다고 생각했다. 그리고 말을 듣지 않는 놈이 나온다면 가차없이 목을 자르리라고 생각하며 흐뭇한 미소를 지었다. 그는 한결 기분이 좋아져서 발걸음도 가볍게 로비로 걸어갔다.

루이스 아우렐리가 보란에게 당했다는 소식을 듣는 순간 라발로는 심한 마음의 동요를 느꼈었다. 그러나 지금은 기분이 매우 좋았고 그 암담한 생각에서 벗어날 수 있었다는 게 만족스러웠다. 더 골머리를 썩이다간 위궤양이 재발될 우려가 있다는 걸 알고 있느니만큼 더욱 그랬다. 그는 위궤양 같은 병이 자신을 괴롭힌다는 건 옳지 못한 일이라고 늘 생각했다.

루디 파머는 구두끈이 풀어졌는지 계단 맨 아래에 등을 보인 채 쭈그리고 앉아 있었다.

마피아의 세계에서도 알아 주는 솜씨를 가진 파머가 충실한 개처럼 주인을 기다리고 있는 모습을 보자 라발로는 더욱 기분이 좋아졌다. 파머는 결코 영리한 편이라고는 할 수 없었다. 그러나 그렇다고 업신여길 수도 없는 묘한 구석이 있었다. 보란이 헤로인 중독자라는 것은 파머 같은 머리를 가진 사람이나 생각해낼 수 있는 얘기였다.

맥 보란은 라발로가 상대해본 놈들과는 비교가 되지 않을 정도로 엄청난 공포의 대상이었다. 그리고 중요한 사실은 그 미친놈이 지금 이 시카고에서 날뛰고 있다는 것이었다. 그놈으로부터 보스를 지키기 위해 한떼의 호위병을 거느리고 자신을 기다리고 있는 파머가 라발로는 대견스럽게 생각되었다. 그는 아무것도 두려워할 것이 없었다.

「가자, 파머!」

라발로는 파머의 옆을 스쳐 가며 밝은 목소리로 말했다. 그러나 그가 현관에 거의 다 갔을 때까지도 파머는 꼼짝 않고 앉아 있었다. 라발로는 순간적으로 불길한 생각이 들어 뒤를 돌아보았다.

「잠이 든 거야, 파머? 근무중이라구.」

라발로는 짐짓 농담조로 얘기했다. 그러나 파머의 발 아래에 있는 카펫 위에 거무스레한 얼룩이 묻어 있는 걸 발견하고 그의 표정은 딱딱하게 굳어 버렸다. 자세히 보니 파머가 쭈그리고 있는 모습은 매우 부자연스러웠다.

라발로는 그에게 뛰어가 어깨를 잡고 흔들었다. 파머의 목은 몇 차례 흐느적흐느적하다가 뒤로 확 젖혀졌다. 순간 라발로는 자신의 눈을 의심했다. 파머의 목 한가운데 시커먼 구멍이 뚫려 있는 게 아닌가! 깜짝 놀란 라발로가 얼른 손을 떼자 루디 파머의 몸뚱이는 힘없이 옆으로 쓰러졌다. 부릅뜬 두 눈은 천장에 달린 희미한 전등을 쏘아보고 있었다.

라발로는 그야말로 심장이 내려앉을 지경이었다. 그는 흠칫 뒤로 물러서면서 반사적으로 주머니 속에 손을 넣어 콜트의 손잡이를 움켜쥐고 그대로 문 쪽으로 내달렸다.

그때 불이 켜지지 않은 현관 앞의 짙은 어둠 속에서 시커먼 물체가 튀어나와 라발로의 앞을 가로막았다. 그것은 검은 옷을 입은 키가 큰 사내였는데 그의 손에는 소음기가 부착된 권총이 들려 있었다. 그 총의 음산한 총구는 라발로의 머리를 향해 입을 벌리고 있었다.

피에트로 라발로는 온몸의 피가 얼어붙는 듯한 공포로 신음을 내며 한 걸음 뒤로 물러섰다. 차라리 지옥문 앞에 서 있는 것이 덜 고통스러울 듯싶었다. 그는 새파랗게 질린 입술을 핥으며 주머니 속에 든 총을 꺼내야 한다고 생각했다. 그러나 그의 마음을 알고 있는 듯 시커먼 권총에서 퍽 하는 둔탁한 파열음이 울리더니 라발로가 손을 넣고 있던 주머니에 구멍이 났다. 라발로는 숨을 몰아 쉬며 급히 주머니에서 손을 뺐다. 그의 손등에는 총알이 스쳐간 자국이 나 있었다.

「움직이지 마, 라발로.」

검은 옷의 사내는 사람의 것이라곤 믿어지지 않을 정도의 차가운 목소리로 조용하게 말했다.

라발로는 그 자리에서 굳어 버렸다. 그를 괴롭혀온 위궤양 증세가 재발해 그의 위장을 도려낼 듯 후벼파고 있었다.

「바로 너로구나. 네가 보란이란 놈이지!」

라발로는 쥐어짜는 듯한 소리로 말했다.

「호숫가에서 내가 보낸 선물은 받았겠지?」

「그래. 틀림없이 받았다. 하지만 나도 할 말이 있다. 넌 살아서 돌아갈 수 없다. 지금 문 밖에선 1개 대대의 총잡이들이 나를 기다리고 있다. 바로 이 창을 통해서 그들은 너의 일거수 일투족을 지켜보고 있을 것이다.」

「아직도 꿈을 꾸고 있나, 라발로?」

보란은 조금도 흔들리지 않았다.

라발로는 창 밖을 흘끗 쳐다보곤 깜짝 놀랐다. 그를 집에까지 호위할 총잡이들도, 대기하고 있어야 마땅한 자동차도 눈에 뜨이지 않았다. 다만 짙은 어둠의 장막만이 드리워져 있을 뿐.

「이게 어찌된 일이지? 아무도 없잖아?」

「루디 파머를 시켜서 내가 모두 돌려 보냈지. 여긴 너와 나밖에 없는 거야. 자, 라발로, 코트를 벗어 바닥에 던지시지. 그리고 발로 차서 내 쪽으로 보내.」

보란은 억양 없는 목소리로 명령했다. 라발로는 명령에 따를 수밖에 없었다. 그는 씹어먹어도 시원치 않을 보란을 보며 너무도 무력한 자신에 대해 화가 치밀었다. 그러나 그런 자신의 감정을 보란에게 드러내 보일 필요는 없다고 생각했다.

「뭘 망설이고 있나, 보란? 날 없애 버릴 작정이 아니었나?」

라발로는 애써 침착한 태도로 보란을 쳐다보았다.

「너도 알다시피 널 당장 저 세상으로 보낼 수도 있다. 하지만 내가 여기 온 건 그런 목적 때문이 아니야. 난 흥정을 하려는 거다. 난 한 여자를 알고 있어. 그 여자를 죽게 내버려둘 생각은 없다. 다치게 하고 싶지도 않아. 그래서 그 여자를 너한테 맡길 생각이다, 라발로. 그 여자의 신변에 무슨 일이 생기면 너도 그와 꼭같이 당하게 된다. 머릿속에 단단히 새겨 두도록 해! 그 여자의 몸에 칼을 들이댄다면 네놈의 몸에도 똑같은 칼자국이 날 것이다. 그 여자가 화상을 입는다면 너는 아주 통구이가 된다. 그러나 그 여자를 노리는 놈이 없다면 나도 널 가만 놓아두겠다. 무슨 말인지는 충분히 알아듣겠지? 이건 생명을 건 흥정이다. 그러니만큼 다른 조건은 붙이지 않겠다. 너의 목숨은 전적으로 네가 어떻게 행동하느냐에 달려 있다.」

보란은 꿰뚫어 버릴 듯한 시선으로 라발로를 노려보았다.

「지금 네가 얘기하는 여자는 루이스 아우렐리와 함께 있었다던 바로 그 계집인가, 보란?」

라발로는 바짝 마른 입술을 연신 혀로 핥았다.

「그렇다. 그 여자는 본의 아니게 이번 일에 말려들었다. 그 여자가 나와 연결되어 있다고는 생각지 마라. 그리고 다시 한 번 얘기하지만 그 여자에게는 손대지 마라.」

「도대체 알다가도 모르겠군! 돼먹지 않은 계집 한 명과 이 하이웨이의 제왕을 같이 취급하다니!」

라발로는 자존심에 상처를 입었는지 얼굴이 벌겋게 달아오르게 소리를 질렀다.

「그걸 고맙게 생각해라, 라발로. 다른 경우라면 너같이 썩어빠진 놈은 사단 병력으로 몰려온다 해도 그 여자와 바꾸지 않았을 테니까. 얘기가 끝났으면 어서 이층으로 올라가는 게 좋을 거다. 내 마음이 변하기 전에.」

보란은 싸늘한 미소를 지었다.

라발로는 입술을 달싹거리다가 천천히 돌아서더니 계단으로 향했다. 그는 계단 끝까지 올라간 다음에야 손등을 살펴볼 수 있었고 새삼스럽게 통증을 느꼈다. 그는 마구 울렁거리는 속을 가라앉히려 애쓰면서 비틀비틀 복도를 걸어갔다.

그놈이 시카고에서는 기를 펴지 못할 것이라고 생각한 게 잘못이었는지도 몰랐다. 그놈은 시카고를 마이애미나 뉴욕과 같은 곳으로 취급하는 것 같았다. 그놈의 머리통은 대체 어떻게 생겨먹었길래 시카고도 다른 곳과 마찬가지로 주무를 수 있다고 생각한단 말인가?

라발로는 자신의 사무실을 지나 루디 파머의 사무실로 들어가 그의 회전 의자에 허물어지듯 풀썩 주저앉았다. 책상 위에는 서류들이 어지럽게 흩어져 있었다. 그는 루디 파머가 그 여자를 찾기 위해 어떤 놈들에게 연락을 했고 어떤 것을 지시했는지 알 수가 없었다. 그는 흩어져 있는 서류들을 물끄러미 쳐다보며 그가 시급하게 행동으로 옮겨야 할 일은 시티 짐에게 전화를 거는 것이라고 생각했다. 그리고 될 수 있는 한 빨리 여자를 찾으러 나간 놈들에게 그 일을 그만두도록 지시해야 했다. 물론 그것은 내키지 않는 일이었지만 그 알량한 계집과 위대한 피에트로 라발로의 운명이 한데 묶여 있으니 어쩔 수가 없는 노릇이었다.

라발로는 마피아의 손 안에서 놀던 하찮은 여자와 하이웨이의 제왕이 똑같은 취급을 받은 것에 대해 치밀어 오르는 모멸감으로 온몸을 떨었다. 그러나 검은 옷을 입고 키만 큰 그놈이 숨을 쉬고 있는 한 그 여자에게 분풀이를 할 수도 없었다.

라발로는 그 사건을 최고 간부 회의에 보고해야 할 것인지에 대해 잠깐 생각해 보았다. 간부 회의에 알린다면 나이 많은 카포들이 할 얘기는 뻔했다.

「그 계집을 당장 붙잡아 오게, 라발로. 그녀를 어떻게 다룰 것인지는 우리에게 맡기고.」

만일 그렇게 된다면 보란은 가차없이 라발로를 지옥행 열차에 태울 것이었다.

라발로는 고개를 세차게 내저었다. 이번 일은 아무도 모르게 처리해 버리는 게 여러 모로 보아 좋으리라 생각되었다.

파머의 의자에 앉아 속을 가라앉히려 애쓰던 라발로는 도저히 견딜 수 없는 메스꺼움에 두 손으로 얼굴을 감싸쥔 채 화장실로 뛰어 들어갔다. 그의 위궤양을 재발시킨 보란이란 놈은 왜 그런 병을 앓지 않는지 하늘이 원망스러웠다. 간부 회의의 노망 든 늙은이들은 그런 그의 고통은 조금도 이해해 주지 않을 것임에 틀림없었다. 그는 간부 회의에 이번 일을 알리지 않기로 굳게 마음먹었다.

라발로는 참을 수 없는 분노와 수치와 공포와 자기 연민이 한데 뭉쳐진 오물을 울컥울컥 게워 냈다. 어쩌면 라발로는 위궤양을 앓고 있는 것이 아니라 속에서부터 도려내는 심판의 칼에 시달림을 당하고 있는지도 몰랐다.

# 4
## 폭풍 경보

　밤의 장막이 호반의 대도시를 감쌀 무렵 두 개의 커다란 폭풍이 그곳을 향해 다가오고 있었다. 하나는 도시의 북서쪽으로부터 접근하는 눈과 바람을 동반한 혹독한 추위였고 또 하나는 시가지에 발원지를 두고 서서히 확산되고 있는 살육전이었다. 어두운 그림자가 짙게 드리워진 얼굴로 바쁜 걸음을 옮기는 시청 직원들과 경찰들의 움직임이 그 사태의 심각함을 대변해 주고 있었다.

　시청 청사는 밤이 이슥하도록 휘황하게 불이 밝혀져 있었다. 그리고 시장 집무실과 경찰 본부장 사무실 주변은 밤새 부산하기 짝이 없었다. 정복 경관들은 모두 소집되어 여러 가지 지시를 받은 다음 자신들의 위치로 돌아갔고 소동 진압을 맡은 기동대원들은 비상 근무에 들어갔으며 거리의 요소요소에 호송 차량이 배치되었다.

시카고는 낭만적인 향기를 지니고 있는 도시였다. 그날밤 시
카고의 라디오 방송 디스크 자키들은 상투적인 말을 늘어놓는
사이사이에 전설로 전해 내려오는 사내들의 이름을, 예를 들면
서미 슬링크, 윌리 위젤, 토미 타피드 등 라이안의 전설 속에나
나올 듯한 사내들을 들먹거렸다. 그리고 2개의 텔레비전 네트워
크에서는 정규 방송을 모두 중단하고 〈그의 배경에 대한 해설〉
이란 제목을 단 특별 프로그램을 내보냈다. 〈그〉란 다름아닌 맥
보란이었다. 그 프로그램은 맥 보란의 경력과 지금까지의 사건
을 다룬 것이었다.

북서쪽에서 접근하는 폭풍 경보에 귀를 기울이고 있던 시민들
은 맥 보란이 시카고에 왔다는 소식을 접하고 난 다음부터는 폭
풍 따위에는 신경조차 쓰지 않았다. 그들의 모든 관심은 한 사람
으로 된 군대인 맥 보란의 활약상에 기울어져 있었다. 그러나 재
수없게 밤새 도로의 경비를 명령받은 경찰들은 자연의 심술을
감수해야만 했다.

미시간 가의 어느 목로 주점 이층에 있는 밀실에서는 납덩이
처럼 차가운 표정을 한 사내 네 명이 이마를 마주대고 앉아 낮은
목소리로 얘기를 나누고 있었다. 비공식적으로는 〈4대 보스 회
담〉이라 불리는 그 모임에 참석한 사내들은 시카고의 인근 지역
들을 악의 소굴로 만들어 놓은, 눈에 보이지 않는 권력 기구를
움직이는 사람들이었다. 그 네 명의 사내는 〈시티〉〈레이버〉〈인
더스트리〉〈신디케이트〉라는 암호로만 호칭되고 있었다.

그 회담에서는 앞으로 그들이 치러내야 할 전투에서 각자가
맡은 분야에 대한 책임을 재확인하고 영역의 재조정에 대해 의

견을 주고받았다. 그리고 각 영역의 지휘관 임명도 있었는데 그 지휘관들에게는 묘한 이름이 붙여졌다. 그들은 사람을 죽이는 데 비상한 재주를 가진 정예 부대를 지휘하게 되어 있었다. 또 〈4대 보스 회담〉의 권한을 위양받아 직접 전투를 지휘할 총사령 관도 선출되었다.

총사령관이 된 사내는 〈터키〉 로렌스 로시라는 사내로 보통 럴리 터크 혹은 그저 터크로 불렸다. 그가 〈터키〉라는 별명을 가 지게 된 데에는 그만한 이유가 있었다.

터키, 즉 칠면조란 마피아들이 누군가로부터 자백을 받을 필 요가 있을 때 자행하는 고문을 뜻하는 은어였다. 그것은 희생자 로 하여금 죽는 순간까지 의식을 잃지 않고 지독한 고통에 시달 리며 몸부림치다가 최후의 순간에야 목숨을 잃게 하는 지독한 고문이었다. 희생자는 자신의 몸이 난도질당하고 있다는 걸 생 생하게 느끼며 서서히 죽음의 늪으로 빠져들어 마침내는 다져진 고깃덩이, 곧 칠면조 요리가 되는 것이었다.

고문을 맡은 사람들은 저마다 독특한 고문 기술을 갖고 있었 다. 그 중에서도 럴리 터크의 솜씨는 월등히 뛰어났었기 때문에 〈터키〉란 별명을 얻게 되었다. 그는 뒷골목 세계로 흘러 들어와 권력을 향한 사다리를 오르기 시작할 무렵부터 잔혹한 기술을 익혀 왔었다.

그가 보란을 맞아 싸우는 전투의 총사령관을 맡게 되었다는 것은 그의 인생에 있어서 하나의 커다란 전환점이라 할 수 있었 다. 그는 현재 48세의 나이로 졸리엣에 있는 주립 형무소 신세를 두 번이나 진 경력자였다. 지금의 럴리 터크는 악으로 점철된 생 애에서 그 절정기를 맞이하고 있었다. 보란을 잡기만 하면 그의 앞에 누구도 가로막지 못할 출세 가도가 펼쳐질 것은 불을 보듯 환한 일이었다.

그러나 폭풍이 휘몰아치기 직전의 그 위태로운 시카고의 저녁에 그는 한 가지 사실을 깨달아야만 했다. 아무리 넓고 탄탄한 길이라도 반드시 끝나는 곳이 있다는 사실을……

모텔로 돌아온 맥 보란은 조용히 문을 열고 방 안으로 들어섰다. 그는 문 옆에 있는 테이블 위에 가져온 꾸러미를 내려놓았다.

어두컴컴한 방 안을 밝히고 있는 것은 텔레비전 브라운관에서 뿜어져 나오는 빛과 욕실의 반투명한 유리창으로 흘러나오는 은색 불빛뿐이었다.

그녀는 침대 위에 팔다리를 뻗고 엎드린 채 텔레비전을 보고 있었다. 폭시 레이디의 허리 부분에는 타월이 아무렇게나 둘러져 있었다. 그녀의 매끄러운 살결이 텔레비전의 빛을 받아 연초록색으로 반짝거렸다.

보란은 잠시 동안 타월 아래 솟아오른 엉덩이를 쳐다보고는 텔레비전 화면으로 눈길을 돌렸다. 화면에는 스케치된 그의 얼굴이 클로즈업되어 있었고 스피커에선 뉴욕에서 그가 벌인 전투에 대해 속사포처럼 떠들어 대는 아나운서의 목소리가 쏟아져 나오고 있었다.

그녀가 천천히 고개를 돌려 보란을 올려다보았다. 물결 치는 금발이 그녀의 둥근 어깨 위에 흩어졌다.

「돌아오셨군요. 당신이 날 놓아 두고 아주 가버린 줄 알았어요. 난 혼자 있는 게 싫어요. 너무 쓸쓸하거든요.」

　조용히 얘기하는 그녀의 목소리에는 알 수 없는 슬픔이 담겨 있었다.

「만나야 할 사람이 있었소.」

　보란은 탄력이 넘치는 그녀의 벌거벗은 몸을 눈으로 훑어보았다.

「그 사람이 누구인지는 나도 알아요. 방금 텔레비전에서 봤어요. 그게 사실인가요? 〈L & A〉 운송 회사의 루디 파머가…….」

　그녀의 눈동자에 어두운 그림자가 지나가는 걸 보란은 놓치지 않았다.

「그렇소.」

　보란은 무뚝뚝하게 대꾸하며 납작한 상자 하나를 침대 위로 던졌다. 그녀는 보란을 올려다볼 뿐 상자는 거들떠보지도 않았다. 그녀의 푸른 눈동자에 또다시 그림자가 스쳐 지나갔다.

「정말 당신이 그의 목을 칼로 잘라 버렸어요?」

「그는 이미 죽었소.」

「하지만…….」

　그녀는 한숨을 내쉬었다.

「상자를 열어 봐요. 필요한 게 들어 있으니까.」

　보란은 얼굴을 일그러뜨리고 욕실 쪽으로 돌아섰다. 그는 욕실 문을 소리내어 닫았다.

　그가 루디 파머의 목을 따버린 것은 움직일 수 없는 사실이었다. 게다가 오늘 오전에는 열 명도 넘는 사내들의 몸뚱이에 뜨거운 납덩이를 쑤셔 넣었다. 그는 침대 위에 엎드려 있는 여자의 아름다운 눈동자를 스치고 간 그림자의 의미를 잘 알고 있었다. 그것은 그녀의 마음속에서 움트기 시작한 살인에 대한 혐오였다.

　보란은 다른 사람이 그런 눈으로 자신을 보는 데 익숙해질 수가 없었다. 그는 이제껏 그런 혐오가 담긴 시선을 여러 번 느꼈다. 그런 눈총을 받을 때마다 보란은 기분이 몹시 우울해지는 걸 감출 수 없었다.

　사실 사람들이 그런 눈으로 자신을 보는 것에 대해 불평할 수는 없었다. 그것은 보란 스스로가 초래한 결과였기 때문이었다. 그는 수학에 소질이 있는 사람은 숫자를 싫어해서는 안 된다고 생각했다. 댄서라면 춤을 추어야 하고 가수라면 노래를 불러야 하고 그림쟁이는 그림을 그려야 한다. 그리고 저격수는 전투를 해야만 했다. 보란은 자신이 해야 할 일을 누구보다도 잘 알고 있었고 어떤 식으로 살아가야 하는지도 절감하고 있었다. 혐오의 시선을 느끼더라도 어쩔 수 없는 일이었다. 보란은 자기를 바라보는 혐오의 시선을 어느 정도 이겨낼 수 있을 것 같은 자신감을 느꼈다.

　그는 천천히 옷을 벗고 어깨에 걸치고 있던 권총 벨트에서 베레타를 뽑아 샤워장의 칸막이 바깥쪽에 있는 타월걸이에 꽂았다. 그리고 나서 샤워기를 틀고 뜨거운 물줄기에 몸을 내맡겼다. 그는 두 눈을 질끈 감은 채 고개를 쳐들었다. 더운 물이 얼굴을 두드렸다. 보란은 입을 벌리고 줄기차게 쏟아지는 물을 맞으며 한참 동안 서 있었다.

　갑자기 샤워장의 칸막이 문이 열리더니 한 그림자가 문간에 기대서서 보란을 뚫어져라 바라보았다. 그에게로 향한 폭시 레이디의 영롱한 눈동자에는 이젠 혐오의 그림자는 찾아볼 수 없었다. 콜드크림 병을 들고 서 있는 그녀는 실오라기 하나 걸치지 않은 알몸이었다.

「콜드크림이 필요하다는 말을 기억해 주셔서 고마워요.」

그녀는 조그만 소리로 중얼거렸다.

「고맙다고 생각하니 오히려 내가 고맙군.」

보란은 어깨를 으쓱해 보였다.

「저…… 크림으로 이걸 지워 주시지 않겠어요?」

그녀는 우윳빛 가슴 위에 그려진 빨간 여우 머리를 손가락으로 가리켰다.

「그렇게 하지.」

보란은 고개를 끄덕이며 손을 내밀었다.

보란은 집게손가락에 콜드크림을 듬뿍 찍어 그녀의 가슴 위를 문질렀다. 그녀의 탄력 있는 가슴 근육이 손가락을 움직일 때마다 출렁거리며 조금씩 긴장되어 가는 걸 느낄 수 있었다. 그는 되도록이면 그녀와 관계 없는 일을 생각하려 애쓰며 기계적으로 크림을 발랐다. 그러나 손끝을 통해 전해지는 감각은 잠들었던 사나이의 본능을 유혹하기 시작했다. 아무리 강인한 의지를 가진 보란이었지만 육체의 반응을 완전히 무시할 수는 없었다.

폭시 레이디의 가슴을 장식했던 여우가 희미한 모습이 되자 그녀는 콜드크림 병을 한쪽으로 치우고 매끄러운 두 팔로 보란의 목을 끌어안았다. 젊음으로 터질 듯한 그녀의 육체는 뱀처럼 보란을 휘감으며 묘한 향기를 뿜어 내기 시작했다.

「아직 내 이름을 모르시죠? 지미 제임스예요. 우리 부모님은 사내아일 원했었나 봐요. 하지만 이름이 사내 같다고 해서 나도 사내 같을 거라고 생각하심 싫어요. 어때요, 내가 얼마나 여자다운지 알고 싶지 않으세요?」

그녀는 보란의 탄탄한 어깨를 쓰다듬으며 부드럽게 말했다.

「폭시 레이디에게도 이름이 있었군. 그런데 내 이름은 여전히 맥 보란이오.」

보란은 그녀의 물결 치는 머리칼을 쓸어 내렸다. 그녀는 점점 더 보란에게 밀착되어 왔다. 그는 비단결처럼 자신의 몸을 휘어 감는 여자에게 혐오감은 남아 있지 않다는 걸 열려지는 오감을 통해 실감할 수 있었다.

지미의 마음은 애타게 보란을 원하고 있었다. 그런 그녀의 마음속에 혐오감이 자리잡을 틈이란 없었다. 그녀는 꽃잎 같은 입술 사이로 뜨거운 숨결을 토해 내며 보란을 기다리고 있었다. 보란이 고개를 숙이자 그녀는 갈증난 사람처럼 그의 입술을 마시기 시작했다.

두 사람을 에워싸고 있는 하늘과 땅에서는 폭풍이 점점 거세어지고 있었다. 그리고 두 사람 사이에도 엄청난 폭풍이 휘몰아치기 시작했다.

　

특별 주문으로 만들어진 듯한 문에 커뮤니케이션 사(社)라고 적힌 명패가 붙어 있는 방 안엔 어깨 높이로 칸막이를 해놓은 테이블이 죽 늘어서 있었고 각 테이블에는 전화와 마권 암거래에 필요한 모든 장치들이 갖추어져 있었다. 그곳은 국내의 경마장이나 경기장에서 벌어지는 각종 시합에 돈을 걸게 하는 사설 도박장의 전화 센터로서 마피아의 시카고 정보 센터도 겸하고 있었다.

그날밤 그 전화 센터는 본연의 업무인 도박과는 관계 없는 일로 발칵 뒤집혀 버렸다. 그곳이 보란을 상대로 한 전투에서 연락

을 담당하게 되었기 때문이었다. 다시 말해 수십 명에 이르는 전
투원들의 전화 보고를 받는 것을 비롯해서 그 보고를 중계하고
적절한 지시를 전달해 주는 기능이 위임된 것이었다.

럴리 터크는 쇠그물로 된 칸막이 안쪽의 책상 앞에 앉아 몇몇
부하들과 얘기를 나누고 있었다.

「피에트로 라발로가 왔습니다.」

입구를 바라보며 앉아 있던 한 사내가 낮은 소리로 말했다.

「뭣 때문에 나타난 거지?」

터크는 이맛살을 찌푸리며 라발로가 테이블 사이로 걸어오는
것을 지켜보았다. 라발로는 숨을 헐떡이며 쇠그물 칸막이 안으
로 들어섰다.

「잘되어 가나, 터크?」

라발로는 오른손을 어깨 높이까지 들어올리며 미소를 지어 보
였다.

「네. 그런데 무슨 일로……?」

터크는 은근히 귀찮다는 표정을 지으며 말했다. 그것은 라발
로가 그곳에는 필요없는 사람이라는 뜻이기도 했다.

「뭐, 특별한 일은 아니고 그저 궁금해서 나와 봤네. 내가 거들
어줄 일은 없나?」

라발로의 얼굴이 굳어졌다.

터크는 턱을 문지르며 천장을 올려다보았다. 그는 지금이 총
사령관으로서의 그에게 매우 중요한 순간이라고 판단했다. 만일
가까운 장래에 중견 간부로 있는 라발로가 굵직한 보스로 떠오
르게 된다면 터크 같은 사내의 운명쯤은 마음대로 쥐고 흔들 수
있을 것이다. 게다가 라발로가 그렇게 될 가능성은 충분히 있었

다. 터크는 뒷일을 생각한다면 전투의 총사령관이라고 해서 거들먹거릴 수는 없다고 생각하고 태도를 바꾸었다.

「일부러 여기까지 오시게 해서 죄송합니다, 미스터 라발로. 지금까진 별일 없습니다. 놈은 땅굴이라도 파고 들어앉은 모양입니다.」

말을 끝내고 터크는 미소까지 지어 보였다.

「그래? 어쨌든 사무실에서 그놈에 대해 이것저것 생각하며 속을 썩이느니보다 이곳에 있는 게 낫겠군.」

라발로는 슬그머니 의자에 앉았다.

터크는 부하 중 한 명과 난처한 시선을 주고받은 후 목청을 가다듬었다.

「전 조금 전까지 부하들과 작전을 검토하던 중이었습니다. 솔직하게 말씀 드려 저희들은 당신을 경호하고 있었습니다. 오늘 밤을 여기서 보내실 생각이라면 그 친구들을 다른 곳으로 보내야겠는데요, 미스터 라발로.」

「난 전혀 몰랐네. 아무도 그런 얘길 해주지 않더군.」

라발로는 깜짝 놀란 듯 눈썹을 치켜 올렸다.

「그럴 수밖에요. 비밀에 붙여둔 일이었습니다.」

「하지만 내겐 개인 경호원이 있네.」

라발로는 따지듯 말했다.

「물론 알고 있습니다. 그것까지 계산에 넣고 있었습니다. 더블라인이라는 걸 아십니까? 한쪽은 드러나 보이게, 다른 한쪽은 전혀 눈치 채지 못하게 경호를 하는 겁니다. 그래서 당신에게까지 비밀로 한 겁니다.」

「좋아. 그건 자네가 해야 할 일이니까 더 이상 말하지 않겠네.

그리고 여기 오래 있을 생각은 아니네. 난 그저 궁금해서 들렀을 뿐이니까. 모든 게 잘되어 간다니 다행스럽구먼.」

라발로는 손바닥을 마주 비비며 터크를 흘끗 쳐다보았다. 터크의 눈엔 어서 가달라는 빛이 완연했다.

「그리고 될 수 있는 한 자연스럽게 행동해 주셨으면 합니다. 보란은 오늘밤 당신을 노리고 있습니다. 그놈은 틀림없이 한 번 더 찾아오리라고 생각합니다. 우리로서는 제발 그놈이 나타나 주길 바라고 있습니다. 눈앞에 보이기만 하면 멋지게 한 방 먹일 겁니다.」

터크는 자신의 말에 흥분된 듯 주먹을 쥐고 손바닥을 소리나게 쳤다.

「자네 말은 충분히 알아듣겠네. 미끼로서는 내가 별로 재질이 없지만 말이야.」

라발로는 갑자기 매우 피곤해 보였다. 그는 의자에서 일어서며 아무렇지도 않은 듯한 말투로 터크에게 물었다.

「그 계집은 어떻게 됐나?」

「일단 손은 써두었습니다. 이름과 주소는 물론이고 자주 다니는 곳, 단골 치과까지 파악해 놓았습니다. 부모들은 몬타나의 교외에 살고 있는데 벌써 한 시간 전부터 전화를 도청하고 있습니다. 아무튼 저희들에게 맡겨 두시고 편히 쉬십시오, 미스터 라발로. 금방 꼬리가 잡힐 겁니다.」

터크는 자랑스러운 얼굴이었다.

「그런데 한 가지 자네가 알아둘 일이 있네. 그 계집을 잡는 대로 나한테 데려오도록 하게. 아우렐리와 그 계집이 어떤 사이였는지 알고 싶으니까. 나에게는 그럴 권리가 있어. 그리고 내 허

락이 떨어질 때까지는 그 계집에게 손가락 하나 대지 않도록 하
게.」

라발로의 얼굴에 초조한 빛이 스쳐 갔다.

「우리가 관심을 갖고 있는 것은 보란뿐입니다. 그놈을 잡기 위
해서라면 무슨 수단이든 다 동원할 겁니다. 그 점은 이해해 주시
겠죠? 일단 보란을 붙잡고 난 다음에는 당신이 그 계집을 어떻
게 처리하든 상관하지 않겠습니다.」

그때 전화통에 매달려 있던 사내 중 한 명이 급히 터크 쪽으로
다가오더니 안절부절못하는 표정으로 서 있었다.

「뭐야?」

터크는 사내에게 말할 기회를 주었다.

「코리 선더스에게서 보고가 들어왔습니다. 웨스트 워싱턴가에
서 의류 상회를 하고 있는 선더스의 정보원이 전해준 얘기랍니
다. 그 정보원이 텔레비전을 보고 있는데 마누라가 들어오더니
…….」

「너절하게 늘어놓지 말고 본론부터 얘기해.」

터크는 얼굴을 찌푸렸다.

「그놈이 드디어 나타난 것 같습니다. 어떤 사내가 여자 옷 한
벌과 속옷 나부랭이를 몽땅 챙겨 갔답니다. 가게 주인에게 대충
사이즈를 얘기한 다음 주인이 내미는 대로 싸들고 사라졌답니
다. 그가 얘기한 치수는 폭시 레이디의 것과 일치합니다. 가게
주인은 제일 비싼 것으로만 골라서 그에게 보여 주었다는데 가
격 따위에는 조금도 신경 쓰지 않는 눈치였다고 합니다.」

「그게 언제쯤이야?」

「〈L & A〉의 살인 사건이 있은 직후 같습니다.」

사내는 라발로를 흘끗 쳐다보았다.

「계속해.」

터크는 생각에 잠긴 눈길로 사내를 재촉했다.

「그 물건을 사간 사내의 인상 착의도 보란과 맞아떨어집니다. 큰 키에 검은색 양복을 입었다고 했습니다. 선글라스를 쓰고 있었기 때문에 얼굴 모양은 자세히 알 수 없었지만 어딘지 음산한 분위기를 지니고 있었답니다.」

사내는 라발로와 터크를 번갈아 쳐다보았다. 터크는 사내의 팔을 잡고 커다란 지도를 펼쳐 놓은 책상 쪽으로 갔다.

「그 의류 상회가 있는 곳에 동그라미를 그려 넣어.」

사내는 붉은색으로 표시를 한 다음 터크에게 말했다.

「그 사내는 하얀 스포츠카를 타고 왔었답니다. 몇년도에 출고된 것인지는 모르겠지만 아무튼 아주 큰 고급차라고 했습니다. 외제인지도 모르겠다더군요.」

「그놈이 타고 온 차를 보셨습니까, 미스터 라발로?」

터크가 물었다.

「못 봤네.」

「그럼 옷차림은 기억하시겠습니까? 그때도 검은색 양복 차림이었습니까?」

「글쎄……. 내가 자세히 본 거라곤 아무 것도 없네. 그놈은 불쑥 내 눈앞에 나타났다구. 내가 기억하는 것은 그놈의 얼굴과 시커먼 총구, 그리고 온통 검은 옷을 입고 있었다는 것뿐이네. 그놈이 입었던 게 양복이었는지 상복이었는지는 모르겠네.」

라발로는 난처한 듯 손마디를 소리나게 꺾었다.

「왜 그놈은 검은색 옷만 입고 다닐까요? 생각만 해도 으스스해지는군요.」

터크의 부하가 낮은 소리로 중얼거렸다.

「그놈이 검은색을 즐기는 건 당연해. 그놈은 대개 밤에 활동을 하거든. 그러니까 일부러 모습을 드러내려고 작정하지 않는 한 검은 옷을 입을 수밖에. 기억해 두라구.」

터크는 짜증스럽게 말했다.

「별난 놈이로군.」

라발로는 헛기침을 했다.

「별난 게 아니라 귀찮은 겁니다.」

터크는 못마땅한 시선으로 라발로를 쳐다본 후 부하들을 돌아 보았다.

「자, 모두들 지도를 잘 봐!」

터크는 마디가 굵은 손가락으로 커다란 지도를 짚어 가며 말 하기 시작했다.

「그놈은 〈L & A〉 운송 회사를 습격한 후 이 프리웨이를 지나 갔을 것이다. 미스터 라발로 말에 의하면 그가 〈L & A〉를 들른 게 5시 30분 경이라고 했으니까 시간상으로 볼 때 이 근방에 숨 어 있음에 틀림없다. 지금부터 이 부근의 호텔과 모텔을 샅샅이 뒤지도록. 알겠나?」

「지금 밖에는 눈보라가 굉장하다네. 북쪽으로 향하는 길은 통 행이 금지되었고 호수 주위에는 폭풍 경보가 내려졌어.」

라발로가 끼여 들었다.

「그래서 어떻다는 겁니까?」

터크는 무뚝뚝하게 말했다.

「자네의 추측은 납득이 가지만 지금과 같은 날씨 속에서 놈을 찾는 일은 쉽지 않을 거야. 확률로 따지면 100만분의 1 정도라고 해야 할 걸?」

「염려해 주셔서 고맙습니다만 그 확률까지도 이겨야 하지 않을까요?」

터크는 라발로를 비아냥거리며 웃음을 터뜨렸다.

「자네 말에도 일리가 있구면. 그럼 난 그만 집으로 돌아가 자네가 확률을 극복하는 동안 푹신한 침대에서 잠이나 자야겠네.」

라발로는 기분이 상한 듯한 말투로 중얼거렸다.

「그렇게 해주십시오, 미스터 라발로.」

〈L & A〉 운송 회사의 사장은 낯익은 얼굴들에게 수고하라는 뜻으로 손을 흔들어 보인 후 종종걸음으로 문을 나섰다.

터크는 그 모습이 시야에서 완전히 사라지자 만족한 미소를 띠며 부하들을 둘러보았다.

「속이 시원하군. 그럼 이제부터 숙박 업소를 뒤질 놈들을 골라볼까? 언제는 날씨 따라 전투했었나? 눈보라가 우리의 앞길을 막는다는 건 말도 안 되는 소리야. 오늘밤 안으로 끝장을 봐야 한다구.」

고문이라면 누구보다도 자신있다고 큰소리 치는 럴리 터크는 부하들에게 힘찬 목소리로 수색 명령을 내렸다. 그 명령은 또 다른 종류의 폭풍 경보라 할 수 있었다.

터크는 자신에게 닥칠 폭풍을 스스로 기르고 있었지만 조금도 그런 사실을 깨닫지 못했다.

그 점은 피에트로 라발로에게 있어서도 마찬가지였다.

## 5
## 정 글

　보란은 생각에 잠긴 채 책상다리를 하고 침대 위에 앉아 있었다. 그의 눈앞에는 지미 제임스가 등을 돌린 채 누워 있었다.
　「그만 일어나요, 지미.」
　보란은 달덩이 같은 여자의 엉덩이를 툭 건드렸다. 그녀는 부스럭거리며 보란 쪽으로 돌아눕더니 눈을 거슴츠레하게 뜨고 그를 쳐다보았다.
　「난 잠들지 않았어요. 당신은 누구죠? 천사인가요?」
　그녀는 부드럽게 미소 지었다.
　「천만에!」
　보란은 실소를 머금었다.
　「거짓말하지 마세요. 이곳은 천국이잖아요? 그러니까 당신은 천사임에 틀림없어요.」
　그녀는 반쯤 몸을 일으켰다.

「여긴 천국이 아니라 지옥이오.」

「또 거짓말을 하시는군요.」

「거짓말이 아니오. 잠시 후면 이곳은 지옥으로 변해 버릴거요.」

「여긴 안전하다고 생각했었는데요?」

그녀는 놀란 듯 눈을 크게 떴다.

「안전한 곳이란 없소. 여기는 잠깐 머물다 갈 수 있는 휴게소는 될지언정 안식처는 못 되오. 빨리 여기를 떠나야 하오.」

보란은 고개를 내저으며 바닥으로 내려섰다.

「당신 몸은 정말 아름답군요!」

욕실로 향하는 보란의 벌거벗은 뒷모습을 보며 지미는 탄성을 올렸다.

보란은 욕실에 벗어 두었던 속옷을 갖고 나와 차례로 입은 다음 양면으로 입을 수 있는 방한복을 뒤집어 흰 쪽이 바깥으로 나오도록 했다.

「남자들은 줄곧 움직이지 않으면 어디가 근질근질한 모양이죠? 하긴, 남자들이 줄곧 움직여 주니까 우리 여자들의 인생이 즐거움으로 가득 차긴 하지만.」

그녀는 여전히 벌거벗은 채 침대 위에 걸터앉아 장난스럽게 말했다.

「당신의 우먼리브는 지나친 것 같은데?」

보란은 방한복의 단추를 채우며 한마디 했다.

「당신도 우먼리브를 알고 있나요?」

지미는 물결 치는 금발을 쓸어 넘겼다.

「시간 낭비하지 말고 당신도 빨리 옷을 입도록 해요. 난 5분간만 더 여기에 머물 생각이오.」

보란은 다소 냉정하게 말했다.

「5분이라구요?」

그녀는 퉁기듯 침대에서 일어나 욕실 쪽으로 뛰어갔다. 그러나 채 몇 걸음 떼기도 전에 갑자기 우뚝 서더니 보란을 돌아보았다.

「무슨 문제가 있소?」

의아한 얼굴로 보란이 물었다.

「당신은 내 문제로 흥정을 하셨다고 했죠?」

「그렇소. 충분히 해볼 만한 가치가 있는 일이었지.」

「가치가 있는 일이라뇨? 그게 무슨 뜻이죠?」

「일종의 교란 전법이라고만 알아 두시오. 아마 일시적이긴 했겠지만 적들은 서로 의견 대립이 있었을 거요. 그것 덕분에 두 시간 남짓 시간을 벌었지.」

「난 여기 눌러 있는 게 더 안전하다고 생각해요. 아무리 마피아라 하더라도 시카고에 있는 숙박 업소를 모두 뒤질 순 없는 노릇 아녜요?」

그녀는 욕실로 들어가며 말했다.

「그러나 지금으로서는 그놈들이 날 잡기 위해 할 수 있는 일은 그것밖에 없소. 처음부터 그럴 생각은 아니었지만 난 놈들의 코앞에다 도전장을 들이밀었단 말이오.」

「무슨 말인지 한마디도 못 알아듣겠군요.」

지미가 욕실 안에서 소리쳤다.

「아무튼 난 작전을 달리하기로 마음먹었소. 그리고 내가 한번 공격했으니 이번에는 놈들이 공격할 차례요. 아마 놈들은 눈알이 벌겋게 되어 이 부근을 이잡듯 뒤지고 있을 거요.」

「그럼 우린 어떻게 되죠?」

그녀는 김이 오르는 몸으로 또박또박 걸어나왔다. 그리고는 보란이 가지고 온 꾸러미를 풀어 보려다가 보란의 가슴께에 매달린 베레타를 보고는 주춤했다.

「총이 무서운가 보군.」

보란은 재킷을 입으며 웃음을 머금었다.

「진짜 총은 처음 봐요. 조그만 게 몹시 음흉하게 생겼군요.」

「위험하기 짝이 없는 물건이지. 게다가 내가 갖고 있는 것은 특별한 놈이오. 프랑스에서 산 건데 방아쇠를 강도 4파운드로 조절해 놓았소. 무슨 말이냐 하면 이놈에다 대고 입김만 세게 불어도 발사된다는 뜻이오. 그리고 30야드 떨어진 곳에 2인치 간격으로 늘어놓은 표적을 맞힐 수도 있소. 또 여덟 발을 다 쏘고 나서 다시 장전하는 데 1초면 충분하오. 이놈은 9밀리미터짜리 파라베람탄을 토해 내는데 파괴력은 토미건에 못지 않소.」

보란은 권총 벨트에 들어 있는 베레타를 가리키며 말했다.

「그런 말을 왜 내게 하는 거예요?」

그녀의 반듯한 이마에 주름살이 생겼다.

「당신이 어떤 무기와 같이 있느냐 하는 것을 알려 주기 위해서요. 내가 〈엎드려!〉 하고 소리치면 그곳이 어디이건 당신은 바닥에 납작하게 엎드려야 하오. 그땐 이미 내가 이 베레타를 뽑아 들고 한참 쏘아 대고 있을 거요. 난 당신의 아름다운 몸에 상처를 내고 싶지 않소.」

보란은 진지하게 말했다. 그녀는 아무 대꾸도 하지 않고 꾸러미를 풀기 시작했다.

「어머! 이 하트형 팬티는 어디서 사셨어요?」

그녀는 종이를 헤치고 얇은 실크 천 하나를 집어들었다.

「얘기를 딴 데로 돌리지 마시오.」

「알았어요, 보란. 당신이 내 몸을 아름답다고 생각하신다니 정말 기뻐요. 아무튼 당신이 하는 일에 거추장스런 존재가 되지 않도록 최대한 노력하겠어요. 당신이 〈엎드려!〉 하고 소리친다면 난 아마 놀라 뒤로 자빠질 거예요. 그럼 당신 주문대로 되는 것 아녜요?」

그녀는 속눈썹을 깜박거리며 장난스럽게 얘기했다.

「난 당신이 기절하는 걸 원하는 게 아니오. 내가 직접 시범을 보일 테니 잘 봐요.」

보란은 심호흡을 하더니 순식간에 바닥에 엎드렸다.

지미는 신기한 듯 눈을 동그랗게 뜨고 웃음을 터뜨렸다.

「이제 알겠어요.」

그녀는 보란 옆에 무릎을 꿇고 앉았다.

「뭘?」

「당신이 침대에서의 그 오묘한 기술을 어디서 익혔나 했더니 바로 전투중에 숙달한 거로군요.」

「당신도 해봐요.」

보란은 몸을 일으켰다.

「매우 진지하시군요.」

그녀는 슬그머니 따라 일어서며 말했다.

「이제껏 지금보다 더 진지해본 적이 없을 정도요. 잘 들어요, 지미. 이제부터 우린 정글을 빠져 나가야 하오. 그러니 악귀들이 우글거리는 정글에서 살아 남는 방법을 당신도 알아 두어야만 하오.」

보란은 그녀의 분홍빛 뺨을 쓰다듬었다.

「알겠어요, 보란.」

그녀는 보란의 손바닥에 입을 맞추었다.

「엎드려!」

갑자기 보란이 소리치자 지미는 카펫 위로 몸을 던졌다. 그러나 그녀는 필사적으로 바닥에 달라붙는 게 아니라 웃음을 터뜨리며 발버둥을 치고 있었다.

「친구들이 내 모습을 본다면 배꼽을 잡을 거예요. 어때요, 내 동작이?」

「썩 마음에 들지는 않소. 자꾸 연습하면 나아지겠지. 어서 옷을 입어요.」

보란은 재미있어 죽겠다는 얼굴을 하고 있는 지미의 손을 잡아 일으켜 세웠다. 그는 그녀에게서 등을 돌리고 두 발자국쯤 옮겨 놓은 뒤 또 한 번 소리쳤다.

「엎드려!」

그와 동시에 보란은 번개처럼 바닥을 구르면서 베레타를 꺼내 들고 그녀를 향해 총을 든 손을 쭉 뻗었다. 지미는 투명한 푸른 빛 눈을 휘둥그렇게 뜨고 멍청하게 서서 그를 바라보았다.

「난 당신의 두 무릎을 총으로 쏘아 버렸소. 쯧쯧. 이제 다리가 없으니 어떻게 도망을 간담?」

보란은 일어서며 베레타를 권총 벨트에 넣었다.

「설마 당신이 그렇게 할 줄은 몰랐어요.」

그녀는 얼굴을 붉혔다.

「바로 그거요. 총을 쏘기 전에 미리 알려 주는 사람은 아무도

없소. 죽고 사는 건 눈 깜박할 사이에 판가름이 난다오. 죽지 않
으려거든 반사 신경을 잘 이용해야 하오.」

보란은 일부러 딱딱하게 말했다.

그녀는 사태가 매우 심각하다는 걸 깨닫기 시작한 모양이었
다. 그녀는 잽싸게 침대 쪽으로 가더니 상자에서 옷을 마구 끄집
어냈다. 그녀의 기다란 손가락은 부들부들 떨리고 있었다. 지금
의 그녀에겐 옷을 입는 것도 전투의 일부분이었다. 보란은 그녀
를 거들어 주기 위해 천천히 침대 쪽으로 다가갔다.

「이렇게 짧은 허니문은 세상 어디에도 없을 거예요.」

그녀는 서글픈 듯한 표정을 지었다.

「죽는 것보다야 낫겠지.」

보란의 목소리에는 아무런 감정의 동요도 담겨 있지 않았다.

「당신은 어떻게 이런 상황을 견딜 수 있는 거죠? 매일 죽음을
바라보고 산다는 건 상상도 할 수 없는 일이에요!」

그녀의 커다란 눈에는 눈물이 그렁그렁했다. 그녀가 눈을 꼭
감자, 부챗살처럼 퍼진 속눈썹을 비집고 눈물이 주르륵 흘러내
렸다.

「그럼 그렇게라도 살지 말고 죽으란 얘기요?」

보란은 그녀를 가볍게 끌어안으며 젖은 뺨에 입을 맞추었다.

「당신이 불쌍하군요. 언제까지 이런 생활을 해야 하나요?」

「언젠가는 끝이 나겠지. 하지만 난 그날이 빨리 오도록 재촉하
고 싶진 않소.」

「그건 정글의 계율인가요? 누구든 빈틈을 보이는 쪽이 죽어넘
어지는 정글 속에선 철저하게 강한 자만이 살아 남는다는 원칙
이 적용되겠죠?」

그녀는 속삭이듯 말했다.

「내가 당신에게 얘기하고 싶었던 것도 바로 그거요. 지미, 바깥에는 폭풍이 휘몰아치고 있소. 비행기는 이륙할 엄두도 못 내고 기차의 운행까지 정지된 상태요. 도로는 거의 폐쇄되었소. 다시 말해 시카고를 빠져 나갈 방법이 없다는 얘기요. 그렇다고 이곳에 겨울을 날 만한 안전한 장소가 있는 것도 아니오. 우리의 적들은 모든 면에서 유리한 입장에 놓여 있소. 그렇기 때문에 우린 될 수 있는 한 빨리 이 모텔을 떠나야 하오. 놈들의 포위망은 점차로 좁혀 들고 있소. 한 군데 머물러 있는다는 건 자살 행위요. 우린 정글에서 살아 남는 자가 되어야 하오. 어떻소, 당신은 살아 남을 자신이 있소?」

「물론이에요, 당신만 옆에 계신다면.」

그녀는 또렷하게 대답했다.

보란은 그녀의 부드럽기만 하던 어깨에 힘이 들어간 것으로 보아 그녀가 마음을 단단히 먹었음을 알 수 있었다.

「이제 그만 떨고 어서 옷을 입어요. 1분 1초라도 아껴야 한다는 걸 명심하고.」

「저…… 나 때문에 당신이 더욱 위험하게 되었는데 혹시 내가 귀찮지 않으세요?」

그녀는 조심스럽게 물었다.

「천만에. 위험은 나에겐 일상적인 일이오. 그리고 당신은 내가 삶을 이어가는 데 필요한 또 하나의 구실이 되고 있소.」

보란은 안심하라는 듯 미소를 지어 보였다.

그녀는 상자에서 바지를 꺼내 들더니 환호성을 올렸다.

「참 마음에 들어요. 이런 멋진 바지는 처음 봐요. 당신이 하시는 일은 뭐든지 다 멋있는 일뿐이군요.」

「나도 그렇게 생각하오. 사람을 죽이는 일까지도 깨끗하게 해치우니까.」

보란은 가볍게 대꾸했다.

「하지만 당신이 사람을 죽이는 건 정글 속에서뿐이잖아요?」

그녀의 입술은 미소를 띠고 있었으나 눈동자에는 슬픔이 출렁거렸다.

「당신 말이 옳소.」

그녀는 보란을 외면한 채 옷을 입기 시작했다. 그러나 곧 홱 돌아서서 보란에게 달려들더니 육감적인 입술로 키스를 퍼부었다.

「당신도 별로 빠르지 못하군요. 난 당신을 공격하는 데 성공한 거라구요.」

그녀는 보란의 가슴에 어린애처럼 얼굴을 비볐다.

「그렇지만 난 아직 살아 있소. 내 몸속에서 거센 불길이 일어나는 걸 당신은 느낄 수 있소?」

「보란, 여자에게도 정글이 있다는 걸 아세요? 당신의 것보다는 훨씬 부드럽고 매혹적이죠. 당신을 나의 정글에 초대하겠어요.」

지미는 한 걸음 물러서서 턱을 치켜들고 말했다.

「당신의 정글엔 이미 다녀온 것 같은데?」

보란은 킬킬거렸다.

「이번엔 정식으로 초대하는 거예요. 기대해 보세요.」

보란은 말없이 고개를 끄덕이다가 돌연 그녀에게서 눈길을 돌렸다. 그는 일부러 소리를 내어 베레타를 점검하면서 끓어오르는 본능을 억제해야 했다. 물론 그도 정글 속으로 가고 싶었다. 하지만 지금은 적절한 시기가 아니었다.

　지금 그가 해야 할 일은 위험이 들끓는 자신의 정글을 헤치고 그녀를 무사하게 이끌어 나가는 일뿐이었다.

　그리고 그것이 결코 쉬운 일이 아니라는 것을 그는 너무나 잘 알고 있었다.

# 6
## 어둠 속의 탈출

「차를 세워.」

럴리 터크는 몸을 앞으로 내밀고 운전사의 어깨를 가볍게 툭 쳤다.

운전사는 고개를 끄덕이곤 핸들을 꺾어 타운에이커스 모터로 지 입구를 비스듬히 바라볼 수 있는 위치에 차를 세웠다. 바깥은 거센 눈보라 때문에 한치 앞을 구별할 수 없을 정도였고 타운에 이커스의 현란한 네온사인도 공중에 뜬 뿌연 빛으로밖에 보이지 않았다.

그때 터크의 차 바로 뒤쪽에 또 한 대의 차가 멈췄다. 잠시 후 그 차에서 내린 버니 토스카가 터크의 차 안으로 미끄러져 들어 왔다. 그의 코트와 머리 위에는 온통 떡가루 같은 눈이 묻어 있 었다.

「날씨 한번 지독하군.」

터크는 토스카의 옷에서 떨어진 눈을 손가락으로 몇 번 퉁겼
다.

「누가 아니랍니까? 저기가 문제의 그곳입니까?」

토스카는 젖은 얼굴과 손등을 손수건으로 닦았다.

「그래. 저긴 호머가 경영하는 곳인데, 호머는 자네도 알지?」

「물론입니다.」

「저긴 쓸 만한 여자들이 많아. 호머에겐 그 여자들이 황금알을
낳는 거위인 셈이지.」

「재미난 일이 많겠군요.」

토스카는 중얼거리며 천박하게 웃음을 날렸다.

「호머가 인디애나 주의 번호판을 단 하얀색 패럴리를 보았다
더군. 프런트에서 조사해 봤더니 숙박부에는 인디애나 폴리스의
윌리엄 프랭클린 부부로 되어 있더라나? 호머는 그것밖에는 알
아내지 못했어. 낮에 근무하던 종업원들은 야간 근무조와 교대
를 하고 모두 돌아갔기 때문에 지금 저곳에 있는 사람들 중 그놈
의 얼굴을 본 사람은 아무도 없는 셈이야.」

럴리 터크가 얼굴을 찌푸리며 말했다.

「다른 사람들은 아무도 눈치챌 수 없도록 조처해 놓았겠죠?」

「그 친구 말로는 그랬다더군. 방은 240호실이야. 이층 남쪽 끝
에 있는.」

「그런데 어디로 들어가죠? 난 저 안의 구조를 모르는데요.」

「밖에서 올라가는 층계가 네 군데 있어. 두 군데는 주차장에서
바로 이층으로 올라가게 되어 있고 나머지 두 군데는 뭐랄까, 안
마당에서 이층으로 통해 있는 거야. 아무튼 바깥에서 직접 이층
으로 올라갈 수 있는 길은 네 군데야. 그리고 이층의 각 방들은

모두 밖으로 나갈 수 있게 되어 있어. 이층에는 기다란 포치가
있거든.」

터크는 눈보라에 가려 거의 보이지 않는 건물을 쳐다보며 설
명했다.

「그만하면 알겠습니다.」

「일단 로비에 경비원을 몇 명 붙여 놓은 다음 층계를 감시하도
록 해. 네 군데 모두. 여기까지 와서 실수하고 싶지 않으니까 철
저히 살피라구.」

터크는 차가운 표정으로 계속 앞을 바라보았다. 윈도 와이퍼
가 열심히 눈을 닦아 내며 앞유리에 부채꼴을 만들고 있었다.

「염려 마십시오. 실수는 없을 겁니다.」

「무슨 일이 있어도 방 안에서 잡아야 해. 그리고 어떤 놈이든
그 방으로 들어가려는 놈이 있거든 즉시 붙잡아 나한테 데려오
도록 해.」

「알겠습니다.」

토스카는 마음이 안정되지 않는 듯 담배를 꺼내 물었다. 그는
손가락으로 차창을 문지르더니 얼굴을 바짝 들이대고 밖을 내다
보았다.

「그놈이 홀랑 벗고 침대에 드러누워 있다면 생포하는 게 좋겠
지. 그러나 무리는 하지 마. 놈은 틀림없이 반격을 해올거야. 그
땐 그놈의 머리 껍질을 벗겨 오든 손톱을 빼오든 알아서 하라구.
단, 절대로 살려 두어선 안 돼.」

「그럼 이렇게 하도록 하죠. 자동차 두 대는 곧장 주차장으로
보내고 난 보비 틸과 조 바운더를 데리고 남쪽 통로로 올라가겠
습니다. 다른 놈들은 나머지 출구를 지키도록 지시하겠습니다.」

「자네가 직접 올라가도록 해.」

터크가 말했다.

「물론입니다. 그런데 보스는 어떻게 할 생각입니까?」

「난 만약의 경우에 대비해서 여기서 윌리 톰슨과 망을 볼거야.」

터크의 말에 운전석 옆자리에 앉아 뒤돌아보고 있던 사내가 경기관총을 들어 보이며 히죽 웃었다.

「한바탕 벌어져야 몸을 풀 수 있을 텐데.」

「농담이라도 그런 말은 말라구.」

버니 토스카는 눈보라 속으로 뛰어나갔다.

「저 출구 앞에다 차를 세우라구.」

터크는 운전사의 어깨를 두들기며 말했다.

커다란 마피아의 차는 눈길을 천천히 미끄러져 도로 한복판으로 나갔다.

「윌리, 피비린내가 나는 것 같지 않아?」

터크가 껄껄 웃으며 말했다.

「냄새뿐 아니라 맛도 볼 수 있는데요?」

윌리 톰슨은 입맛을 다시며 대답했다.

그때 그들의 눈앞에서 자동차의 헤드라이트가 가물가물하게 보이기 시작했다. 도로 사정이 좋지 않은데다 시계(視界)마저 좁아서 그 차는 느릿느릿 앞으로 움직이다가 타운에이커스의 입구를 향해 크게 커브를 그렸다. 그 순간 럴리 터크의 차에서 뻗어나온 헤드라이트의 불빛 속에 그 차가 잠시 노출되었다. 그 차 안에 타고 있는 사람들의 모습을 본 럴리 터크는 낮은 신음 소리를 냈다.

「보았나?」

「네, 보스.」

운전사가 대답했다.

「난 못 봤는데 누가 타고 있었습니까?」

윌리 톰슨이 물었다.

「피에트로 라발로야. 차 안에는 경호원들도 타고 있어.」

운전석에 앉은 진이 말했다.

보란은 손목과 발목이 꼭 죄는 하얀색 방한복 위에 역시 하얀색의 가볍고 따뜻한 모자 달린 재킷을 껴입었다. 그것은 그가 폭시 레이디의 옷가지들과 함께 모텔로 가져온 꾸러미 속에 들어 있었다. 신발은 보온재로 안감을 대고 그레이 고무창을 단 부츠를 신었다. 자신의 전투 준비가 일단 끝나자 보란은 지미 제임스의 옷차림을 뜯어보았다.

「그만하면 추위는 느끼지 못하겠군.」

「북극 탐험도 문제 없겠어요.」

그녀는 가지런한 이를 드러내며 생글거렸다.

「바지를 하나 더 입도록 해요.」

지미는 얇은 내의를 입고 보란의 것과 꼭같은 방한복을 입은 위에 그가 내미는 두툼한 옷을 낑낑거리며 겹쳐 입었다. 그리고는 무릎까지 올라오는 부츠를 신었다. 그녀가 입은 것도 모두 하얀색이었다.

그녀는 다시 그 위에 엉덩이까지 내려오는 스키 재킷을 걸친 다음 머플러를 두르고 부드러운 모자와 장갑까지 꼈다.

「이렇게 입고 있으니 마치 곰이라도 된 기분이예요.」

　지미는 장갑 낀 손바닥을 가볍게 마주쳤다.

　보란의 생각에도 그녀에겐 옷을 입고 있는 것보다 벗고 있는
게 더 잘 어울리는 것 같았다.

　「그런 대로 보기 싫은 모습은 아니오.」

　「스키는 어디 있죠?」

　그녀는 장난스럽게 말했다. 그러나 보란은 갑자기 무뚝뚝해진
표정으로 베레타를 점검할 뿐이었다. 그녀는 보란이 자신의 말
에 기분이 상한 걸 알아채고 조심스럽게 입을 열었다.

　「미안해요. 농담삼아 해본 말이었어요. 우리가 얼마나 큰 위험
에 처해 있는지는 나도 알아요. 그래서 긴장을 좀 풀어 보려는
뜻으로…….」

　「당신에게 화를 낸 게 아니오. 옷을 너무 많이 입어 행동하기
가 불편한 것이 짜증스러웠을 뿐이오. 언제나 완전 무결할 수는
없겠지.」

　보란은 희미하게 미소 짓고는 방 안의 전기 스위치를 내렸다.
순식간에 칠흑 같은 어둠이 찾아들었다.

　「당신 〈엎드려!〉라고 하셨나요?」

　지미의 불안한 목소리가 어둠 속에서 들렸다.

　「아무 말도 안 했소.」

　보란은 웃음을 터뜨렸다.

　「그럼 왜 이렇게 어둡게 했어요?」

　「이곳을 나가야 할 때가 되었기 때문이오. 내 모습이 보이
오?」

　「안 보여요.」

　「내가 보이기 시작하면 출발하도록 합시다.」

「당신은 언제나 이렇게 세심한 데까지 신경을 쓰는 모양이로 군요. 차츰 당신 모습이 보이는데요!」

「갑시다.」

보란은 문 손잡이를 돌렸다.

「잠깐만 보란!」

「만약…… 내가, 아니 우리가 죽는다면…….」

지미의 목소리가 떨려 나왔다.

「죽을 것을 생각지 말고 살아갈 것에 대해서만 생각해요.」

그들이 포치로 나오자 숨이 막힐 것 같은 눈보라가 그들을 강 타했다. 그들은 아래쪽으로 이어진 계단 쪽으로 종종걸음을 쳤 다. 보란은 잠시 동안 그 모텔의 건물 배치며 주위의 상황을 되 새겨 보았다.

그때 바로 아래쪽에서 덜덜거리는 엔진 소리가 들렸다. 보란 은 계단 난간으로 손을 뻗어 눈을 맞지 않은 아랫부분에 손가락 끝을 대고 가만히 서 있었다. 두 사람은 약 30초 가량 꼼짝도 하 지 않고 서 있었다. 갑자기 보란은 홱 돌아서더니 지미를 건물의 벽 쪽으로 밀어붙였다.

「소리 내지 마시오. 가능하면 숨소리도 내지 말고 벽에 딱 붙 어 있어요.」

지미는 소곤거리듯 얘기하는 보란의 손 안에 쥐어진 베레타를 쳐다보며 고개를 끄덕였다. 그녀는 장갑 낀 손으로 입을 틀어막 은 채 벽 한쪽에 웅크리고 앉아 끊임없이 떨어지는 눈송이를 맞 았다. 무엇인가를 기다리는 것처럼 가만히 서 있던 보란이 어둠 속으로 한 발 내딛자 지미는 그를 놓칠 것 같다는 불안으로 팔을 뻗어 그의 옷자락을 잡았다. 보란은 그녀의 손을 가볍게 쥐어 주곤 눈앞에서 사라졌다.

잠시 후 그녀는 사람들의 목소리가 바람결에 실려 오는 것을 들었다. 그 소리가 나는 방향을 확실히 알 수는 없었지만 점점 가까워지고 있는 것은 틀림없었다. 사람들을 무척 좋아하는 지미였던지라 지금처럼 사람이 무서워지기는 처음이었다.

「앞이 보여야 일을 하든지 말든지 할 것 아냐.」

한 사내가 툴툴거렸다.

「조용히 해!」

「조난당하면 어떻게 하지?」

「계단을 올라가다 조난당하는 사람 봤어?」

「자기 집 뒷마당에서 눈보라에 휩싸여 얼어 죽은 녀석의 얘기를 들은 적이 있다구. 이튿날 아침에 그 시체가 발견된 곳이 어딘 줄 알아? 문에서 불과 몇 미터 떨어지지 않은 눈더미 속이었다구.」

「그만 입 다물지 못하겠어?」

세 사람의 목소리가 한데 어울려 음산한 울림으로 어둠 속을 메아리 쳤다. 지미는 보란의 정글이 어떤 성격의 것인지를 그제야 조금씩 실감하고 있었다.

「그 멍청한 녀석은 보란이 240호실에 있다고 했지?」

「멍청한 녀석이라니? 토스카는 보스와 개인적으로 잘 아는 사이야. 다시 한 번 그런 말을 입에 담으면 가만 두지 않을 테야.」

「제발 그만들 하고 입 좀 다물라구! 한 번만 더 입을 놀렸다간 머리에 구멍이 뚫릴 줄 알아!」

지미 제임스는 추위와 공포로 덜덜 떨면서도 정글의 풋내기인 자신조차 그렇게 숨을 죽이고 있는 이유를 이젠 확실히 알 것 같았다. 그리고 그녀는 계단 위에 서서 눈보라 속으로 날카로운 눈길을 던지며 베레타를 움켜쥐고 있는 보란과 한마음이 되기를 진심으로 바랐다.

그녀는 보란이 자신의 정글을 헤쳐 나가기 위해 날카로운 이빨을 드러내고 있는 한 마리 맹수와 같다고 생각했다. 그 위태로운 순간에 이르러서야 그녀는 보란의 감추어진 진실을 이해할 수 있었다. 인간 맥 보란의 생각에 골몰하고 있는 그녀의 마음에 더 이상 공포의 그림자는 남아 있지 않았다. 오히려 머릿속이 맑아지면서 운명을 받아들이는 차분한 마음에 잠겨 들었다.

「가만 있자. 240호실이 어디지?」

사내의 목소리가 바로 앞에서 들려 오자 지미는 바짝 긴장했다.

「왼쪽이야.」

눈보라를 뚫고 얼음처럼 차가운 목소리가 대답했다.

「그래? 아니, 누가 대답했지?」

「몰라.」

「저건 뭐야?」

사내들은 순간 당황한 듯했다. 순간 어둠을 가르는 시퍼런 불꽃이 잇달아 세 번 터져 나왔다. 총에 부착해 놓은 소음기와 거센 눈보라 때문에 지미는 총소리를 듣지 못했다. 그러나 세 사내가 나무토막처럼 눈앞에서 쓰러지자 그것이 바로 보란이 말하던 〈눈 깜박할 새〉라는 것을 알게 되었다.

거의 견디기 힘들 정도의 정적이 뒤를 이었다. 어디선가 바람에 간판이 삐걱대는 소리가 들렸다. 이따금 자동차의 헐떡이는 듯한 엔진 소리도 날아왔다.

지미는 보란을 소리쳐 부르고 싶은 충동을 간신히 억누르며 휘몰아치는 눈보라 속을 뚫어져라 바라보았다. 보이진 않았지만 지금 보란은 계단의 난간에 손가락 끝을 대고 서서 사내들의 움직임에 따라 쿵쿵거리는 소음을 감지하려고 온 신경을 곤두세우고 있을 것 같았다. 그는 정글에서 살아 남는 법을 터득한 야수 특유의 감각으로 보통 사람들로서는 도저히 감지할 수 없는 미세한 진동을 포착하여 적들의 움직임을 파악하고 있으리라.

얼마나 지났을까, 누군가가 덥석 손을 붙잡는 바람에 지미는 번쩍 정신이 들었다. 어느새 그녀에게 다가온 보란은 그녀 쪽으로 몸을 수그리고 나지막하게 말했다.

「그만 갑시다. 될 수 있는 한 소리는 내지 말고.」

그녀는 보란의 등 뒤에 거의 몸을 감추다시피 하고 발소리를 죽이며 앞으로 나아갔다. 보란은 널브러진 마피아 전투원들의 시체를 피해 그녀를 이끌었고 두 사람은 계단을 내려가기 시작했다.

계단을 절반쯤 내려갔을 때 보란은 갑자기 걸음을 멈추며 몸을 굽혔다. 지미는 보란의 등 뒤에 바짝 붙어 서서 숨을 죽였다. 나지막한 소리로 얘기를 주고받는 사내들의 목소리가 바람에 실려 귓속으로 날아들었다. 휘몰아치는 눈발 속에서 가끔씩 헤드라이트의 불빛이 깜박거리고 있었다. 지미의 둔한 육감으로는 도대체 자동차가 몇 대나 와 있는지 알아낼 수가 없었다. 어쩌면 한 대의 자동차에서 뻗어나온 헤드라이트 불빛이 눈발에 의해 여러 대의 것으로 보이는지도 모른다고 그녀는 생각했다.

잠시 후 보란은 다시 그녀를 이끌고 조심스레 계단을 내려갔다. 바람에 섞여 간간이 들리던 사내들의 목소리가 점점 가까워졌다.

「……건방진 놈 같으니! 감히 누구한테 이래라저래라 하는 거야? 그놈한테 가서 내 말 그대로 전해.」

노여움으로 어쩔 줄 모르는 굵직한 음성이 들렸다.

「그런 뜻이 아닙니다. 다만 여기는 귀하신 몸이 머물 만한 안전한 장소가 되지 못한다는 말이었습니다. 터크는 미스터 라발로의 신변을 걱정해서…….」

다른 사내가 쩔쩔매면서 대꾸했다.

「터크란 놈이 무슨 생각을 하고 있는지 난 다 알고 있어, 버니. 그놈한테 지금 하고 있는 일이 어떤 것인지 깨우쳐 주라구.」

보란과 지미는 이미 계단을 다 내려와 있었다. 그들은 사내들의 목소리가 들리는 쪽과 헤드라이트의 불빛을 피해 가며 그 자리를 벗어나야 했다.

두 사람은 무릎까지 푹푹 빠지는 눈길을 따라 천천히 앞으로 나아갔다. 보란은 지미보다 한 발 앞서 눈길을 더듬어 나갔다. 지미는 칼끝처럼 예리하게 다듬어진 보란의 본능에 새삼스럽게 감탄했다. 보란은 거센 눈보라 때문에 시야를 차단당한 것과 다름없는 상태에서 오로지 전투로 길들여진 본능에 따라 길을 찾아가고 있었기 때문이었다.

그때였다. 그들의 앞쪽에서 시커먼 그림자가 어슴푸레하게 떠오르는 게 아닌가. 지미는 흠칫 놀라며 그 자리에 우뚝 섰다. 그러자 어느새가 보란의 베레타에서 한 줄기 시퍼런 불꽃이 뿜어져 나왔고 어슴푸레한 그림자는 외마디 비명을 지르며 앞으로 고꾸라졌다. 그러나 그 비명은 순식간에 눈보라 속으로 잦아들어버렸다.

그들은 자세를 낮추고 계속 전진했다. 지미는 무엇인가 물컹한 것을 밟고 하마터면 넘어질 뻔했다. 그녀는 숨을 삼키며 몸의 균형을 잡았다. 그녀가 밟은 것이 얼마 전까지만 해도 살아 숨쉬던 사람의 몸뚱이였다는 데 생각이 미치자 싸늘한 기운이 그녀의 등줄기를 타고 내려갔다.

어둠 속에서 중얼거리던 사내들의 소리가 멎었다.

「지금 무슨 소리 못 들었나?」

화난 목소리로 지껄이던 사내가 말했다.

「글쎄요? 바람 소리였겠지요. 날씨가 이렇게 사나울 때는 모든 것이 신경을 날카롭게 만들죠. 미스터 라발로, 그러니 이제 그만…….」

「아냐. 난 분명히 들었어. 그 소리를 들어본 적이 있는 사람이라면 평생토록 잊지 못할 그런 소리야.」

라발로는 신음을 했다.

「무슨 말씀이신지…….」

「그건 특수 소음 장치를 해놓은 권총이 발사되는 소리였어. 그놈이 이 부근에 있음에 틀림없다구. 내가 데리고 온 애들을 불러야겠어.」

「왜 일을 크게 벌이려 하십니까? 미스터 라발로, 제발 제 말좀…….」

사내의 얘기를 중단시키려는 듯 갑자기 자동차의 클랙슨이 요란하게 울렸다. 그와 동시에 지미의 오른쪽으로부터 한 사내의 그림자가 튀어나와 바쁜 걸음으로 차를 향해 다가갔다. 바쁜 걸음이기는 했지만 쌓인 눈을 헤치는 그의 발걸음은 몹시 어기적거렸다. 그는 지미의 바로 옆을 스치고 지나갔으나 그녀를 못 본 것 같았다. 그녀는 그제야 비로소 보란이 오늘밤의 전투를 위해 온통 하얀 옷으로 갈아 입은 이유를 납득할 수 있었다.

만일 눈이 내리지 않는 상황이라면 칠흑 같은 어둠 속에 하얀 색 옷을 입고 밖으로 나온다는 것은 죽음을 부르는 행위나 다름없는 일이겠지만 온 세상을 하얗게 눈이 휘감고 있는 지금은 하얀 옷을 입은 보란과 지미를 적들은 쉽사리 발견하지 못할 것이었다. 반면 검은 양복을 입은 상대방은 희미하게나마 그 윤곽을 알아볼 수 있었다.

「멈춰! 뭣들 하는 거야! 놈을 놓칠지도 모른다구!」

클랙슨을 울린 사내를 꾸짖는 목소리가 손에 잡힐 듯한 거리에서 들리자 지미는 깜짝 놀랐다. 그녀는 보란과 자신이 적에게 완전히 포위됐다는 것을 깨달았다.

쏟아지는 눈 때문에 시야가 차단된 것이 얼마나 다행스러운 일인지 몰랐다. 적들이 방향 감각을 잃고 이리 뛰고 저리 뛰는 사이 보란은 그만이 지닌 특수 레이더로 가야 할 길을 찾아내고 있었다. 그들의 주위에서는 부산하게 움직이는 사내들의 그림자가 끊임없이 떠올랐다 사라지곤 했다. 그 그림자들은 클랙슨 소리 때문에 갑자기 말문이 열린 듯 저마다 한마디씩 떠들어 대고 있었다.

앞서가던 보란이 멈추어 서자 지미는 급히 그의 곁으로 다가가려다 어떤 커다란 것에 부딪쳐 앞으로 고꾸라졌다. 그것은 그들이 타고 온 패럴리의 보닛이었다. 보란은 힘차게 그녀를 일으켜 세웠다.

「행크, 왜 그래?」

그들의 뒤쪽에서 걱정스러운 듯한 사내의 음성이 들렸다.

「응? 아, 아무 것도 아냐. 자네가 불쑥 나타나길래 보란인 줄 알고…….」

행크라 불린 사내가 다소 마음이 놓인다는 듯 말했다.

「한 발짝 앞도 제대로 안 보이니…….」

사내들이 패럴리 쪽으로 다가오는지 눈을 밟는 뽀드득 소리가 점점 커졌다.

「엎드려!」

보란은 지미의 귀에 대고 나지막하게 말했다. 그 소리는 그녀의 머릿속을 예리한 칼끝처럼 후벼 놓아서 그녀는 거의 본능적으로 얼른 눈 위로 몸을 던졌다. 그리고는 허겁지겁 차의 뒤쪽으로 기어갔다.

보란이 움켜쥔 베레타에서는 휘파람 비슷한 소리와 함께 뜨거운 죽음의 사자가 쉴 새 없이 튀어나갔다. 적들은 그들의 목표를 정확히 알지도 못한 채 눈발 속으로 총알을 쏘아 넣었다.

그녀가 필사적으로 엎드리고 있는 곳으로 무엇인가가 떨어졌다. 그녀는 손을 뻗어 그것을 꼭 쥐어 보았다. 그것이 베레타의 빈 탄창이라는 것을 확인한 순간 그녀의 머릿속에는 보란이 한 얘기가 떠올랐다.

「다시 장전하는 데 1초면 충분하오.」

그녀의 머리 위에서는 총알이 윙윙거리며 날아다녔지만 보란이 곁에 있다는 생각 하나만으로도 그녀는 안심할 수 있었다.

보란의 침착한 공격에 대한 사내들의 반격은 엉성하기 짝이 없었다. 사내들은 흩날리는 눈송이를 향해 아우성을 치며 총알을 퍼부었고 바람결에 어우러진 사내들의 신음은 음산한 울림이 되어 퍼져 나갔다. 주위는 문자 그대로 아비 규환 같은 혼란의 소용돌이였다.

「어서 차에 타요.」

보란은 조그만 쇠붙이 하나를 지미의 장갑 속으로 밀어넣으며 말했다. 그녀는 허겁지겁 몸을 일으켜 운전석의 손잡이를 잡고 보란이 준 열쇠로 문을 열었다. 그녀는 생전 처음 타보는 낯선 외국차가 제대로 말을 듣게 해달라고 간절히 기도한 후 시동을 걸었다. 그녀의 기도가 통했는지 차는 곧 덜덜거리는 엔진의 배기음을 발하기 시작했다.

보란은 그녀를 옆좌석으로 밀쳐 내고 운전석에 올라 핸들을 잡음과 동시에 힘차게 액셀러레이터를 밟았다. 차는 둑처럼 쌓인 눈의 장벽을 뚫고 무섭게 앞으로 퉁겨 나갔다.

「바닥에 엎드려요, 지미!」

보란은 똑바로 앞을 쳐다보며 싸늘하게 말했다.

패럴리는 라이트도 켜지 않은 채 미친 듯이 휘날리는 눈보라 속을 마구 날렸다.

그들의 전방에는 어둠의 장막만이 두껍게 드리워져 있을 뿐 희망의 불빛은 보이지 않았다. 지금 그들이 탄 차를 앞으로 달려가게끔 하는 것은 뜨거운 불길 같은 의지뿐이라 해도 지나친 표현이 아닐 것이었다.

달리는 자동차를 향해 소나기처럼 총알이 퍼부어졌다. 총탄은 소름 끼치는 소리를 내며 무섭게 차체를 두들겨 댔고 유리창을 뚫고 안으로까지 날아들어 시트 깊숙이 들이박혔다. 차 바닥에 죽은 듯이 늘어붙어 있는 지미의 머리 위에서 베레타가 쉬지 않고 불을 뿜었다. 이제 소음기가 제거된 베레타는 날카로운 소리를 내며 마피아의 공격에 대항하고 있었다.

보란은 총에 맞았는지 괴로운 신음을 하면서도 계속 적들을 향해 뜨거운 불덩어리를 날려 보냈다. 지미는 보란이 걱정스러워 그를 살펴보기 위해 고개를 조금 쳐들었다.

「몸을 둥글게 하고 내 쪽으로 바짝 다가와요.」

보란이 침착하게 명령했다. 그는 몸을 웅크리고 있는 폭시 레이디를 오른팔로 꼭 안았다. 지미는 순간적으로 패럴리가 충돌하려는 게 아닌가 생각했다.

지미가 의식의 아득한 수렁 속으로 빠져들기 전 마지막으로 들을 수 있었던 것은 고막을 찢어 버릴 듯한 기관총의 작렬음과 탄환이 무시무시한 소리를 내며 차체를 두드리는 소리였다.

그리고 패럴리는 무엇엔가 심하게 부딪쳤고 온 세상이 뒤집히는 것 같은 느낌이었다.

「언제까지나 이런 생활을 해야 하나요? 끝은 없는 건가요?」

불과 몇 분 전에 그녀가 보란에게 한 말이었다. 그녀의 물음에 그는 이렇게 대답했었다.

「언젠가는 끝이 나겠지. 하지만 난 그날이 빨리 오도록 재촉하고 싶진 않소.」

지미는 눈을 감은 채 이제 두 사람이 그 끝에 도달했다고 생각했다. 그러나 두렵진 않았다. 비록 끝장은 났지만 그녀는 결코 혼자가 아니었다. 시뻘건 안개에 휩싸이면서도 그녀는 맥 보란을 알게 된 것을 조금도 후회하지 않았다. 오히려 인간 맥 보란의 모든 것을 이해할 수 있다는 게 더 없이 자랑스러웠다. 이대로 영원히 깨어날 수 없다 하더라도 진실한 것이 어떤 것인지 분명히 깨달았기 때문이었다.

슬퍼할 만한 일은 아무 것도 없었다.

그날 밤 맥 보란은 단순히 본능에 의해서만 행동한 것은 아니었다. 물론 그 동안 치러온 전투에서 단련된 생존 본능의 도움을 받았던 건 사실이었지만.

보란은 그 모텔에 들기 전에 건물의 배치와 주변 환경을 모두 파악해 놓았으며 퇴로도 미리 확보해 두었었다. 그리고 전투가 벌어질 경우를 예상해서 여러 가지 계획도 세워 놓았었다. 그것들은 모두 치밀한 계산 끝에 이루어진 것이었다.

그의 방에서 주차장에 있는 패럴리로 가려면 남쪽에서 북쪽으로 구부러지는 우회 도로를 이용해야 한다는 것도 물론 그런 계산의 일부였다. 심지어는 주차장에서 그 모텔을 빠져 나가는 길을 살펴보면서 그곳을 통과할 때의 속도까지도 계산해 두었었다. 그는 이렇듯 적들이 그곳으로 쳐들어올 경우 그들이 사용할 가능성이 있는 방법을 하나도 빼놓지 않고 검토해 보았었다.

결국 보란이 철통 같은 적의 포위망을 뚫고 탈출할 수 있었던 것은 철저한 사전 점검과 완벽한 대비책 덕분이라 할 수 있었다. 그것은 다시 말해 머릿속에 정리된 상황에 대한 실질적인 반응이었다. 그리고 그 외에 오랜 전투에서 훈련된 직감력이 커다란 도움을 주었다.

사실 임무 수행중에 뜻하지 않게 부딪힌 어려움을 뚫고 나가기 위하여서는 평소때 사용하던 방법은 아무 소용이 없다 해도 과언이 아니었다. 그 상황을 이겨 내려면 위기에 즉각적으로 대처하는 반사 신경이 필요했다. 보란이 패럴리로 주차장의 출구를 가로막고 있는 자동차를 들이받았던 것은 그런 반사 신경이 작용한 때문이었다.

지미 제임스가 본 것은 전투 훈련과 체험에 의해 단련된 한 인간의 빈틈없는 능력, 즉 숨이 막힐 정도의 눈보라 속에서도 유감 없이 발휘되는 초능력에 가까운 감각이었다.

미리 생각했던 계획에 조금이라도 허점이 있었더라면 보란도 그를 공격했던 사내들과 마찬가지로 거센 눈보라에 감각을 잃었을는지 몰랐다. 진정 대(對) 마피아 전투에서 보란을 승리로 이끈 것은 어떤 신비한 힘이 아니라 노련한 사전 준비였다.

그는 또한 현실이 어떤 것이라는 걸 알고 있었고 이미 마음속에 그려본 순서대로 사건을 이끌고 나갈 능력이 있었다.

그러나 그가 그렇게 치밀하게 계산했음에도 예외는 있었다. 마피아의 차가 주차장 출구에 떡 버티고 있었던 것을 비롯해 지나치게 많이 쏟아진 눈, 그 눈이 바람에 날려 둑처럼 쌓여서 앞길을 방해했던 것, 그리고 어둠 속에서 눈뜬 장님이 되어 우왕좌왕하던 마피아의 전투원들, 그 밖에도 여러 가지가 있었다. 그 예외적인 일들은 어쩔 수 없이 반사 신경에 의지하여 처리해야만 했다.

아무튼 보란은 패럴리를 유효 적절하게 사용했다. 앞쪽에서 총을 들고 우물쭈물하던 두 사내의 혼쭐을 빼놓았고 도로 위에서 시동을 걸어 놓은 채 덜덜거리고 있던 커다란 고급차를 형편없이 망가뜨렸으며 출구를 가리키는 화살표 모양의 큼지막한 표지판을 뿌리째 뽑아 놓았다. 사내들의 비명을 듣고 무작정 앞으로 달려나오던 한 사내는 형체도 알아보기 힘들 정도로 뭉개지고 말았다. 패럴리로 쏟아지던 엄청난 불꽃들을 믿기지 않을 정도의 운전 솜씨로 교묘히 피해 가며 보란은 효과적인 반격을 했다. 반격의 타이밍과 순서는 그의 훈련된 순발력으로 척척 맞아떨어졌다.

그런데 마지막 한 고비를 남겨 놓고 보란은 난관에 부딪치고 말았다. 그 복병은 마피아의 전투원들 중에서는 그래도 빈틈이 없다는 소리를 듣고 있던 럴리 터크의 지시에 의해 출구 바로 앞을 지키고 있던 자동차였다.

럴리 터크는 주차장 출구 쪽을 윌리 톰슨에게 맡긴 후 주차장 안에서 벌어진 혼란 상태에 울화통을 터뜨리며 그 혼란의 이유를 알아보기 위해 달려갔었다. 멍청이 같은 라발로의 운전사가 클랙슨을 울려 댔을 때 호통을 친 사람도 바로 그였다. 터크는 라발로가 아무 예고도 없이 불쑥 나타난 것이 몹시 못마땅했다. 버니 토스카는 그때까지도 부하들에게 제자리를 정해 주지 못한 채였다.

한편 윌리 톰슨은 터크의 차로 출구를 가로막아 놓고 운전사인 진과 함께 차에서 내려 도로 쪽에 숨어서 일이 돌아가는 것을 지켜보고 있었다.

그곳을 향해 눈 속을 뚫고 달려가던 보란의 뒤쪽에서는 기관총이 쉴 새 없이 불을 뿜고 있었다. 그 총구에서 쏟아져 나온 불빛 덕분에 보란은 출구를 가로막고 있는 시커먼 물체를 식별할 수 있었다. 그러나 그 장애물을 피해갈 수 있는 방법은 없었다. 보란은 순간적으로 액셀러레이터를 힘껏 밟는 것만이 그 마지막 관문을 통과할 수 있는 유일한 길이라고 판단했다. 패럴리가 커다란 리무진을 들이받았을 때 보란은 한마리 새와 같은 폭시 레이디를 꼭 끌어안고 있었다.

쾅 하는 소리와 함께 패럴리가 껑충 뛰어올랐다 바닥에 팽개쳐지려는 순간 보란은 문을 열고 차에서 뛰쳐나왔다. 길 위에 수북이 쌓인 눈 덕분에 큰 충격은 받지 않았다. 보란은 재빨리 몸을 일으켜 부러진 데는 없는지 살펴보았다. 뉴욕 전투 때 상처를 입은 어깨 근육이 조금 욱신거릴 뿐 달리 상처 입은 곳은 없는 것 같았다. 차가 충돌할 때 난 커다란 충격음 때문에 귀가 멍멍했으나 지금 그런 건 문제가 아니었다.

그는 형편없이 망가져 버린 패럴리로 급히 뛰어가 기절해 있는 지미를 끌어냈다. 차가 폭발하기 전에 될 수 있는 한 멀리 피하지 않으면 안 되었다.

그는 아프지 않은 쪽 어깨에 지미를 둘러멨다. 주차장 쪽에서는 여전히 소동이 계속되고 있었다.

「윌리, 괜찮은가?」

망가진 차 뒤쪽에서 걱정스러운 듯한 목소리가 들렸다.

「팔이 부러진 것 같아.」

다른 목소리가 우는 소리로 말했다.

「많이 아픈가?」

「내 걱정은 말고 빨리 확인해 봐.」

「놈은 틀림없이 죽어 자빠졌을 거야. 틀림없다구. 자네가 해치운 것이나 다름없어.」

「잔말 말고 빨리 확인해. 보란이란 놈이 어떤 놈인지 자네도 알잖아. 눈으로 직접 보기 전까지는 절대로 죽었다고 생각해선 안돼!」

보란은 어둠 속에 몸을 웅크리고 그 사내들이 주고받는 얘기를 가만히 듣고 있었다. 패럴리의 앞덮개는 활짝 열린 채 엿가락처럼 휘어져 있었다. 보란은 재빨리 엔진에 베레타를 겨누고 연달아 세 발을 쏘았다.

순간 불기둥이 하늘 높이 치솟아 자동차 주위의 어둠을 몰아

내었다. 바람에 미친 듯 흩날리는 눈송이들은 불 속으로 뛰어드는 하루살이처럼 보였다. 보란은 불빛이 닿지 않는 어둠 속으로 스며들었다.

「진, 나 좀 도와줘! 불이 붙었어……. 난 움직일 수가 없다구!」

팔이 부러졌다던 사내가 공포에 질린 목소리로 외쳤다. 그러나 허겁지겁 불길을 피하려던 진은 더 큰 위기에 직면해 있었다. 뜨겁게 단 총구가 지그시 목덜미를 내리누르는 가운데 소름이 쭉 끼치는 듯한 음성이 귓전을 때렸던 것이었다.

「나머지 차들은 어디 있나, 진?」

「한길 쪽에 두 대가 서 있을 겁니다.」

터크의 운전사는 진땀을 흘리며 쉰 목소리로 대꾸했다.

「앞장서!」

보란은 싸늘하게 명령했다.

진은 비틀거리며 눈길을 걸어가기 시작했다. 그와 때를 같이해서 그들의 뒤쪽에서 누군가가 날카롭게 소리를 쳤다.

「멍청한 녀석들, 총질은 그만둬! 누구한테 총부리를 겨누고 있는지 알기나 하냔 말이야. 버니, 어디 있어? 버니!」

「여깁니다, 보스.」

「거기서 뭘 꾸물거리고 있어?」

「놈은 벌써 빠져 나간 모양입니다.」

「환장하겠군. 이봐, 귀는 두었다가 뭣에 써먹을려고 달고 다니나. 저 소리가 안 들려? 그놈은 저기서 윌리와 대치하고 있잖아. 빨리 그쪽으로 사람을 보내!」

터크는 입에 게거품을 물고 길길이 날뛰고 있었다.

「정말 못해 먹을 노릇이군! 지금 여기가 어디인지도 정확히 모르는 판국인데…….」

「네가 어디 있든 그게 무슨 상관이야? 빨리 그놈에게로 가보 란 말이야. 놈을 잡아야 할 것 아냐?」

그러나 보란이 지금 있는 곳은 마피아의 사냥개들이 쉽게 찾 아낼 수 있는 곳이 아니었다. 마피아들이 진을 치고 있는 곳을 누구보다도 잘 알고 있는 터크의 운전사가 보란과 기절을 하긴 했지만 여전히 아름다운 여자를 전투 지역에서 멀리 안내하고 있었기 때문이었다.

그들이 탄 차는 보다 깊숙한 생존의 정글인 밤의 장막 속으로 달려가고 있었다.

한참 뒤에야 폭시 레이디는 정신이 돌아온 듯 힘겹게 눈을 떴 다. 그러나 그녀는 자신이 보란의 품 안에 있다는 것을 알고는 행복한 미소를 지어 보였다.

「당신은 천사임에 틀림없어요.」

그녀는 한숨처럼 중얼거렸다.

「천사가 아니라고 이미 말했을 텐데. 이런, 이마에 혹이 났군! 기분은 어떻소?」

보란도 희미한 미소를 보였다.

「기분이라뇨? 보란, 당신이 끝을 재촉하지 않겠다던 말을 이 젠 확실히 알겠어요. 그래요, 언제까지나 끝나지 말아야 해요. 내가 얼마나 당신을 좋아하는지 아시죠?」

지미는 눈을 빛내며 보란의 귓속에 뜨거운 입김을 불어 넣었 다. 그러나 보란은 그녀의 고백을 못 들은 체하며 그녀의 스키 재킷에 난 총알 구멍 속으로 손가락을 밀어넣었다.

「하마터면 큰일날 뻔했소. 총알이 스쳤기에 망정이지 그렇지 않았더라면 처음 당신 소원대로 끝장이 났을 거요.」

보란은 무뚝뚝하게 말했다.

그는 싸움은 이제부터 시작이라고 생각하고 있었다. 그리고 지미 제임스를 데리고 전투를 한다는 것은 두 사람 모두에게 부담스러운 일이라고 판단했다. 보란은 그 아름다운 여자를 전투의 피비린내가 풍기지 않는 안전한 장소에 숨겨 두어야겠다고 마음먹었다. 그런 다음 이기든 지든 간에 마음껏 전투를 벌여야 할 것 같았다.

「당신도 다치셨군요.」

보란의 어깨에 기대어 있던 지미가 깜짝 놀란 듯 소리쳤다. 보란은 대답하지 않았다.

「목에 피가 배어 나왔어요. 괜찮아요?」

「스쳤을 뿐이오.」

보란은 아무렇지도 않게 대꾸했다. 그는 목의 상처보다 뉴욕 전투 때 다친 어깨가 새삼스럽게 아파 온다는 것에 몹시 신경이 쓰였다.

그가 치러야 할 전투는 두 팔이 온전하다 해도 감당하기가 힘들기 때문이었다.

운전사는 불안에 가득 찬 눈알을 굴리며 백미러로 보란을 살펴보고 있었다.

「좋아, 다음 블록에서 차를 세워. 이제 네가 할 일은 끝났으니까.」

보란은 날카로운 시선으로 백미러를 쏘아보며 나직하게 말했다.

「그럼 살려 주시는 겁니까?」

진의 목소리가 떨려 나왔다.

「그래. 하지만 네가 할 일이 있다. 만일 내가 시킨 대로 하지 않는다면 난 다시 널 찾아갈 거야. 내가 하는 말을 한마디도 빠뜨리지 말고 그대로 전해.」

「알겠습니다. 그런데 누구한테……?」

「카포에게 전해라, 진. 물론 시카고를 주무르는 네 명의 보스를 포함해서 말이야. 오늘밤 보란이 놈들의 성역을 때려부술 것이라 하더라구.」

「오늘밤?」

진은 입술을 깨물었다.

「그래, 오늘밤이야. 그리고 난 놈들을 한 명도 살려 두지 않을 거야. 보스들이 선량한 사람들의 단물을 빨아먹는 일도 오늘로써 막을 내려야 한다는 말도 전해. 알아들었나?」

「그렇게 전하겠습니다.」

「난 보스의 이름은 물론이고 어디에 사는지, 무얼 즐겨 먹는지, 심지어는 침대 속에서 여자를 껴안고 하는 놈들의 습관까지도 다 알고 있어. 내일 아침 해가 뜨는 걸 볼 수 있는 보스는 아무도 없어.」

「오늘로써 시카고의 보스들은 몰살당한다 그 말입니까?」

「그렇다. 하늘마저도 내 쪽에 서 있어. 폭풍이 불어온 게 오히려 내겐 유리하게 작용하니까. 하지만 놈들에겐 커다란 부담이겠지. 내가 방금 한 얘기를 하나도 빠짐없이 보스에게 전해.」

보란은 냉혹하게 말했다.

「틀림없이 전달하겠습니다, 미스터 보란. 믿어 주십시오.」

진은 쩔쩔매며 혀로 마른 입술을 축였다. 그는 보란의 얘기를 보스들에게 전했을 때 그가 당하게 될 일이 눈에 선한 듯 부르르 몸을 떨었다.

차는 미끄러운 길 위를 달리다 모퉁이를 돌았다.

「저 앞에 보이는 건물이 뭔가?」

보란이 물었다.

「머천다이즈 매트 같은데요?」

「됐어. 진. 여기서 세워. 그리고 내 눈앞에서 빨리 사라지는 게 좋을 거야. 절대 뒤돌아보지 말고.」

「알았습니다. 염려하지 마십시오. 난 처음부터 당신의 말을 고 분고분하게 듣지 않았습니까?」

운전사는 조심스럽게 차를 세운 후 문을 열고 종종걸음을 치며 눈발 속으로 사라졌다.

보란은 마피아의 차에 앉아 허겁지겁 달려가는 운전사의 뒷모습을 지켜보면서 자신은 무에서 유를 창조해 내야 한다고 생각했다. 아니, 그가 뛰고 있는 전투는 이미 그런 식으로 전개되고 있었다.

보란은 그 싸움을 피할 생각은 전혀 없었다. 그는 어떤 형태로든, 이기든 지든 간에 끝까지 최선을 다해 전투를 계속해야 할 것이라고 결심했다.

그리고 시카고에서의 전투는 오늘밤으로 마무리 지을 작정이었다.

「하지만 난 그 끝을 재촉할 생각은 없소. 더구나 당신의 인생이 이런 비현실적인 전투에서 막을 내리는 건 원치 않소.」

이렇게 말하는 보란의 눈은 많은 말을 담고 있었으나 그는 단지 지미의 손을 꼭 잡으며 한숨을 내쉬었다.

　「당신이 끝나는 곳에서 나도 끝나는 거예요, 보란.」

　그녀는 보란의 어깨에 기댄 채 눈을 내리감으며 중얼거렸다.

# 7
## 변호사와 킬러

노스사이드의 주택가를 달리던 보란은 수수하게 꾸며 놓은 어떤 집 앞에서 차를 세웠다. 그 집의 대문에는 〈세금 컨설턴트, 조셉 바저〉라는 문패가 붙어 있었다. 보란은 자신의 정보 노트에서 익혀둔 조셉 바저에 관한 기록을 되새겨 보았다.

조셉 바저는 시카고에서 이름을 날리던 유능한 변호사 레오폴드 스타인의 가명이었다. 그는 변호사다운 독특한 방법으로 범죄 조직과의 싸움을 시작했던 용기 있는 사람이었다.

스타인의 주위에 떠돌던 소문에 대해 보란은 무엇이든 다 알고 있었다. 그는 사람들의 존경을 한몸에 받던 변호사로서 〈자유 시카고〉라는 슬로건 아래 시민을 범죄로부터 보호하겠다는 이상을 갖고 행동했었다. 그것은 범죄 조직과의 전쟁을 의미했다.

그 대가로 그는 근 2년 동안을 끊임없이 협박당했다. 목숨은 물론이고 경제적인 압박과 정치적인 방해도 감수해야 했다. 그러나 그는 자신이 몸담고 있는 도시를 구속하는 쇠사슬과 그와 관련된 냄새나는 일들을 계속 들추어냈고 결국 신경이 날카로워진 마피아들을 건드리고 말았다. 놈들은 그 방대한 세력을 한 변호사를 매장시키는 데 사용하기로 결정했다.

어느 날 스타인은 난데없이 사기 및 범죄 모의라는 혐의를 받고 고발되었고 법조계에서 떨려나게 되었다. 경제적인 파탄은 자연스러운 결론이었다. 게다가 그는 심한 고문까지 받았다. 그때의 고문으로 인하여 조셉 바저가 된 스타인은 불구의 몸이 되어 사람의 눈을 피해 가며 살아가고 있었다.

47세의 변호사는 아무리 뜯어보아도 60세의 늙은이로밖에는 보이지 않았다. 새하얗게 윤기가 바랜 머리칼은 까치집처럼 헝클어져 있었고 그 동안 그가 받아온 육체적, 정신적 압박은 악에 맞서 용감하게 싸우던 그의 영혼을 형편없이 망가뜨려 놓은 듯이 보였다. 그의 얼굴은 온통 상처투성이인 데다가 눈알이 달아난 한쪽 눈은 가죽으로 된 안대가 가리고 있었다. 그에게서 옛날의 활기찬 모습은 조금도 찾아볼 수 없었다. 그러나 반신 불수가 되어 휠체어의 신세를 지고 있긴 했지만 그는 아직도 눈에 보이지 않는 투쟁을 계속하고 있었다.

예를 들면 소송 사건이 있을 때 그것에 관한 배경 자료나 법률적인 근거를 둔 처리 방법 등을 익명으로 제보하곤 했다. 그리고 그러한 종류의 정보들은 일리노이 주를 비롯한 인근 주의 대배심원이나 의회의 범죄 조사 위원회에 막대한 영향을 끼쳤다.

보란의 정보 수첩에 의하면 스타인은 시카고 및 그 주위에 널린 범죄 조직의 움직임에 대해서는 살아 있는 사전과 같은 존재였다. 스타인은 마피아 내부에서 일어나는 일을 마피아들보다 더 잘 알고 있는 사람이었다.

「당신의 도움이 필요합니다.」

보란은 끔찍하게 일그러진 변호사의 얼굴을 똑바로 바라보며 말문을 열었다. 변호사는 인간으로서는 도저히 더할 수 없는 처참한 몰골로 보란을 올려다보았다. 이 사내처럼 흉한 몰골이 된다면 황금을 한 트럭 안겨 준다 한들 누가 반기리. 그런데 이 사람은 대체 무엇을 위해 그런 엄청난 희생을 치렀는가. 보란은 이런 생각에 잠시 휩싸이면서 가슴이 답답해지는 걸 느꼈다.

「그건 무슨 뜻이오?」

변호사는 갑작스런 방문객의 속마음을 알아보려는 듯 한쪽 눈알을 열심히 굴리며 키 큰 사내를 훑어보았다. 보란은 아무 대꾸도 하지 않고 스타인의 다음 말을 기다렸다.

「난 당신의 전투를 관심을 갖고 보아 왔소, 보란 씨. 당신의 방법에 전적으로 찬성할 수는 없지만 아무튼 당신이 사용하는 방법이 내 것보다 효과적이라는 건 인정하는 바요. 게다가 당신에겐 매우 훌륭한 지원병이 있군요.」

스타인은 보란에게 향했던 눈길을 지미 제임스에게로 돌리며 희미하게 미소 지었다.

「아니에요. 난 이분의 전투에 거추장스러운 짐밖에 되지 않아요.」

지미는 눈을 내리깔고 나지막하게 말했다.

「그래, 내게 바라는 것이 뭐요?」

스타인은 표정을 굳히며 보란에게 진지하게 물었다.

「내 생각에 당신이 이름을 감추고 살아갈 수 있도록 도와 주는 사람들이 있을 것 같습니다. 그분들에게 미스 제임스도 보살펴

주도록 당신이 직접 얘기를 해주실 수 있겠습니까?」

보란도 진지한 얼굴로 본론을 끄집어냈다.

「그렇게 해보겠소.」

스타인은 고개를 떨구고 있는 지미를 홀끗 쳐다보더니 의외로 선뜻 승낙했다.

「고맙습니다. 그럼 오늘부터 맡겨도 되겠습니까?」

「성질도 급하군. 귀찮은 혹을 떼어 버리겠다는 생각이오?」

스타인의 눈동자에 장난스런 빛이 잠깐 스쳐 갔다.

「어떻게 생각하시든 상관하지 않겠습니다. 난 미스 제임스가 안전하게 보호받기를 진심으로 원하고 있습니다.」

「그런데 당신이 그녀를 지키기엔 역부족이라?」

스타인은 보란의 속셈을 이리저리 재보고 있었다. 보란도 물론 그의 의도를 알고 있었다.

「그렇습니다. 놈들은 나의 뒤를 바짝 쫓아오고 있으니까요. 몹시 위급한 상태입니다.」

보란은 지미의 재킷에 뚫린 구멍을 쳐다보며 그 구멍의 위치가 1인치 정도만 위로 올라갔어도 지금쯤 그녀는 그 자리에 없을 것이란 생각을 했다.

「그래, 믿을 만한 사람이 나밖에 없더라는 얘기요, 보란 씨?」

「잘 아시는군요.」

보란은 고개를 끄덕였다.

「하지만 내가 있는 곳도 당신 생각처럼 그렇게 안전하지는 못하오.」

스타인은 무뚝뚝하게 말했다.

「무슨 말씀입니까?」

보란은 눈썹을 치켜 올렸다.

「당신은 어떻게 여기를 알고 찾아왔소?」

「아무리 튼튼한 성벽도 무너뜨리겠다는 마음만 있으면 그렇게 할 수 있습니다. 이 아가씨는 나와 함께 있는 것보다 당신에게 맡기는 게 틀림없이 더 안전할 겁니다. 내 부탁을 꼭 들어주셔야 합니다.」

보란은 마치 자신에게 얘기하듯 중얼거렸다.

「당신은 내 질문에 대답하지 않았소.」

스타인은 싸늘한 목소리로 책망하듯 말했다.

「그렇습니다. 대답할 마음이 없으니까요.」

보란의 말에 변호사는 웃음을 터뜨렸다.

「당신 정말 대단한 사람이군. 좋소, 아가씨를 책임지겠소.」

보란은 고맙다는 뜻으로 고개를 숙여 보이고 자리에서 일어섰다.

「난…… 여기 있고 싶지 않아요. 당신과 같이 가면 안 되나요?」

지미는 보란을 따라 일어서며 당장이라도 울음을 터뜨릴 것 같은 표정으로 말했다.

「미안하오, 지미.」

보란은 그녀의 마음을 상하지 않게 하려고 될 수 있는 한 부드럽게 대꾸했다.

「그러실 줄 알았어요. 당신을 이해할 수 있어요. 난 당신의 전투에 아무런 도움도 주지 못하고…… 귀찮기만 한 존재니까요.」

그녀는 시선을 떨어뜨리며 물기 머금은 목소리로 조그맣게 말했다.

「적어도 오늘밤은 그렇다고 할 수 있소.」

보란은 이를 악물며 마음을 다잡았다. 그의 얼굴 근육이 꿈틀거렸다.

「다시 만날 수 있을까요?」

지미는 한숨처럼 중얼거렸다. 그녀는 애써 눈물을 참고 있는 것 같았다.

「꼭 다시 찾아오겠소.」

보란은 믿음직스럽게 대답했다.

「보란 씨는 나 같은 은둔자도 용케 찾아오지 않았소, 아가씨? 아마 그의 말은 믿을 만할 거요.」

스타인은 헛기침을 하며 위로의 말을 했다. 그는 안쪽으로 고개를 돌려 소리를 쳤다.

「미시, 이리 나와 봐.」

잠시 후 16세쯤 되어 보이는 귀여운 소녀가 그들이 있는 사무실의 문간에 나타났다. 다시 스타인이 입을 열었다.

「내 딸이오. 미시, 이 아름다운 부인께 인사 드려라. 난 키 큰 아저씨하고 할 얘기가 있으니 부인을 안으로 모시도록 해.」

「네, 아빠.」

지미가 푸른 두 눈에 눈물을 가득 담고 보란을 쳐다보자 그는 걱정 말라는 듯 고개를 끄덕여 보였다.

「어서 따라가 봐요, 지미.」

지미는 말없이 소녀를 따라 사무실 문을 나섰다. 그러나 문이 닫히기 전 다시 한 번 뒤를 돌아보더니 가볍게 한숨을 내쉬고 문을 닫았다.

스타인은 휠체어의 바퀴를 굴려 찬장 쪽으로 가면서 보란을 불렀다.

「이리 와서 좀 도와 주시오. 몸뚱이에 쓸 수 있는 부분보다 못 쓰는 부분이 더 많으니 손님 접대도 변변히 못 하겠군요.」

보란은 찬장에서 은으로 만든 커피 세트를 꺼내 테이블로 가져갔다. 스타인은 보란의 잔에 뜨거운 커피를 가득 따라 주었다.

「그러잖아도 커피가 몹시 마시고 싶었는데 감사합니다.」

보란은 코로 커피 향기를 들이마시며 잔을 입으로 옮겼다. 커피에는 카페인보다 훨씬 자극성이 강한 어떤 것이 들어 있었다. 스타인은 포트를 기울여 자신의 잔에도 커피를 따른 다음 입을 열었다.

「이제 얼마간은 안심이 되겠군요, 미스터 보란.」

「그냥 맥이라고 부르십시오.」

「당신도 말을 놓도록 하시오. 이곳에서 당신은 어느 정도 승산이 있다고 생각하오?」

「글쎄요. 아마 딩신이 생각하고 있는 것과 같겠죠.」

보란은 커피를 한 잔 더 따랐다.

「그렇게 위험한 걸 알면서 왜 이곳에 왔소? 하필이면 악의 본거지나 다름없는 이 시카고에 말이오?」

스타인은 커피잔을 손가락으로 톡톡 두드리며 보란을 빤히 바라보았다.

보란은 변호사에게 담배를 권했으나 그는 고개를 내저었다. 보란은 혼자 담배에 불을 붙이고 길게 연기를 내뿜었다.

「뉴욕에서 한바탕 뛰고 난 후 다음 차례는 시카고가 어울릴 것 같다는 생각이 들었기 때문이오. 그건 그렇고 난 뉴욕에서 엄청난 정보를 얻어듣게 되었소.」

「정보라니?」

「혹시 〈코사 디 툿티 코사〉라는 말을 들어 보았소?」

「그게 무슨 뜻이오?」

「〈위대한 것〉〈모든 것을 초월한 힘〉 뭐 그런 뜻이라고 하더군요.」

「더럽게 낭만적이군. 난 처음 듣는 얘긴데?」

스타인은 고개를 꼬았다.

「당신은 우리나라 전체가 시카고처럼 놈들의 쇠사슬에 묶이게 되는 경우를 생각해 본 적이 있소?」

「물론. 지금도 거의 그런 상태까지 갔다고 해도 지나친 말은 아닐 거요.」

변호사는 고개를 끄덕였다.

「정말 그렇게 생각하시오?」

「놈들은 이미 손을 뻗치지 않은 곳을 찾아보기 힘들 정도로 비대해졌소. 주의회, 연방 의회, 시, 군, 시내 각 지역의 경찰서까지도, 아니 이 나라의 끝에서 끝까지 모조리 다 파먹어 들어갔소.」

「전국적인 정당 조직, 연방 정부, 상원, 하원, 사법부까지 그들의 손아귀에 들어갈 경우 이 나라는 어떻게 되겠소? 혹시 벌써 그렇게 되어 있는 건 아니오?」

보란은 생각에 잠긴 채 변호사의 가죽 안대를 쳐다보았다.

「아니, 아직 그 지경에까지 이르진 않았소. 하지만 한편으로 그들은……」

스타인의 표정이 어두워졌다. 잊을 수 없는 지난날의 분노가 새삼스럽게 떠오르는지 변호사의 얼굴 근육이 씰룩거리며 경련을 일으켰다.

「그들은?」

보란은 그의 다음 말을 재촉했다.

「당신은 이 나라 국민들로 하여금 신디케이트, 다시 말해 마피아는 존재하지 않는 조직이란 것을 믿게끔 만드는 데 놈들이 얼마나 많은 돈과 노력을 기울이는지 알기나 하오? 일찍이 사람들을 속이는 일이 이처럼 공공연하게 시도되기는 처음이오. 이거야말로 매디슨 가의 광고를 위한 캠페인과 다를 바 없지. 범죄 사실이 있고 움직일 수 없는 증거가 있고 성경에 손을 얹고 선서를 한 증인의 말이 있고 공식적인 조사 절차를 거쳐 밝혀낸 여러 가지 자료가 있는데도 불구하고, 게다가 과거 30여 년 동안에 걸쳐 악의 위협을 세상에 폭로하려 했던 끊임없는 노력이 있었는데도 코사 노스트라라는 것은 미국 신문에서 상상해 낸 범죄 조직에 지나지 않는다고 서슴없이 말하는 정부 관리들이 있단 말이오.」

스타인은 얼굴을 벌겋게 달아올리며 씩씩거렸다.

「그런 놈들은 마피아의 검은 손아귀 안에서 목이 졸려 숨이 넘어가는 그 순간까지 그런 소리를 늘어놓겠지.」

보란은 음울한 목소리로 이렇게 중얼거리더니 곧 주먹을 불끈 쥐고 단호하게 말했다.

「하지만 언젠가는 진실과 정의가 승리하는 날이 올 거요. 내가 맞서 싸우고 있는 상대는 유령이 아니니까.」

「그걸 내가 모를 리가 있겠소? 손톱만큼이라도 머리가 깨어 있다면 그 정도는 누구나 아는 상식 아니오? 내가 너무 흥분했던 것 같소. 범죄 조직이 이 나라를 집어삼키려 한다는 당신의 말에 얼간이 놈들 얘기를 해보았을 뿐이오.」

스타인은 흥분을 가라앉히려는 듯 한숨을 내쉬었다.

「우연의 일치이긴 했지만 난 롱아일랜드의 성채에서 열렸던 놈들의 협의회에 대해 알게 되었소. 내가 막강한 권력을 휘두르는 놈들의 회의를 수라장으로 만들어 놓기 직전에. 그건 정말 소름 끼치는 얘기였소. 마피아들은 나라 안 곳곳에 손을 뻗치고 있고 만약 놈들이 마음만 먹는다면 대통령 후보자들까지도 뽑을 수 있다는 거였소. 〈툿티 코사〉란 거기서 나온 말이오.」

보란은 스타인의 표정을 살폈다. 그는 하얗게 센 머리칼을 쓸어 넘기며 보란의 말을 되씹어 보는 눈치였다. 스타인은 커피를 한 모금 마신 후 입을 열었다.

「바로 지난주의 일이었소. 콜롬비아 대학인지 어딘지는 확실히 모르겠으나 아무튼 동부에 있는 대학의 교수가 쓴 글을 읽어 보았더니 〈마피아는 후손이 없기 때문에 단절될 것이다. 걱정할 일은 아무 것도 없다〉라고 부르짖었더군.」

스타인은 쓴웃음을 웃었다.

「그건 나도 읽었소.」

「학자 양반들이 생각하는 게 고작 그 정도라니 내 참, 한심해서! 겨우 이탈리아인 한 가문을 연구하곤 이 나라를 좀먹어 들어가는 범죄 조직에는 중심되는 사상과 형식이 없다 운운……. 도대체 그따위 결론이 어디에 근거를 두고 나왔는지 알 수가 없더구먼. 수백만 페이지에 달하는 뚜렷한 행위와 숫자, 이름, 때와 장소, 온갖 종류의 증거를 뻔히 보고서도 그런 수작을 하다니!」

스타인은 코웃음을 쳤다.

「그 학자 나으리는 이탈리아인의 한 가문과 인터뷰한 걸 밑천으로 삼고 그런 고상한 결론에 도달한 거 아니오. 어떻게 한 가지 사실만 보고 그런 똑똑한 소리를 할 수 있었는지 그 재주가 놀랍다니까요.」

보란은 킬킬거렸다.

「맥, 조직 안에서 본명을 그대로 쓰고 다니는 놈을 한 녀석이라도 본 적이 있소?」

「아마 제 이름조차 까마득하게 잊어버린 놈들이 수두룩할 거요.」

두 사람은 마주 보며 웃음을 터뜨렸다.

「〈코사 디 툿티 코사〉라……. 당신이 하는 말이니 틀림없겠지. 그건 마피아들로서는 큰 논리적 발전이군그래. 이젠 당신 얘기를 해봅시다. 당신이 롱아일랜드에서 시카고로 온 진짜 이유가 뭐요?」

「시카고는 범죄 조직이 지배하는 모델격인 도시 아니오? 난 이곳을 놈들이 전국적인 활동을 하기 위해 마련한 비공식 청사진 같다고 생각하고 있었소. 그리고 가능하다면 그 청사진을 갈기갈기 찢어발기고 싶었소.」

보란은 찻잔을 손바닥 안에서 빙글빙글 돌렸다.

「그 〈위대한 것〉을 부술 수 있는 기회가 있었는데도 당신이 그냥 지나친 것이 이상스럽구면. 왜 청사진 같은 것에 그렇게 신경을 쓰시오?」

스타인은 날카롭게 핵심을 찔렀다.

「어떻게 그것을 나 혼자 힘으로 부술 수 있단 말이오? 날 너무 과대 평가하는 것 같소, 스타인. 나는 때로 마피아들이 거대한 문어처럼 생각될 때가 있소.」

　보란은 가볍게 한숨을 쉬었다.

「그건 또 무슨 말이오?」

　스타인의 눈동자가 호기심으로 반짝였다.

「징그럽게 뻗쳐 오는 거대한 문어의 다리를 향해 내가 열심히 칼을 휘두른다 칩시다. 그러면 당장은 어떤 반응을, 그렇소, 운이 좋다면 그 다리 중 하나쯤은 잘라 버릴 수도 있을 거요. 그러나 금방 새 다리가 나를 휘어감는단 말이오. 그래서 한 가지 깨달은 게 있소. 내가 아무리 발버둥을 쳐봐도 그것을 완전히 없앨 수는 없다는 거요. 난 다만 〈인간〉을 제거하는 일밖에 할 수가 없소.」

「듣고 보니 그럴 듯하군. 당신의 생각이 많이 달라진 걸 느끼겠소. 하지만 그게 바로 당신 전술의 약점이란 걸 아시오? 조직을 누를 수 있는 길은 단 한 가지요. 그들의 장삿길을 막는 것보다 더 좋은 방법은 없소. 당신은 그 장벽을 뛰어넘어야 하오.」

「나에게 그런 말을 하는 당신의 생각은 충분히 이해할 수 있소. 하지만 당신도 알다시피 그건 범죄 조사 위원회나 연방 수사관들이 눈에 불을 켜고 하고 있는 일 아니오? 그들이 수많은 인원과 노력을 기울여도 해내지 못하는 일을 한 사람의 군대에 불과한 내가 어떻게 해낼 수 있겠소? 당신이 얘기하는 그 장벽은 나의 관점에서는 〈인간〉이오. 놈들이 사용하는 수단이나 경제적 기반이 되는 장사도 모두 인간의 머리로부터 나오는 것이니까. 거듭 말하지만 문제는 부패되고 탐욕스러운, 타락한 인간이오.」

　보란은 싸늘한 빛이 뿜어져 나오는 눈동자로 스타인을 바라보았다.

「그러나 이 나라 안에 있는 부패한 인간들을 모두 쓸어 버릴 수 있다고 생각하오? 당신의 능력을 의심해서가 아니오. 사실이 그렇단 말이오.」

스타인은 눈살을 찌푸렸다.

「내 생각을 좀더 말해 볼까요? 사회의 부패는 핵심을 이루고 있는 1퍼센트 정도의 인간에서부터 시작되오. 그놈들이 모든 것을 왜곡하고 평범한 사람들까지 악의 구렁텅이로 끌어들이고 있소. 그리고 사람들이 한번 그곳에 발을 들여 놓으면 좀처럼 벗을 수 없는 굴레를 씌워 놓는 거요. 난 이 세상에서 좀더 나은 생활을 해보겠다고 몸부림 치는 사람들까지 부패한 족속으로 몰아붙이진 않소.」

「그건 당신 말이 옳을지도 모르겠소. 어쩌면 난 스스로가 자기 연민과 원한에 싸여 그릇된 판단을 하고 있는 것같이도 느껴지는군. 아니면 내가 이제껏 해온 일 때문인지도 모르고. 변호사란 직업은 인간의 심성을 비비 꼬이게 만든다오.」

스타인은 생각에 잠긴 듯 잠시 말을 끊었다. 사무실 벽에 걸린 구식 괘종 시계의 단조로운 음향이 두 사람 사이의 침묵을 비집고 들어왔다. 스타인은 심호흡을 한 번 한 후 말을 이었다.

「어찌됐든 당신은 그 1퍼센트에 해당하는 인간을 해치우기 위해 시카고에 왔소. 그런데 이곳은 범죄의 소굴이니만큼 그 1퍼센트를 5퍼센트 정도로 확대 해석하는 게 좋을 거요. 이건 감정적으로 얘기하는 게 아니라 경험에 비추어 나온 결론이오. 그리고 1퍼센트라 생각하더라도 그 숫자는 엄청나다오. 시카고의 인구가 얼마나 되는지 아시오? 시내에 있는 인구만 해도 약 350만 명, 교외에 거주하는 사람들까지 다 포함한다면 줄잡아 800만 명이오. 800만 명의 1퍼센트면 8만 명이라는 결론이 나오는데 그 사람들을 상대로 어떻게 싸운다는 거요?」

스타인은 고개를 설레설레 내저었다.

「8만 명을 다 상대할 생각은 내게도 없소. 난 당신을 등장시킬 생각이오.」

「내게 일거리를 주겠다는 말이오?」

「물론이오. 당신의 머리를 좀 이용할 작정이오. 지난 3년 동안 당신은 마피아를 단속하는 기관에 정보를 제공해온 걸로 알고 있소. 그런데 그 결과는 어떻소? 현실적으로 판단해서 속시원히 해결된 사건이라도 있었소? 당신이 갖고 있는 그 정보를 나도 사용하고 싶소. 정보를 내게 알려 주는 데는 1분이나 2분이면 충분할 거요. 난 증거 자료나 요령서 따위는 필요 없소. 성경에 손을 얹고 선서할 필요는 더더욱 없단 말이오.」

보란은 빙그레 웃었다.

「뜸들이지 말고 원하는 게 뭔지 얘기해 보시오.」

변호사는 입맛을 쩍쩍 다셨다.

「9명의 이름을 알고 싶소.」

「결국 당신은 나더러 당신이 앞으로 저지를 살인극의 종범(從犯)이 되라는 얘기군.」

스타인은 얼굴을 일그러뜨리며 억지 웃음을 보였다.

「좋을 대로 생각하시오.」

「9명의 이름이라……. 그게 누구요?」

「시카고의 4대 보스와 신디케이트의 언더 보스 두 놈, 그리고 시티 짐의 본명과 연방 정부와 주의회에서 조직에 정보를 제공하는 두 녀석의 이름 말이오. 난 그걸 알고 싶소.」

「그런 것까지 다 알고 있다니 놀랍군!」

스타인은 하나뿐인 눈동자를 번득이며 새삼스럽게 보란을 훑어보았다.

「하지만 완벽하게 아는 건 아니라오.」

보란은 자세를 고쳐 앉았다.

「나한테 그자들의 이름을 밀고하라는 얘기군.」

스타인은 쓸쓸한 미소를 머금었다.

「그렇소. 그놈들이 당신을 그 지경으로 만들지 않았소?」

변호사는 휠체어의 바퀴를 뒤로 굴려 테이블을 벗어나더니 사무용 책상으로 다가갔다. 그는 서랍을 열고 조그만 금속 상자 하나를 꺼내 자물쇠를 열었다. 그는 생각에 잠긴 얼굴로 그 안을 들여다보더니 가죽 표지의 수첩을 한 권 꺼내 보란이 앉아 있는 테이블로 돌아왔다.

「난 당신의 방법에 전적으로 찬성하지는 않소. 하지만 당신의 전투 정신은 존경받을 만하다고 보오. 당신은 어떤 지지를 받을 만한 자격이 있는 사람이오. 아니, 모든 방면의 지지를 받아야만 하오. 그러나 난…….」

스타인은 수첩을 테이블 위에 올려놓으며 괴로운 표정을 지었다.

「대체 무얼 망설이시오. 놈들에게 그런 꼴을 당하고도 가만 있겠다는 거요?」

보란은 변호사의 마음의 동요를 알아차리고 책망하는 투로 쏘아붙였다.

「맥, 날 겁쟁이라 불러도 좋소. 난 이렇게 남의 눈을 피해서 문둥이처럼 지내고 있소. 당신의 제안이 나에겐 복수의 기회인지 모르겠지만…….」

스타인은 신경질적으로 수첩을 두드리며 말끝을 흐렸다.

「내가 보기에 당신은 문둥이 같은 사람은 아니오. 말이 나온 김에 한마디 하겠는데 당신은 너무 안이한 생각을 하고 있는 듯 싶소. 지금 안전하다고 해서 영원히 그 안전이 유지될 수 있다는 생각은 하지 않는 게 좋을 거요. 당신은 사람들과의 접촉을 될 수 있는 한 피해야 하오. 만일 누군가가 당신이 이곳에 있는 걸 안다면…….」

「아무도 알아내지 못할 거요.」

갑자기 스타인은 웃음을 터뜨리며 보란의 말을 잘랐다. 그는 책상으로 가서 사진 한 장을 가져오더니 테이블 위로 집어던졌다.

사진 속에서는 검은 곱슬머리에 얼굴 윤곽이 뚜렷한 한 사내가 부드럽게 미소 짓고 있었다. 잘생긴 얼굴이라고는 할 수 없지만 날카로운 눈매에서 뿜어져 나오는 광채가 대단히 지적인 느낌을 주었다. 그리고 그 사내에게서는 어딘지 모르게 인간미가 물씬 풍겨 나왔다.

「누군지 알아보겠소, 맥?」

스타인은 사진을 들여다보고 있는 보란에게 물었다.

「모르겠는데요. 이 사내는 누구요?」

「바로 나요. 2년 전에 찍은 거요.」

스타인은 담담하게 대꾸했다. 보란은 그의 일그러진 얼굴을 올려다보며 어색하게 미소 지었다.

「당신의 기분을 알 만하군요.」

「내가 하고 싶은 말은 죽은 아내가 되살아난다 해도 날 알아보지 못할 거란 얘기요. 이 사실을 다행스런 것으로 받아들여야 할지 저주라고 생각해야 할지 모르겠소.」

스타인은 한숨을 내쉬며 손바닥으로 얼굴을 문질렀다.

「그 둘 다라고 해야 하겠죠.」

보란이 말했다.

스타인은 가죽 표지의 수첩을 펴들었다가 테이블 위에 팽개쳤다.

「역시 안 되겠소. 난 나 자신을 범죄자로 만들고 싶지는 않소.」

보란은 자신이 원하는 정보가 들어 있음에 틀림없는 수첩과 스타인을 번갈아 쳐다보았다. 스타인이 다시 입을 열었다.

「내가 겁쟁이라고 욕을 먹는 게 당연해. 쓸데없이 준법 정신이 투철하고 배운 것이 많아서 몸을 사리는 얼간이인 셈이지. 아까 내가 욕을 한 대학 교수와 조금도 다를 바 없는 인간이라구. 그러나 법률은 지금까지 나를 먹여 살렸으니까 난……..」

「알겠소. 당신의 직업 정신도 높이 살 만하군요.」

보란은 자리에서 일어섰다.

「난 이 눈에 가시 같은 수첩을 누군가가 훔쳐갔으면 좋겠네.」

스타인은 다시 수첩을 집어들어 테이블 위에 거칠게 내던지며 중얼거렸다.

「커피 잘 마셨소, 스타인. 그리고 미스 제임스를 맡아 주겠다고 해서 얼마나 고마운지 모르겠소. 그녀의 안전은 순전히 당신에게 달려 있소.」

보란은 작별을 해야겠다는 뜻을 간접적으로 비쳤다. 그러나 스타인은 여전히 테이블 위의 수첩을 쏘아보고 있을 뿐이었다.

「저 따위 것을 상자에 넣고 자물쇠까지 채워 두었다니. 저건 전국 범죄 위원회 앞으로 보냈던 서류의 사본이야. 그러나 아까 얘기한 그 1퍼센트에 해당하는 사람들은 여전히 잘 먹고 잘 살고 있다네. 제발 누구라도 이 보기 싫은 수첩을 내 눈앞에서 치워 준다면 난 감사하게 생각할 거야.」

스타인은 테이블을 소리나게 내리치고는 휠체어를 굴려 문 쪽으로 다가갔다.

「이만 가보겠소.」

보란은 옷매무새를 단정히 했다.

「잠깐 기다리시오. 아까 그 아가씨와도 작별을 해야 할 것 아니오? 난 울고불고 하는 꼴을 보고 싶지 않으니 들어가 있겠소. 부디 몸조심하시오, 맥 보란. 제발 나처럼 되지는 말아야 할 텐데.」

스타인은 고개를 설레설레 내젓고는 문을 열고 총총히 사라졌다.

그의 모습이 보이지 않게 되자 보란은 테이블 위에서 뒹굴고 있는 수첩을 집어 재킷 속에 넣었다.

「고맙소, 레오폴드 스타인. 만일 내가 당신이 기대하는 것의 절반만이라도 해낼 수 있다면 그걸로도 만족해야 할 거요.」

보란은 착잡한 심정으로 중얼거렸다.

「맥!」

문이 벌컥 열리더니 지미 제임스가 뛰어 들어왔다.

「이젠 이곳에 있는 것이 싫진 않을 거요.」

보란은 그녀를 감싸안았다.

「그래요. 처음엔 그 사람의 얼굴이 너무 흉칙하게 일그러져서 무섭기도 했지만, 미시가 말해 주더군요. 놈들이 변호사님의 얼굴에 황산을 뿌렸대요. 게다가 집에 폭탄까지 던지고……. 미시는 어머니에 대한 얘기는 하지 않았지만 놈들의 손에 죽은 것이 틀림없어요. 그리고 머리가 온통 새하얀 그 분은 이제 겨우 마흔 일곱 살이라고 하더군요.」

지미는 아름다운 푸른 눈을 크게 뜨고 조잘거렸다. 그녀가 얘기하지 않더라도 보란은 이미 그것보다 더 많은 사실을 알고 있었다.

「잘 있어요, 지미.」

보란은 그녀를 안은 팔에 힘을 주며 조용히 말했다. 그리고 눈물을 흘리는 그녀의 입술에 길고 긴 입마춤을 했다.

맥 보란은 폭시 레이디가 뜨거운 키스의 여운에 떨고 있는 것을 뒤로 하고 레오폴드 스타인의 용기 있는 행위의 뒤를 잇기 위해서 그 자리를 떴다.

# 8
## 전화 수리공

맥 보란은 전투란 단순히 싸움에 참가하는 군대의 머릿수만으로 그 승패가 결정되는 것이 아니란 것을 이미 오래전부터 깊이 터득하고 있었다.

또 그는 전투에서 승리를 차지하는 군대는 성능 좋은 무기, 풍부한 경제력, 탁월한 정보 수집력, 뛰어난 기동성, 강력한 파괴력을 구사할 수 있는 요원 등을 모두 갖추어야 한다고 생각했다. 그런 점에서 맥 보란 자신은 한 사람으로 이루어진 완벽한 군대였다.

그는 시카고로 진군해올 때 마지막 순간까지 후회 없는 전투를 벌이리라고 굳게 결심했었다. 그래서 그는 우선 전투의 전진 기지로서 뉴욕에서 포드 왜건을 구입했었다. 소형 이코노라인 모델인 그 차는 한 사람으로 이루어진 군대의 전진 기지로는 나무랄 데가 없는 것이었다. 보란은 그 전진 기지를 이끌고 조용히 시카고로 진군해 왔다.

보란은 새 전쟁터에서 지난 며칠 간을 전력 보강을 위해 소비했다. 은밀하게 필요한 정보를 수집하는 한편 무기와 탄약을 보충하고 그의 전진 기지가 최고의 성능을 발휘하게끔 철저히 정비를 해두었다. 그러면서 시카고에서 벌일 전투의 개시를 알리는 공격을 치밀하게 계획했다. 그러나 아무리 계획이 치밀해도 순간순간 상황이 급변하는 전투에서는 단련된 반사 신경과 군인 정신에 의존할 수밖에 없다는 점도 미리 계산해 놓았다.

지금 그의 가슴속에서 박동치는 감정은 그가 앞으로 선택해야 할 전투의 방법과 방향과 페이스를 결정짓고 있었다. 그가 터크의 운전사인 진에게 한 얘기는 결코 즉흥적인 대사가 아니었다. 허풍이나 과장 섞인 멜로드라마는 더욱 아니었다. 그것은 맥 보란의 교묘한 전술과 작전 가운데 하나였다. 그는 그 말로써 야기될 효과를 기다리고 있었다. 그리고 그 효과를 철저히 이용할 계획까지 갖고 있었다.

하늘마저 그의 편이라고 했던 것도 결코 근거 없는 얘기가 아니었다. 그는 호반의 도시에 도착한 이후 날씨의 변화에 신경을 써왔었다. 일기 예보를 듣는 것은 물론이고 천기도(天氣圖)까지 검토해 보았었다. 그리하여 그는 치밀한 계산 끝에 시카고에서의 전투 개시일을 결정했다. 폭풍이 몰아친 것은 보란에겐 유리한 조건이었고 마피아들에게는 엄청난 장애였다.

보란은 전리품인 마피아의 자동차를 버린 지 오래였다. 그는 지금 결정적인 정보가 가득 담긴 스타인의 수첩을 가슴에 품고 자신의 전진 기지인 왜건으로 적의 심장부를 향해 맹렬히 달려가고 있었다. 공격의 시기는 무르익었으며 남은 일은 악의 무리를 쏟아 버리는 것뿐이었다.

시카고의 시가지는 겨울의 폭풍 때문에 회색으로 얼어붙은 듯 보였다. 그러나 사우스스테이트 가에 줄지어 늘어선 나이트클럽 지대는 자연의 대기습 따위에는 아랑곳하지 않는 듯 뜨거운 향락의 열기를 뿜어 내고 있었다.

밤이 깊어갈수록 그 거리는 더욱 활기가 넘쳐 흘렀고 화려한 네온사인들은 사람들의 마음에 숨어 있던 저속한 즐거움에 대한 욕망에 불을 당겼다.

그곳은 마치 폭풍 때문에 꼼짝달싹 못하게 된 수많은 시카고 시민들이 적막함과 무료를 달래기 위해 찾아드는 하나뿐인 성역 같았다. 그리고 그곳은 실제로 시 당국으로부터 특별한 대우를 받고 있었다.

시내 어디를 돌아다녀 보아도 그 부근만큼 제설차며 통행을 순조롭게 하기 위해 동원된 기계 장비들이 바삐 움직이고 있는 곳은 찾아보기 힘들었다. 정치적인 영향력이 모든 것을 움직이는 그곳에서 사우스스테이트 가가 연방 범죄 조사 위원회의 보고서에 기록된 지역 가운데 하나라는 것도 결코 우연의 일치만은 아닌 것 같았다.

그 보고서에는 〈시카고에 널려 있는 환락가에서 손님에게 술을 파는 곳이나 스트립쇼 간판을 내걸고 있는 카바레의 전부가 범죄 조직의 손아귀에 쥐어져 있다〉라고 기록되어 있었다.

〈머니즈포슈〉는 바로 그런 종류의 카바레 중 하나였다. 그곳은 여자들을 장사 밑천으로 삼아 정기적인 학술 강연회 등으로 시카고를 찾아오는 150만의 손님들을 단골로 확보해 놓고 있었다. 그러나 오늘밤의 그곳은 불이 모두 꺼진 채 유령의 집과 같은 느낌을 풍기며 음울하게 서 있었다.

그곳의 현관에는 손으로 휘갈겨쓴 듯한 종이 쪽지가 붙어 있었다.

오늘은 특별 파티 때문에 문을 열지 않습니다. 다음날 다시 찾아 주시기 바랍니다. 대단히 죄송합니다.

겉으로 보기에 파티 따위는 없을 것 같은 〈머니즈포슈〉의 안쪽에서는 어떤 특별한 일이 벌어지고 있는지 얼굴을 잔뜩 찌푸린 사내 몇 명이 먹을 것을 어지럽게 늘어놓은 테이블 앞에 앉아 낮은 목소리로 얘기를 나누고 있었다. 정면의 기다란 바에 앉아 있는 사내들의 얼굴도 잔뜩 구겨져 있었다. 바텐더들은 반 갤런짜리 술병에 맥주를 따라 바쁘게 테이블로 나르곤 했다.

가게 안쪽에 있는 아담한 스테이지는 조명이 꺼진 채였고 사내 몇 명이 코트를 입은 채 길게 드러누워 있었다. 스테이지 뒤쪽으로는 작은 탈의실이 서너 개 있었다. 그것이 연결된 좁다란 복도를 따라가다 보면 호화롭게 꾸며 놓은 클럽 룸이 나왔다. 그곳은 극히 제한된 손님들을 상대로 늘씬한 여자들이 서비스를 하는 장소였다.

더 깊숙이 들어가면 또 다른 종류의 방이 있었다. 그 방에서는 여자들을 미끼로 삼아 얼간이 같은 부자들을 공갈, 협박하여 돈을 울궈내는 일이 벌어지곤 했다. 솔직히 얘기한다면 그 방에서 한 번에 벌어들이는 돈은 〈머니즈포슈〉의 하루 매상을 훨씬 웃도는 금액이었다. 항간에 떠도는 소문에 의하면 비인간적인 방법을 사용하는 그 장사의 주모자 가운데 현직 경찰도 한 명 포함되어 있다고 했다. 그러나 오늘밤 그 방은 조용한 가운데 재미를 톡톡히 보던 때를 회상하는 사내들의 낮은 얘기 소리만 들릴 뿐이었다. 이따금씩 그들은 지금은 죽고 없는 보스들을 생각하며 애도의 뜻을 표하기도 했다. 또 그들은 그들 주위를 미친 놈처럼 쫓아다니는 키 큰 사내가 몰고온 공포와 불안에 대해 얘기하기도 했다. 그러나 결국 그들은 입을 다물고 각자의 생각에 잠기고 말았다.

밀실들이 늘어서 있는 복도의 다른 한쪽에 자리한 방음 장치가 된 방에서는 옛날에는 로베르토 몬테시라고 불린 머니 로버트가 귀한 손님과 대면하고 있었다. 그는 루프 지역의 보스인 제이크 베치와 그의 심복 부하로 얼굴이 알려진 두 사내를 맞아서 안절부절못하고 있었다.

두 사내 중 마리오 메닝게티는 남에게 뜨거운 맛을 보여 주는 데 전문가였고 찰리 스판노는 지역의 정치 세력과의 접촉을 담당하는 실력자였다.

〈머니즈포슈〉가 50년대 후반에 문을 연 이후 조직에 몸담고 있는 사내들이 수없이 들락거렸지만 제이크 베치 같은 거물이 그곳에 모습을 나타내는 것은 드문 일이었다. 머니는 아껴 두었던 술을 꺼내 놓으며 순한 양 같은 태도로 베치를 접대하고 있었다. 일찍이 그 누구에게도 보여준 적이 없는 상냥한 태도였다.

사실 그곳의 진짜 주인은 제이크 베치였다. 주류 판매에 대한 허가도 베치의 이름으로 나온 것을 사용하고 있었다. 머니는 베치에게 고용되어 있을 뿐이지 공동으로 경영하는 것은 아니었다. 베치는 머니가 일해 주는 대가로 총 매상액의 20퍼센트와 그가 능력껏 벌어들이는 돈을 주었다. 머니는 어디까지나 베치에게 고용되어 있을 뿐이라는 사실을 잊어서는 안 되었다.

머니는 조심스러운 말투로 자리를 권했으나 베치는 들은 체도하지 않았다. 머니는 맨해튼에서 가져온, 손으로 만든 최고급 시가를 권했으나 베치는 말없이 고개만 내저을 뿐이었다. 그는 그 가게에서 제일 비싼 위스키까지 거절당하자 더 이상 어떻게 대접을 해야 할지 몰라 우두커니 서서 불안한 눈동자만 굴리고 있었다.

「나한테 시킬 일은 없습니까, 보스?」

머니는 손바닥을 마주 비볐다.

「없어. 제발 가만히 있으라구. 자네 때문에 정신이 달아날 지경이야.」

한참만에야 침묵을 깨고 베치가 대꾸했다.

「저…… 설마 날 족치러 오신 건 아닐 테죠?」

머니는 점점 더 불안해져서 어쩔 줄을 몰라했다.

「아무래도 켕기는 구석이 있는 모양이야. 매상액을 속이고 있음에 틀림없어.」

마리오 메닝게티가 불쑥 끼여 들었다. 머니는 새파랗게 질린 채 아무 말도 못하고 서 있었다.

「어제 다니엘스 부장 형사를 만났는데 요즘 주머니가 가볍다고 하더군. 왜 시원찮게 주느냐고 내게 따져 묻던데?」

찰리 스판노는 메닝게티의 말을 이으며 킬킬거렸다.

「그만들 하라구. 머니, 자넬 놀리려고 하는 말이니 신경 쓰지 말게. 우린 사업 얘기를 하려고 모인 거야. 자네를 책망할 생각은 조금도 없어.」

베치가 부드럽게 말했다.

「아, 네. 다행입니다. 무슨 일인지는 모르겠지만 난 연락받은 즉시 지시대로 했습니다. 현관에 장사하지 않는다는 쪽지도 써 붙였구요. 그런데 당신 친구들이 우르르 몰려들기에 무슨 일이 있긴 있다고 짐작했지요. 괜찮다면 나도 그 일에 대해 알고 싶습니다, 미스터 베치.」

머니는 여전히 조심스러운 어조로 말했다.

「자네와는 상관없는 일이야. 알아서 이득될 것도 없고 모른다고 손해볼 일도 없을 테니까 잠자코 있게.」

세 사내는 약속이나 한 듯 소파로 가더니 침묵을 지키며 앉아 있었다.

잠시 후 노크 소리가 나는가 싶더니 키가 크고 구레나룻이 거뭇거뭇한 사내가 들어왔다. 그는 회색 양복 위에 역시 회색의 코트를 걸치고 그것과 한쌍인 것 같은 회색 모자를 손에 들고 있었다. 모자 위에 쌓였던 눈이 따뜻한 공기 속에서 녹아 버렸는지 모자는 축축하게 젖어 있었다.

「30분씩이나 기다리게 하다니!」

베치는 사내 쪽으로 고개를 돌리지도 않고 무뚝뚝하게 말했다.

「머니, 온더록스를 더블로 해주게.」

사내는 코트를 벗어 록커에 건 후 의자에 털썩 주저앉았다. 그러나 머니는 못 들은 체하며 우두커니 서 있었다. 그가 생각하기에 보스가 아무 것도 마시지 않는데 다른 사람이 마신다는 것은 부당한 일 같았다.

「30분이나 기다렸다고 했네.」

베치는 가라앉은 소리로 다시 한 번 말했다.

「최대한 서둘러서 온 거요. 내가 시청에서 봉급을 받고 있는 사람이란 걸 잊었소?」

사내는 시큰둥하게 대꾸했다.

「물론 알고 있지. 하지만 그렇게 되도록 만들어준 사람은 누구였지? 그 좋은 자리에 자네가 앉아 있는 게 누구 덕분인지를 잊어선 안 돼, 해밀튼.」

베치는 돈의 노예가 된 경찰을 쏘아보았다.

「잊을 리가 있겠소? 좀 늦긴 했지만 난 이렇게 오지 않았소? 늦은 건 미안하게 생각하오. 그런데 들어오다 보니 밖엔 일개 연대가 출동한 것 같던데?」

사내는 비굴한 미소를 띠며 베치를 쳐다보았다.

「그래. 언제라도 출동할 수 있지. 그런데 자네 부하들은 어디 있나?」

「모든 일은 신중하게 처리해야 하오.」

경찰관은 빙그레 웃으며 주머니에서 수첩을 꺼내 내밀었다.

「우리가 신중하지 않은 적이 있었나?」

베치는 수첩을 받아 스판노에게 건네 주었다.

「그게 당신이 가담할 근무조야. 차 한 대에 두 명씩 타게 돼 있어. 그런데 그자들은 진짜 무슨 일이 벌어질 때까지는 꼼짝도 하지 않을 거야. 사건이 벌어질 때까지 그들의 일에만 충실할 거란 뜻이지. 서로 동료들에 관한 얘기는 하지 말아. 경찰에게서 떨어지지 말고 얘기도 경찰하고만 하라구.」

해밀튼은 스판노에게 자세히 설명했다.

「출발은?」

베치가 물었다.

「11시. 5분 간격으로 떠나도록 했소.」

「됐어.」

베치는 만족스러운 듯 고개를 끄덕였다.

그때 문을 두드리는 소리가 났다. 베치는 머니에게 눈짓을 해 보였다.

「뭐야?」

머니가 문에 대고 소리쳤다. 한 사내가 몸을 반쯤 들이밀고 마리오 메닝게티에게 말을 걸었다.

「전화국에서 사람이 나왔습니다.」

「뭣 때문에?」

메닝게티는 눈살을 찌푸렸다.

「눈보라 때문에 전화선이 말썽을 부린다면서 이곳의 전화선을 살펴봐야겠답니다. 바의 전화는 지금 불통입니다, 보스.」

사내는 눈치를 살피며 더듬거렸다. 머니는 반사적으로 전화기를 들어 보았다.

「빌어먹을, 여기도 불통이야!」

「그럼 그놈한테 빨리 고치라고 해.」

베치는 입 속으로 욕설을 중얼거렸다.

「이 지경이니 밖에서 아무리 전화를 해도 통화를 할 수가 있어야지. 밖엔 폭풍이 몰아치고 전화는 불통이고, 되는 일이 없군.」

해밀튼은 툴툴거렸다.

「다 고쳤는지 모르겠군.」

베치가 경비원을 보며 중얼거리자 경비원은 잽싸게 바로 갔다가 되돌아왔다.

「아직 수리중입니다. 전봇대에 올라가야 한답니다.」

「전봇대라구? 이런 날씨에?」

스판노는 손마디를 똑똑 부러뜨리며 사람들을 둘러보았다. 머니는 경비원에게 가보라는 눈짓을 했다.

「옛날엔 그보다 더한 고생도 많이 했었지. 전봇대에 오르는 일 따위는 아무 것도 아니었어.」

베치는 지난날을 생각하며 미소 지었다. 그는 요란하게 헛기침을 한 번 한 후 경찰관 쪽으로 눈길을 돌렸다.

「해밀튼, 난 오늘밤 내내 여기에 있을 작정이야. 적어도 일이 벌어지기 전까지는 말이야. 무슨 일이 생기면 즉시 내게 연락해 줘.」

「맨 먼저 당신에게 보고하겠소.」

해밀튼 경감은 싹싹하게 대꾸했다.

「머니, 뭐 마실 것 좀 줘.」

루프의 보스는 그제야 의자에 느긋하게 기대앉으며 손가락을 퉁겼다. 머니 로버트는 기다렸다는 듯 술잔을 날라오고 넘치도록 술을 따랐다. 보스가 술잔을 한 번 들어 보인 후 마시기 시작하자 다른 사내들도 술잔을 입으로 가져갔다.

그들은 눈보라에 관한 얘기부터 시작하여 최근에 재편성된 시경 조직에 그들의 세력을 확장시키는 것에 대해 얘기했다. 그리고 요즘 시나 정부에서 벌어지고 있는 논쟁에 어떻게 대처할 것인가 등에 관해 농담 섞인 얘기를 주고받았다.

몇 분 후에 다시 밖으로부터 보고가 들어왔다.

「전화 수리가 끝났습니다.」

경비원의 말에 머니는 전화기를 귀에 대 보았다.

「소리가 나는군.」

경비원이 고개를 돌려 문 밖에 서 있는 사람에게 전화가 정상으로 돌아왔다고 말하자 대꾸하는 사내의 음성이 들렸다.

「전화 수리공은 직접 확인하고 싶다는데요?」

경비원이 다시 방 안에 있는 사람들을 둘러보며 말했다.

「좋아. 들어와서 완전하게 고치라고 해.」

제이크 베치가 선선히 허락했다.

키가 큰 한 사내가 문으로 들어섰다. 그는 자잘한 수리 도구를 넣은 폭이 넓은 벨트를 두르고 있었으며 전봇대를 오를 때 신는 특수 장화를 신고 있었다. 눈을 잔뜩 뒤집어쓰고 있던 사내가 따뜻한 방 안으로 들어오자 금세 눈이 녹아 그의 몸에서는 김이 모락모락 피어올랐다. 사내가 테이블 쪽으로 다가가자 베치는 눈과 얼음이 범벅된 듯한 사내에게 몸이 닿지 않으려는 듯 한쪽으로 비켰다.

「당신이 바로 이런 날씨에 전봇대에 오르는 용감한 사나이시군!」

스판노가 킬킬거렸다. 키가 큰 사내는 싱긋 미소를 짓더니 머니에게서 전화기를 건네 받았다. 그는 이맛살을 찌푸리며 전화기를 한동안 귀에 대고 있었다.

「역시 확인해 보길 잘했습니다. 그새 또 불통이 됐군요.」

「또?」

머니는 깜짝 놀라는 시늉을 했다. 사내는 재빠른 손놀림으로 전화기를 분해하기 시작했다.

「자장 용해 때문입니다. 잠깐 동안 전화가 안 되는 사이에도 자석의 극성이 망가질 수가 있습니다. 하지만 금방 고칠 수 있습니다.」

전화 수리공은 전문 용어를 써가며 고장 원인을 설명했다.

「자장 용해라는 게 어떤 거지?」

스판노가 물었다.

「설명해 줘도 자넨 모를 거야.」

메닝게티가 집게손가락으로 자신의 머리를 톡톡 두드리며 킬킬거렸다.

「그래? 그럼 자네는 그게 뭔지 알고 있다는 말인가?」

스판노는 얼굴을 찌푸리며 쏘아붙였다.

「음, 자장 용해가 뭐냐 하면……. 글자 그대로 녹아 버린다는 거지. 그렇지 않소, 기술자 양반?」

메닝게티는 전화 수리공에게 한쪽 눈을 찡긋해 보이며 멋쩍은 미소를 흘렸다.

「그 비슷한 얘기지요.」

사내는 빙그레 웃었다. 그러나 그의 눈동자가 잠깐 동안 날카롭게 빛나는 것을 본 사람은 아무도 없었다.

「기술자 양반이 꽁꽁 얼어붙은 얼굴이군. 머니, 저 친구한테도 마실 것 좀 주게.」

제이크 베치가 자상하게 말했다.

「아닙니다. 괜찮습니다. 난 근무중이니까요.」

전화 수리공은 점잖게 사양했다.

「보스, 전봇대 위의 사나이는 무척 따뜻하게 보이는군요. 얼굴만 완전히 가릴 수 있다면 남극엘 가도 끄덕없을 것 같은 차림새인데요?」

스판노는 전화 수리공을 곁눈질하며 휘파람을 날렸다.

전화 수리공은 두꺼운 흰색 점프슈트로 머리끝에서 발끝까지 모두 감싸고 있었다. 그는 모자를 눈썹 위에까지 눌러쓰고 얼굴의 노출 면적을 줄일 수 있는 데까지 줄여 다른 사람들은 정확한 그의 인상을 알아볼 수 없었다. 또 그 점프슈트에는 얼굴을 가릴 수 있는 프레프도 달려 있었으나 지금은 그걸 덮어쓰지 않고 있었기 때문에 그 사내의 얼굴은 매서운 바람으로 빨갛게 얼어 있었다.

그 사내는 이런 차림이라면 남극이건 북극이건 그 어디든지 다 갈 수 있다고 생각하며 혼자 마음속으로 미소 지었다.

「난 천만금을 준다 해도 오늘밤과 같은 날씨에 당신처럼 일을 할 순 없을 거야.」

스판노가 엄살 섞인 소리로 말했다.

「특근 수당을 받고 있겠지. 평상시의 2배 반 정도는 될 걸?」

해밀튼 경감이 끼여 들었다.

「수당이라니요? 오늘 저녁은 내가 당번입니다. 다시 말해 지금은 정상 근무 시간이기 때문에 수당 같은 건 생각할 수도 없습니다.」

「일하는 데 방해하지 말라구. 옆에서 자꾸 허튼 소리들을 지껄이면 헛갈린단 말이야.」

루프 지구의 보스가 한마디 했다.

「이제 다 끝났으니까 신경 쓰지 마십시오.」

전날 밤 어둠에서의 탈출을 감행하던 때와 꼭같은 차림을 한 맥 보란은 보스에게 예의를 갖추어 말했다.

사내들은 한동안 잠자코 앉아 보란이 전화기를 다시 결합하는 모습을 물끄러미 쳐다보았다.

전화 수리공은 다이얼을 돌려 전화기에 대고 전문 용어로 몇 마디 지껄인 후 손가락으로 O.K 사인을 만들어 보였다. 그가 전화기를 내려놓자 기다렸다는 듯 전화벨이 울렸다. 그는 전화를 받더니 알아들을 수 없을 정도로 말을 쏟아 부었다.

「어디? 스테이트와 매디슨의 중간 지점이군. 알았어. 바로 가겠네.」

그는 전화를 끊고 머니 로버트 쪽으로 전화기를 밀어 놓았다.

「다 됐습니다.」

「수고했네.」

머니는 전화기가 소중한 물건이나 되는 양 손가락으로 조심스럽게 쓰다듬었다.

「저 친구한테 20달러를 줘, 머니.」

제이크 베치가 연장을 챙기고 있는 사내를 턱짓으로 가리켰다.

「감사합니다.」

보란은 당연하다는 표정으로 돈을 받아 주머니에 쑤셔 넣으며 보스를 향해 윙크를 했다.

그는 빠른 걸음으로 방을 나서서 마피아의 전투원이 진을 치고 있는 홀을 유유히 걸어 나갔다.

# 9
## 오더 맨 아웃

호랑이를 잡으려면 호랑이 굴 속으로 들어가라고 했던가? 옛말이 틀린 게 하나도 없다고 생각하며 보란은 미소를 지었다. 그는 무쇠 같은 신경과 목숨을 건 용기로 적의 기지로 들어갔었다. 그러나 그는 그 일을 단순한 용기만 갖고 행한 것이 아니었다. 언제나 그렇듯 그의 행동은 치밀한 계산 끝에 이루어진 것이었다.

인간이란 사물을 눈으로 보는 것으로 그치는 동물이 아님을 보란은 체험적으로 알고 있었다. 인간은 사물을 대할 때 지난날의 경험에 의해 기억되었던 일들을 현재 보고 있는 일과 비교하는 것은 물론이고 필요하다면 현재에다 과거를 응용하기도 한다. 보란은 인간이 어떤 행위를 할 때 그에 따르는 과거 현재 미래의 상황을 누구보다도 잘 알았으며 그것을 이용할 줄도 알았다. 마피아와의 전투를 시작하기 훨씬 전부터 그는 하나의 연기를 몸에 익히고 있었는데 그는 그 연기를 〈역할 은폐〉라고 불렀다.

언젠가 맥 보란 중사는 월남의 적지에서 완전 포위된 적이 있었다. 그때 그는 그 마을 사람들이 흔히 입는 검은색의 낡은 판초를 어깨에 걸치고 밀짚 모자를 눌러쓴 다음 마을 앞을 흐르는 강물에 그물을 던져 놓고 두 시간 동안이나 앉아 있었다. 그의 주위에서는 적군들이 그를 잡기 위해 눈이 벌겋게 되어 헤매고 있었다. 보란은 마을 사람들에 비하면 키가 큰 편이었고 그가 한 변장도 엉성하기 짝이 없었지만 적군 수색 대원들의 눈에 그는 잠옷 바람으로 그물을 보러 나온 마을 사람으로만 비쳤다. 수색 대원들이 생각하고 있던 보란의 모습은 그런 원주민 복장을 한 사람이 아니었기 때문에 그들은 자신들의 편견에서 빠져 나오지 못하고 끝내 보란을 알아보지 못했다.

보란이 〈머니즈포슈〉로 갔을 때의 상황도 그때 월남에서 그가 경험했던 것과 비슷했다. 시카고에는 폭풍이 몰아치고 있었고 전화는 얼마든지 고장이 날 소지가 있었다. 그러므로 마피아들은 은연중에 전화 수리공을 부담없이 받아들일 준비가 되어 있었다. 그때 그 가게에 있었던 사내들 중 전화를 고치러온 사내의 인상이 어땠는지 정확히 설명할 수 있는 사람이 과연 있을는지 의심스러웠다. 그들이 알고 있는 사내는 전화 수리공이 남극에서도 견딜 만한 차림을 하고 있었다는 것 정도가 고작일 것이었다.

보란이 그곳에 잠입하는 데 성공할 수 있었던 것은 적에 대한 이해와 놀라운 자기 통제력 덕분이었음은 두말 할 필요도 없으리라. 게다가 그는 그런 위험이 들끓는 장소에서까지 천연덕스럽게 유머를 즐길 수 있었다.

〈머니즈포슈〉로 보란이 들어갔었던 것은 단순한 정찰 이상의 의미가 있었다. 그는 적의 수비에 어떤 약점이 있는지 궁금했었고 만약 구멍 뚫린 데가 있다면 전투에 최대한 이용하고 싶었다.

제이크 베치는 불법임에 틀림없는 방법으로 엄청난 돈벌이를 했으며 슬럼가에서도 중요한 보스로 손꼽히고 있는 만큼 보란이 노려야 할 가장 적절한 처형 대상자였다. 시카고의 마피아 조직에서 오랫동안 중견 간부로 있던 베치는 최근 들어 지위가 향상되었다고 했다. 그리고 시카고 가문의 최고 보스 자리를 노리고 있는 베치는 그것의 제1단계 작전으로서 다른 한 사내와 공동으로 최고 보스 자리를 차지하려고 했다. 그것은 베치로서는 어려운 일도 아니었다. 또 그는 그가 최고 보스가 되더라도 지난날 자신이 다스리던 지역에 대한 직접적인 지배권만은 손아귀에 쥐고 있어야 한다고 생각했다.

베치의 그런 생각은 조직에 몸담고 있는 젊은 간부들 사이에서 심한 마찰을 일으켰고 그는 비난의 대상이 되었다. 사실 마찰, 음모, 비정한 경쟁 따위는 코사 노스트라 내부에서는 그리 드문 일이 아니었다. 그리고 제이크 베치 같은 노련한 보스가 그의 주변에서 일어나는 세력 다툼의 험악한 분위기를 눈치 채지 못할 리도 없었다.

이상의 얘기는 레오폴드 스타인이 그토록 저주하던 가죽 표지의 수첩에 담긴 재미있는 얘기 가운데 하나에 지나지 않았다. 그러나 보란의 입장에서 따져 본다면 그 정보야말로 당장 써먹을 수 있는 가장 좋은 꼬투리였다. 제이크 베치의 주변을 살펴보는 것은 단순한 정찰 활동의 의미를 넘어서 작전을 하는 데 있어서도 꼭 필요한 일이었다.

제이크 베치가 다스리는 영역 안에서 그들이 회합을 가질 만한 장소를 알아내는 데는 특별한 상상력을 필요로 하지 않았다. 일상적인 일로 되어 있는 관찰과 주의력의 집중으로 그 장소는 쉽게 알 수 있었다. 〈머니즈포슈〉에 놈들이 모여 있다는 확신이 서자 그가 다음으로 취해야 할 행동은 자연스럽게 떠올랐다. 보란은 곧 그 생각을 실천으로 옮겼고 새로운 전투에 사용할 가치 있는 정보를 얻어낸 다음 호랑이 굴을 빠져 나왔다.

그는 그 밀실 안에 있던 사내들 중 제임스 베치가 누구라는 것을 한눈에 알아볼 수 있었다. 메닝게티와 스판노가 어떤 놈인지도 대충 짐작이 갔다. 그 방 안에 있던 사내들 중 회색 양복을 입은 녀석만은 그 정체를 정확히 알 수 없었으나 그때의 상황으로 보아 그 회색 양복의 사내는 분명 베치에게 윗사람 대접을 해주고 있었기 때문에 보란은 그에게 그다지 신경을 쓰지 않았다. 보란이 알고 싶었던 것은 적의 약점이 무엇이냐 하는 것이었으며 그는 그것을 알아낼 수 있었다.

공격 시기는 점점 다가왔다.

보란은 〈머니즈포슈〉로 들어가기 전에 그곳으로부터 반 블록쯤 떨어진 길 모퉁이에 전진 기지인 포드를 세워둔 다음 가게가 있는 건물까지 걸어왔었다.

이제 정찰을 마친 보란은 건물의 뒤쪽으로 돌아가서 다시 전봇대로 기어 올라가 옥상으로 뛰어내렸다. 전화선을 고친다는 구실을 대고 불과 몇 분 전에 전봇대에 올라갔었을 때 그는 코드 두 개를 연결시켜 놓았었다. 그 중 하나는 그 부근의 전화를 모두 도청할 수 있는 제일 큰 전화선에, 다른 하나는 〈머니즈포슈〉

의 사무실, 즉 지금 사내들이 모여 앉아 있는 밀실의 직통 전화
선에 접속시켜 놓았었다. 보란은 밀실의 전화 번호를 돌렸다.

첫번째 신호음이 채 끝나기도 전에 사내의 목소리가 튀어나왔
다.

「여보세요.」

머니 로버트였다.

「제이크 베치에게 할 얘기가 있다.」

보란은 목소리를 착 가라앉힌 후 용건을 얘기했다.

「누구야?」

「누군지는 몰라도 돼. 베치를 바꿔.」

조금 망설이던 머니가 베치에게 물어 보는 소리가 조그맣게
들렸다.

「이름을 대지 않는 사내가 통화를 하고 싶다는데요?」

「그래?」

불쾌한 노인의 목소리가 새어 나왔다. 보란은 옥상의 바람벽
뒤에 몸을 웅크리고 앉아, 머니가 쩔쩔매며 전화기를 베치 쪽으
로 가져가는 광경을 상상하고 싸늘한 미소를 지었다.

「누가 날 찾는다고?」

잠시 후 약간 쉰 듯한 목소리가 보란의 귓속을 울렸다.

「네게 일러줄 말이 있다.」

보란은 차갑게 대꾸했다.

「뭐라구? 도대체 넌 누구야?」

베치는 불쾌함을 감추려 들지도 않았다.

「잠자코 듣기나 해. 난 단 한 번밖에 말하지 않는 성미야. 미
리 얘기해 두지만 재방송은 없을 거니까 똑똑히 들으라구. 난 이

시카고에서 너희놈들을 쓸어버릴 거야, 베치. 지금 있는 그곳에
서 꼼짝하지 않는 게 좋을 거야.」

「무슨 소리야? 넌, 넌 누구냔 말이야!」

「내 이름 철자까지 얘기해야 내가 누군지를 알겠단 말이지?
멍청한 짓거리는 그만둬, 베치.」

보란은 잠시 말을 끊었다. 한동안 전화기에서 거친 숨소리가
파도처럼 출렁거렸다.

「농담하지 마. 네놈이 내가 생각하고 있는 그놈이라면 나에게
전화를 할 리가 없어. 정신이 나가지 않고서야 친절하게도 경고
를 해줄 까닭이 있나?」

베치의 목소리가 떨려 나왔다.

「물론. 그런 친절을 베풀 생각은 눈곱만큼도 없어. 〈오더 맨
아웃〉이라는 게임을 알고 있나? 여럿 가운데 하나를 뽑는 놀이
지. 넌 그 놀이에서 선택된 거야, 베치. 시카고의 보스들 중 너는
살려 주겠어. 하지만 그건 네가 앞으로 어떤 사람들을 위해 일해
야 하느냐를 깨닫게 해주기 위해서야. 내가 시카고의 조직을 뒤
엎어 버리면 피라미들만 가득하게 되는 건 너무도 당연한 결론
이겠지. 그때 살아 남은 제이크 베치가 조직의 우두머리가 되는
거야.」

보란은 침착한 목소리로 또박또박 얘기했다.

「장난은 그만두라구! 넌 도대체 누구야? 왜 이렇게 내 속을
뒤집어 놓느냔 말이야!」

루프 구역의 보스는 소리를 버럭 질렀다. 전화를 받고 있는 그
의 얼굴은 연신 붉으락푸르락할 것이었다.

「장난이 아니야. 넌 행운의 여신에게 감사해야 할 거야. 오늘

밤에는 촛불이라도 켜놓고 잔치를 벌이는 게 어때? 보스들 가운데 살아 남는 놈은 너 하나뿐일 테니까. 단, 한 가지 경고해 두겠다. 절대 그 자리에서 움직이지 마. 난 잠시 후면 공격을 시작할 거야. 화를 입지 않으려거든 그곳에 가만히 엎드려 있으라구.」

보란은 즉시 전화를 끊고 밀실의 직통 전화에 연결해 놓았던 코드를 주 전화선 쪽에 접속시켰다. 보란의 전화를 받고 기겁을 한 베치가 외부의 다른 사람에게 전화를 할 것은 틀림없는 일이었고 보란은 그 통화 내용을 알고 싶었다.

살을 에는 듯한 바람 속에서 보란은 끈기 있게 기다렸다. 시간은 몹시 천천히 흐르는 것 같았다. 추위는 더욱 기승을 부렸다. 약 4분 정도가 지났을 때 밀실의 전화기가 들려지는 소리가 났다. 보란은 거친 숨소리와 전화 버튼이 눌러지면서 나는 삑삑거림을 하나도 놓치지 않고 들으면서 삑삑거림의 높고 낮은 정도를 수첩에 적어 넣는다. 그는 속삭임처럼 들리는 통화 내용을 신경을 곤두세우고 조용히 듣기 시작했다.

「나 제이큰데…… 있나?」

「잠깐만 기다리시오.」

「여보세요.」

「잘 돼가나?」

「지금까진 그저 그렇소. 그쪽은?」

「고약해. 놈이 내게 직접 전화를 걸었어.」

「보란 말이오?」

「그래.」

「놈이 전화를 하다니! 정말이오?」

「정말이라니까. 혹시 우리가 하려는 일을 누군가에게 말한 건 아니겠지?」

「아니오. 내가 얘기할 리가 있겠소?」

「그럼 안심이지만……. 아까 내게 전화를 한 놈은 그놈임에 틀림없어. 그렇지 않다면 누군가가 이 늙은이를 놀리려 했거나. 하지만 내게 그런 식으로 얘기할 수 있는 녀석은 아무도 없단 말이야. 또 이상한 건 그놈이 어떻게 내가 있는 곳을 알았나 하는 거야.」

「당신을 감시하고 있었던 건 아닐까요? 그쪽으로 갈 때 미행했는지도 모르고.」

「그게 아니라면 우리들 중에 입이 가벼운 놈이 있는 거겠지.」

「아무튼 그가 뭐라고 하던가요? 전화를 한 이유가 있었을 것 아니오?」

「이제부터 싹 쓸어버리겠다고 하더군. 나만 빼놓고 말이야.」

베치는 한숨을 내쉬었다.

「웃기는 놈이로군. 그놈은 당신과 허니문이라도 즐길 모양이죠?」

신경질적인 웃음소리가 쨍쨍 울려 나왔다.

「무슨 요지경 속인지 모르겠다니까. 나중에 자세한 얘기를 해주겠네. 내가 자네에게 전화한 건 이 사실을 모두에게 알리라는 뜻에서야. 우리 내부에서 그놈과 선이 닿아 있는 녀석이 있을지 모르잖아? 난 그놈이 전화를 해왔다는 것만으로도 기분 나빠 죽겠다구. 그놈이 전화를 했다는 건 입이 가벼운 카나리아 때문이라는 생각이 점점 짙어지는군.」

「만일 그렇지 않다면?」

「더욱 기분이 나빠지겠지.」

베치는 목청을 가다듬었다.

「당신 기분은 이해할 수 있겠소. 카나리아가 있다는 당신 말이 맞을지도 모르겠소. 그러나 만일 그게 사실이라면 그 카나리아는 당신 조직 속에 있을 거요.」

베치와 통화를 하는 사내는 진지한 목소리로 쏘아붙이듯 말했다.

「그래서 내가 더욱 안절부절못하겠다는 거야. 어떻게 생각하나? 다른 사람들에게도 이 사실을 알려야 하나?」

잠시 사이를 두고 베치의 상대방이 대꾸했다.

「베치, 일이 몹시 난처하게 된 건 사실이지만 내가 당신에게 이래라저래라 할 수는 없는 입장 아니오? 그건 당신 조직 내부의 문제니까.」

「그렇긴 하지만 자네 얘기엔 언제나 참고될 만한 구석이 많거든.」

베치는 은근히 상대방의 대답을 요구했다.

「나 같으면, 뭐랄까, 그런 곤란한 문제에 대해선 아무에게도 얘기하지 않겠소. 자칫 오해받을 일이 생길지도 모르니까. 또 그놈은 교활하기 짝이 없는 놈이니 당신을 애태우려고 그런 전화를 한 건지도 모르지 않소?」

「그렇게 생각하나?」

「그럴 수도 있지 않겠소? 그러니…… 이렇게 하면 어떻겠소? 럴리 터크를 찾아서 그놈한테 전화가 왔었다는 얘길 하시오. 그런 다음엔 당신은 뒤로 물러앉아 터크가 하는 꼴을 지켜보기만 하는 거요?」

「그것 좋은 생각이군. 아니, 잠깐만. 터크는 라발로에게 따질 일이 있어서 그를 찾아나섰단 말이야.」

베치는 난처한 듯 말했다.

「벌써?」

「오늘밤까지는 결판을 내야겠다고 벼르고 있더군. 전투 사령관이 자기인지 라발로인지 따져 묻겠다고 했어. 그리고 그것이 분명해질 때까지는 어디서 무슨 일이 일어나도 책임 못 지겠다고 했네.」

「대단한 결의로군요. 그게 라발로에게 어떤 의미를 갖는 일인지 당신도 아시겠죠?」

「알고말고. 라발로가 사서 한 짓이니 난들 어쩌겠나? 아무튼 난 더 이상 이곳에 있을 마음이 없네. 놈이 내가 있는 장소를 알고 있으니 언제 폭탄이 떨어질지 불안하단 말이야. 총에 맞거나 불에 타죽기 전에 여기를 빠져 나가야겠네. 그놈이 어떤 식인지는 자네도 알지 않나?」

베치는 갑자기 마음이 급해진 것 같았다.

「그런데 혹시 도청당하고 있는 건 아니오? 밀실 안은 샅샅이 살펴보았겠죠?」

「물론, 살펴보았지. 나도 그럴 가능성을 생각했었으니까. 조금 전에 눈보라 때문에 전화가 고장나서 수리공이 다녀갔어. 하지만 그 녀석은 아무런 수상한 짓도 하지 않았네.」

「다행한 일이군요. 그런데 터크가 라발로를 어디서 족치려는지 알고 있소?」

「자네도 알고 있는 그곳이야.」

「알겠소. 나 같으면 당장 그곳에 전화를 해서 터크를 붙잡아 두겠소. 둘러댈 구실은 찾아보면 있을 거요. 그리고 터크와 통화

를 하게 되면 당신 문제를 끄집어내시오. 그 일을 어떻게 생각할
는지는 터크의 판단에 맡기고. 그런 방법을 취한다면 당신이 정
당한 쪽에 서 있다는 게 증명될 거요.」

「증명이라니 그건 무슨 뜻인가?」

베치는 몹시 당황한 것 같았다.

「무슨 뜻이긴 무슨 뜻이겠소? 그 맹랑한 놈은 당신에게 직접
전화를 걸었고 그건 흔히 있을 수 있는 일이 아니란 말이오. 그
걸 오해할 사람들이 없다고 단언할 수는 없지 않겠소?」

상대방 사내는 직접 찔러 얘기하기가 곤란한 듯 말을 빙빙 돌
렸다.

「그런 오해를 하는 놈은 내가 용서하지 않을 거야.」

베치의 목소리가 굳어졌다.

「하지만 그럴 가능성은 충분히 있소. 그러니까 터크를 찾아서
그에게 일을 맡기도록 해요.」

잠깐 침묵이 흘렀다.

「듣고 보니 자네 말이 옳은 것 같군. 그렇게 하도록 하지. 그
런데 자네는 계속 그곳에 있을 건가?」

「그럴 것 같소.」

「그런 희미한 대답이 어디 있어? 지금부터 자네가 있을 곳을
내게 알리고 싶지 않은가 보군.」

「그런 건 아니오. 당신도 내 입장을 잘 알면서 왜 그러시오?」

「난 갑자기 자네를 이해할 수 없어졌어. 자네가 무슨 말을 하
는지 모르겠다구.」

「너무 신경 쓰지 마시오, 베치.」

찰칵 하는 소리와 함께 전화가 끊어졌다. 보란은 통화가 끊긴

전화통에 대고 툴툴거리는 베치의 목소리를 들을 수 있었다.

「언제까지 그런 식으로 나를 대할 수 있을 줄 아나?」

베치도 수화기를 내려놓았다.

그러나 잠시 후 다시 전화기가 들려졌고 보란은 버튼을 누를 때마다 나는 각기 다른 음향을 기록했다. 하지만 이번 통화는 기록을 하지 않더라도 어디와 연결되는 것인지를 알 수 있었다. 전화선이 연결되자마자 듣기 좋은 바리톤이 흘러나와 그곳이 어딘지를 말했기 때문이었다.

「〈조반니 클럽〉입니다.」

「난 베치야. 음…… 오늘밤 그곳에서 열리고 있는…… 뭐랄까, 특별한 파티에 궁금한 게 있어서 전화했네. 내 말 알아듣겠지?」

베치는 매우 조심스럽게 말을 꺼냈다.

「순전히 개인적인 모임일 뿐입니다, 미스터 베치. 〈하드〉거든요.」

굵직한 바리톤을 들은 보란은 눈썹을 치켜 올렸다. 〈하드〉란 알툴로 조반니의 소유로 되어 있는 고급 나이트클럽에서 일하고 있는 사람들, 웨이터, 바텐더, 주방 종업원들에 이르기까지, 즉 조직에 소속된 사람들을 일컫는 말이었다.

「그럼 판이 크게 벌어진 모양이군. 그런데 지금 전화받고 있는 자넨 누군가?」

「찰스 드라고입니다, 미스터 베치.」

「좋아, 찰스. 내가 말하는 녀석의 덜미를 잡아 전화통으로 끌고 와주게. 그놈은 어떤 사람을 족치기 위해 그곳에 갔을거야.」

베치는 직접 누구라고 밝히지는 않고 터크와 통화하고 싶다는 뜻을 비쳤다.

「아, 그분은 아직 이곳에 도착하지 않았습니다.」

「그럴 리가 없을 텐데?」

「눈보라 때문에 길이 막혔나 봅니다. 다른 사람들도 모두 늦게 도착하고 있으니까요.」

「그럼 낭팬데…….」

「하지만 전하실 말씀 있으시다면 전해 드리겠습니다. 말씀하십시오, 미스터 베치.」

「아냐..알 것 없어.」

루프 지역의 보스는 기분이 상한 듯 무뚝뚝하게 대꾸했다.

「죄송합니다, 미스터 베치. 제가 실수를 했나 보군요. 저는 그저…….」

「알겠어, 찰스. 내 편리를 봐주겠다는 의도였겠지. 그럼 자네에게 부탁하겠네. 두 눈 크게 뜨고 있다가 그놈이 나타나거든 바로 〈머니즈포슈〉로 연락해 주게.」

「그렇게 하겠습니다. 머니라고 하셨죠?」

「그래. 또 한 가지 있어. 이런 말은 다른 놈한테는 하지 말아. 그놈한테만 매우 급한 일이라고 일러 주라구.」

베치는 한마디 한마디에 힘을 주었다.

「지시하신 대로 하겠습니다.」

「부탁하네, 찰스.」

이번에는 베치가 먼저 전화를 끊었다.

보란은 연필처럼 생긴 손전등으로 스타인의 수첩을 살펴보았다. 4페이지쯤 넘기자 베치가 첫번째 통화를 했던 번호가 나왔다. 그 전화 번호로 통화할 수 있는 사람의 이름을 보고 보란은 낮게 휘파람을 날렸다.

보란은 잠시 생각을 정리한 다음 그 번호를 돌렸다. 조금 아까 베치가 전화했을 때 처음 받은 목소리가 흘러나왔다.

「여보세요.」

「있나?」

보란은 베치의 말투를 흉내냈다.

「안 계시는데요.」

「있는 걸 알고 전화한 거야. 빨리 받으라고 해.」

보란은 쌀쌀하게 대꾸했다.

「저…… 누구신가요?」

「알 것 없어. 바꾸기나 하라구.」

「그런데 오늘밤에는 전화를 받지 않으시겠다고…….」

「이건 받는 게 좋을 거라고 전해!」

잠시 사내는 주춤하더니 옆에 있는 사람과 의논을 하는 것 같았다.

「잠깐 기다리십시오.」

몇 분 뒤 베치와 열심히 얘기를 나누던 사내의 목소리가 보란의 귓속에 울렸다.

「누구야? 무슨 얘길 하고 싶은 거야?」

「그 친구들이 당장 조반니에게로 와달라고 하던데?」

보란은 비밀 얘기라도 하는 듯 목소리를 낮췄다.

「그 친구들이라니? 전화 잘못 건 것 아냐?」

「모른 체하지 말라구. 난 분명히 당신에게 말을 전했어. 그리고 당신의 반응을 그대로 그 친구들에게 전할 거야.」

「잠깐만. 당신 목소리는 기억에 없는 걸?」

「그래? 그렇다 하더라도 당신은 조반니한테 가보는 게 좋을 거야. 지금 당장 움직이라구.」

보란은 무뚝뚝하게 얘기했다.

「날씨가 이렇게 사나운데? 난 가고 싶지가 않아.」

상대방 사내는 곤란한 목소리였다.

「아니, 가는 게 당신을 위해 좋을 텐데? 지금 그 친구들은 카드를 나누고 있는 중이야. 무슨 뜻인지 알겠나? 당신이 어느 편인가 하는 것을 확실히 해둘 필요가 있지 않을까?」

보란의 말에 상대방은 당황한 것이 분명했다. 그 사내는 아직까지 다른 사람에게서 그런 투의 말을 들어 보지 못했을 것이었다. 사내는 거칠게 숨을 몰아 쉬고 있다가 한참 후에야 입을 열었다.

「도대체 어떻게 된 일인지 모르겠군. 좀더 분명하게 얘기해봐. 그렇지 않고선 결정을 내릴 수가 없다구.」

「잠깐만.」

보란은 송화기를 손으로 감싼 다음 마음속으로 열까지 헤아렸다. 그것은 상대방으로 하여금 보란이 누군가의 의견을 묻기 위해 대화를 중단한 것으로 오해하도록 만들기에 충분한 시간이었다. 보란은 목소리를 조금 누그러뜨리며 말을 이었다.

「다 당신을 위해 하는 얘기라는데? 당신의 앞길을 생각해서 하는 말이야. 어쩌면 투표를 할지도 모르겠어. 살인 계약 같은 것이 결정될 것 같기도 하고.」

「라발로를 문책하는 것과 관련이 있나?」

「그렇지는 않아. 그 한 가지 일만 가지고 그 친구들이 당신을 부를 리가 없잖아? 이건 딴 얘기야. 어떤 노인 한 명이 머리가 어떻게 된 모양인데 그 늙은이를 은퇴시킬 것이냐 아니냐를 표

결에 붙이려나 봐. 아차, 내가 쓸데없는 소리를 지껄였군. 방금
내가 한 얘기는 없었던 걸로 해주게.」

「그런 건 염려하지 않아도 돼. 하지만 내겐 투표권이 없는
걸?」

사내는 여러 가지 생각으로 머릿속이 복잡한 것 같았다.

「그건 다 알고 있는 얘기잖아? 그러나 당신하고는 관계가 많
은 일이고 아까도 얘기했었지만 한두 놈쯤의 살인 계약에 관한
말이 나올지도 몰라.」

「당신 말이 옳아. 그럼 빨리 가봐야겠군. 날씨가 지랄 같아서
아무리 서둘러도 제 시간에는 못 갈 것 같아. 시간 여유는 얼마
나 남아 있지?」

「시간 계산이나 하면서 한가롭게 앉아 있을 수가 없다구. 이미
모일 사람들은 다 모여 있으니까.」

「알았어. 그 친구들에게 곧 가겠다고 전해 주게. 알려 줘서 고
맙다는 말도 함께 말이야.」

전화가 끊어지자 윙 하는 소리만이 보란의 귓전에 남았다. 보
란은 만족한 미소를 얼굴 가득 떠올리며 얼어붙어 버린 것 같은
다리를 풀었다. 그는 주 전화선에 접속시켜 놓았던 코드를 〈머니
즈포슈〉의 직통 전화선으로 옮겼다. 전화벨이 울리고 있었다. 보
란은 그것이 어디로부터 걸려온 것인지를 충분히 짐작할 수 있
었다.

「베치를 바꿔 주시오.」

방금 보란과 통화를 했던 사내의 목소리였다. 스타인의 수첩
속에는 그 사내의 이름과 〈시티 짐〉이라는 별명이 나란히 적혀
있었다.

「무슨 일이야?」

베치가 의아한 듯 물었다.

「방금 엄청난 얘기를 들었소.」

시티 짐은 숨을 헐떡거렸다.

「무슨 말인데?」

「지금 조반니의 클럽에서 무슨 일이 벌어지고 있는 모양이오.」

「그건 이미 알고 있는 일이야. 보란에 대해 의견을 나누고 있을 거야.」

「옛날부터 당신과 사귀어온 정분 때문에 하는 말인데 난 당신을 창문을 통해 훔쳐보다가 누군가에게 들키는 일 따위는 하고 싶지 않소. 무슨 얘긴지 알겠소? 조반니 클럽에서 일어나고 있는 일은 모른 체하시오. 터크에 관한 얘기도 깨끗이 잊어버리고 어디 조용한 데 틀어박혀 꼼짝도 하지 말아요.」

그 사내는 말하기 곤란한 얘기를 하고 있는 것처럼 더듬거렸다.

「아니, 도대체 자네는…….」

「내가 할 수 있는 말은 그뿐이오. 정말 미안하오, 베치.」

이번에도 그는 베치보다 먼저 전화를 끊었다.

「이거야 원, 도대체 일이 어떻게 돌아가고 있는 거야?」

베치는 무슨 말을 하고 있는지 모르겠다고 툴툴거리더니 집어던지듯 전화기를 내려놓았다.

보란은 그들의 얘기를 한마디도 놓치지 않고 모두 듣고 있었다. 통화가 끝나자 보란은 접속시켜 놓았던 코드를 끊고 그 자리를 떠날 채비를 했다.

「그게 바로 〈오더 맨 아웃〉이라는 게임이야. 너희들은 내가 본 어떤 멍청한 놈들보다 더 어리석은 녀석들이야.」

보란은 거센 눈보라 속에 우뚝 일어서며 웃음을 터뜨렸다.

# 10
## 밀고자

맥 보란은 공중전화 부스로 들어가 그날의 탐색 작업의 마지막 전화를 걸었다.

「〈조반니 클럽〉입니다.」

예의 굵직한 바리톤이 대답했다.

「가만 있자, 당신 이름이……. 그래! 찰스 드라고죠?」

보란은 불량배 같은 말투로 아는 체했다.

「그렇긴 한데 당신은 누구요?」

찰스는 당황한 목소리였다.

「난 저지에서 온 필이란 사람이오. 당신한테 할 말이 있어 전화한 거요. 나로서는 처리하기 곤란한 문제가 생겨서……. 누군가가 당신 이름을 가르쳐 주더군.」

「당신이 누구라고?」

「저지의 필이라고 했잖소? 여긴 지나다가 들른 거요.」

「그래, 할 얘기란 뭐요?」

찰스는 보란의 얘기를 무시해 버릴 의사가 담긴 목소리로 물었다.

「난 지금 사우스사이드의 한 바에 와 있는데 옆에 앉은 사람들이 이상한 얘기를 하더란 말이오. 그래서…….」

「난 술집에서 오고간 얘기 따위를 듣고 있을 시간이 없소.」

찰스 드라고가 말을 잘랐다.

「그렇다면 시간을 만들도록 하시오. 이건 긴급 사태요, 내가 무슨 사례를 바라고 이런 짓을 하는 줄 아시오?」

보란은 불쾌한 듯 얘기했다.

「긴급 사태라……. 그럼 간단하게 말해 보시오.」

찰스는 마지못한 것처럼 대꾸했다.

「옆자리에 있던 사람들이 보란 얘기를 하고 있었소. 나도 맥보란에 대해선 알 만큼 아는 사람이오. 그런데 그들의 얘기는 보란이 우리 편에 가담한다는 거였소. 이상한 얘기 아니오? 그게 말이나 되는 소리요? 그냥 흘려 버릴 얘기가 아닌 것 같아 전화한 거요.」

「잠깐 기다려요, 필. 그런 얘기라면 같이 들어야 할 사람이 있소.」

찰스 드라고는 급히 그의 말을 가로막았다.

「좋소.」

보란은 전화기를 얼굴과 어깨 사이에 걸쳐 놓은 채 담배를 꺼내 물었다. 약 2분쯤 지나자 그 전화와 연결된 다른 전화기가 들려지는 짧은 마찰음이 들렸다. 이어 찰스 드라고의 듣기 좋은 음성이 흘러나왔다.

「됐소, 필. 계속하시오.」

「어디까지 했더라?」

보란은 능청을 떨었다.

「보란이 우리 편이 되어 일을 벌이고 있다는 데까지 했소. 어서 그 다음 얘기를 해봐요.」

「이제야 생각이 나는군. 난 그 얘길 듣는 순간 가슴이 덜컥 내려앉는 것 같았소. 하지만 그 얘길 하던 사람들의 얼굴은 보지 못했소. 칸막이 너머에 있던 그들을 투시해 볼 수는 없는 노릇이었으니까. 그저 귀를 활짝 열어 놓는 수밖에 없었소. 그런데 한 놈은 그렇게 되길 학수 고대하고 있었다는 말을 하더군요. 놀라 자빠질 노릇이었지! 그러니까 다른 한 놈이 〈그 늙은이가 어떻게 해서 보란과 줄이 닿았는지 모르겠다〉고 했소. 이건 보통 일이 아닌 것 같아 이렇게 당신에게 전화를 한 거요.」

「늙은이라니, 누구 말이오?」

찰스 드라고가 연결시켜 놓은 전화기에서 한 목소리가 묻고 있었다.

「그건 나도 모르오. 난 술집에서 들은 얘기를 그대로 전할 뿐이고 그들은 늙은이가 누구라는 얘기는 하지 않았소. 그 늙은이는 조만간에 신나게 한판 벌일 생각이라고 했소. 그 말을 듣는 순간 머릿속에 떠오르는 생각이 있더군요. 놈들은 보란이 정신없이 설쳐 대는 동안 시가전이라도 펼칠 속셈이 아닌가 하는 거였소.」

「그게 전부요?」

찰스 드라고가 부드럽게 물었다.

「한 가지 더 있소. 그 늙은이는 지금 무슨 가게에 부하들을 잔뜩 모아 놓고 있다고 했소. 가게 이름도 얘기했었는데, 거 뭐라 더라…… 빌어먹을, 가물가물하는군. 그래, 모니의 가게라는 것 같았소. 모니가 아니면 미니든가.」

「그런 이름은 모르겠는 걸.」

두 번째 사내가 대답했다.

「아무튼 그 비슷한 이름이었소.」

「혹시 머니라고 하지 않았소?」

찰스 드라고가 말했다.

「그런 것 같기도 하오.」

「몇 놈이나 모여 있다고 했소?」

두 번째 사내가 어두운 목소리로 물었다.

「그 사람들 얘기로는 줄잡아 100명쯤 된다고 했소. 하지만 분 명한 건 모르겠소. 술집 안이 어찌나 소란스러웠던지 아무리 귀 를 곤두세워도 처음부터 끝까지를 똑똑하게 들을 순 없었소.」

저지의 필은 웃음을 참으면서 무뚝뚝하게 말했다.

「좋소, 알아낸 걸 모두 얘기해 보시오.」

찰스 드라고의 목소리는 조금 굳은 듯했으나 여전히 듣기 좋 았다.

「그 가게에 있는 사람들은 자동차로 조반니 클럽에 쳐들어 갈 생각인 것 같았소. 그런데 그 방법이 묘하더군요.」

「어떤 식인데?」

「경찰이 어쩌구저쩌구 하는 걸로 미루어 아마 검문 나온 것처 럼 꾸밀 생각인 것 같았소.」

「빌어먹을!」

또 다른 목소리가 불쑥 뛰어들어 욕설을 내뱉었다.

「잠깐만! 도대체 당신은 누구요?」

두 번째 사내가 갑자기 소리쳤다.

「저지의 필이라니까요. 난 동료들 간의 싸움에 끼여 드는 건 딱 질색이오. 난 우연히 얻어들은 얘기를 전하는 것뿐이오. 그 다음 문제는 당신들이 알아서 처리하도록 하시오.」

「당신은 우리 편이오?」

두 번째 사내가 물었다.

「물론이오. 난 저지 가문에 몸담고 있는 사람이오. 더 이상은 얘기하고 싶지 않소.」

「저지 가문이라……. 그쪽 친구들이 어떤 면에서는 우리보다 훨씬 잘해 나가고 있지. 음…… 그놈들이 보란과 내통하고 있다니 놀라운 일이군.」

「내 생각도 그렇소. 이건 아무래도 이상한 일임에 틀림없소. 다른 차원에서 생각한다면 그놈들이 보란을 들먹거리는 것은 일종의 연막 전술 같기도 하오.」

「아무튼 고맙소, 필. 우린 당신이 보여준 관심을 결코 잊지 않을 거요. 이번 일이 끝나면 날 찾아오시오. 끝내 주게 한번 대접할 테니까.」

「좋소. 누구를 찾으면 되겠소?」

「베니 로코를 찾으시오.」

저지의 필인 맥 보란은 입술 끝을 치켜 올렸다. 베니 로코는 현재 시카고 북쪽 지역을 장악하고 있는 보스로서 시카고 가문에서는 문자 그대로 솟아오르는 아침 해와 같은 존재였다.

「알겠소, 미스터 로코. 맨 먼저 당신을 찾아가겠소.」

보란은 한창 출세 가도를 달려가고 있는 사내에게 겸손하게 말했다.

「그런데 내 이름을 가르쳐준 사람은 누구요?」

찰스 드라고가 물었다.

「아, 그 사람 이름은 깜박 잊어버렸소. 그 사람은 당신이 이런 얘기들을 무척 듣고 싶어할 거라고 했소. 그리고 나 역시 당신은 알 권리가 있다고 생각했소.」

「정말 고맙소, 필. 그 사실을 알려 줬다고 해서 당신이 후회할 일은 없을 거요.」

「알겠소.」

보란은 전화를 끊었다.

공중전화 부스를 나오자 거센 눈보라가 그를 맞았다.

그는 눈길 위에 담배를 버리고 전진 기지를 향해 걸음을 재촉했다.

호반의 도시에 밤이 찾아들고 있었다. 보란은 그날밤의 소중한 시간을 헛되이 보내고 싶지는 않았다. 그는 모든 것이 그의 의도대로 되어 가고 있음을 충분히 느낄 수 있었다.

# 11
## 밀 담

알툴로 조반니의 클럽에 있는 비밀 사무실은 〈머니즈포슈〉의
밀실 따위와는 비교도 되지 않을 정도로 호화로웠다. 벽을 마호
가니로 둘러싸다시피 한 그 방의 바닥에는 화려하게 무늬가 아
로새겨진 두터운 카펫이 깔려 있었다. 방 한쪽에는 온갖 사치의
결정체와도 같은 바가 자리했고 스테레오 시스템은 붙박이로 장
치되어 있었다. 벽의 여기저기에 걸려 있는 이름난 화가들의 원
화(原畵)와 방의 한가운데에 점잖게 놓여 있는 큼지막한 이탈리
아제 소파는 그 방의 중후한 멋을 더해 주었다. 칸막이가 된 룸
에는 화장실까지 딸려 있었다.

벽의 한쪽 면은 유리로 되어 있어 바로 앞에 있는 클럽 룸이
훤히 들여다보였다. 그러나 이러한 것들은 그 사무실에 발을 들
여 놓았을 때 볼 수 있는 몇 가지 화려한 겉치레에 지나지 않았
다.

알툴로 조반니는 그곳을 자랑으로 삼고 있었다. 잠시 들른 사람에게라도 자신의 어린 시절의 꿈을 현실로 이루어 놓은 그곳을 구경시키며 눈에 드러나지 않는 부분까지도 자세히 설명해 주었다.

싱가포르로부터 직수입한, 손으로 직접 만든 커다란 티크 책상과, 문 창문 커튼의 여닫이까지 모든 것을 앉아서 조작할 수 있도록 원격 조종 장치가 붙어 있는 안락 의자는 특히 그의 자랑거리였다. 그리고 그 방 안에 있는 거의 모든 물건들에는 전자동식 사운드 시스템과 진동 장치가 부착되어 있었다. 적외선 램프와 사우나탕, 마사지실, 그 밖에 갖가지 설비며 장치들은 황제도 부러워할 만큼 호사스러운 것이었다. 그리고 조반니는 궁전처럼 호화로운 방을 사무실로 쓸 만큼 굵직한 인물이었다.

시카고에서 누구도 넘볼 수 없을 정도의 지위와 권력을 움켜쥐고 있는 조반니는 시카고 외의 지역에서도 그 이름을 떨치고 있었다. 그의 엄청난 입김은 텍사스며 아칸소, 플로리다, 카리브해, 하와이, 그리고 유럽에 이르기까지 상상을 초월할 정도로 넓게 퍼져 나가 있었다. 아마 그만큼 막강한 권력을 손에 쥔 사람은 이 세상을 온통 뒤져 보아도 찾기가 힘들 것 같았다.

남부 이탈리아의 한 개구쟁이 소년이었던 그는 여덟 살에 미국으로 건너 왔었다. 조반니는 열네 살이 될 때까지 미국 전역의 감화원을 제 집 드나들듯 하였고 알 카포네 이전의 폭풍 노도와 같던 시기에 시카고에서 갱의 졸개 노릇부터 시작해서 경호원, 살인 청부업 등을 닥치는 대로 해왔었다. 그런 밑바닥 생활을 하던 조반니였지만 지금은 연간 20억 달러 이상의 돈을 벌어들이는 카포 자리에 제왕처럼 군림하고 있었으며 그 자리는 아무나 노릴 수 없는 자리였다.

보기에는 마음씨 좋은 신사 같은 조반니는 돈을 쏟아 붓듯 해서 더할 수 없이 호화 찬란하게 그의 사무실을 꾸며 놓았다. 그러나 그가 자랑으로 삼고 있는 사무실은 1년 내내 열 시간 남짓 사용할까 말까 했다.

50여 년에 걸쳐 그는 협박을 비롯하여 강도, 날치기, 살인, 살인 공모, 뇌물 수수, 부녀자 강간, 폭행, 도박, 위조 지폐, 밀주 제조 판매 등등의 화려한 경력을 남겼다. 그가 저지르고 다닌 별의별 범죄 행위는 행간을 최대한 좁게 하여 타이핑을 해도 자그마치 6페이지나 되었다.

그러나 조반니는 각종 범죄 위원회에서 그를 소환할 때마다 〈본인에게 불리한 증언은 거부할 수 있다〉는 제5회 수정 헌법을 방패삼아 총 137회나 증언을 거부했었다. 그는 범법 행위를 엄청나게 많이 하면서도 14세 때부터 유죄 판결을 받은 적은 단 두 번밖에 없었다.

카포는 나이가 들수록 더욱 약아졌다. 이젠 백발이 성성한 노인이 된 조반니는 나소나 리오, 호놀룰루 등지를 돌아다니며 골치아픈 일은 될 수 있으면 생각지 않으려고 하고 있었다. 무엇보다도 그에게는 합법적인 엄청난 소득이 있었기 때문에 고생투성이인 조직 운영에는 거의 관심조차 가지지 않았다.

그리고 조반니와 관련된 그런 소문들은 제이크 베치가 지배하는 시장 근처에서 대부분 흘러나왔다. 그런 소문들이 만일 사실이라면 세금 관계 당국의 입장에서는 귀찮은 일임에 틀림없었다. 그러나 조반니는 관계 당국과 연줄이 닿아 있는 그의 부하들이 보고를 해와도 코방귀만 뀔 뿐이었다.

「수입이 생기는 걸 어떡하란 말이야? 그리고 생긴 돈을 쌓아 놓고 구경만 하라는 건가? 천만에! 돈은 굴려야 해. 그것은 스스로도 움직이려는 본능이 있어. 할 수만 있다면 사방팔방에 돈을 왕창왕창 뿌리고 다니는 게 좋아. 그리고 나서는 세금 징수국 놈들이 울상을 짓는 꼴을 느긋하게 구경하는 거야. 시카고놈들은 왜 그렇게 불만이 많은지 모르겠단 말이야. 이제 그만 내 말을 들어도 좋을 텐데. 내 말은 그놈들한테도 분명 도움이 될 거라구.」

알툴로 조반니는 늘 그렇게 말했다.

그는 범죄라는 것은 언제나 귀에 거슬리는 말을 들어야만 하는 골치아픈 일이고 결국은 밑지는 장사라는 것을 체험을 통해 알고 있었다.

알툴로 조반니는 귀찮은 일을 잊기 위해 번쩍이는 리무진이나 자가용 보잉 727을 타고 훌쩍 떠나곤 했다. 그러면 FBI들은 그의 뒤를 기를 쓰고 따라붙었고 그가 언제 어디서 무엇을 하는지에 대해 시시콜콜 수첩에 적어 넣었다.

그러나 시카고의 카포는 그런 수사관들은 거들떠보지도 않았고 그들이 겨우 그를 뒤쫓아갔다 싶으면 너털웃음을 웃으며 또다시 어디론가 훌쩍 떠나 버렸다.

그러나 그날밤 알툴로 조반니는 웃고 넘길 수 없는 한두 가지 어려운 문제에 정면으로 부딪쳐야 했다.

우선 큰 문제는 보란과 관련된 것이었다. 그 애송이 녀석은 요즘 들어 지나칠 정도로 까부는 듯싶었다. 아무래도 너무 오랫동안 응석을 받아 주었다고 시카고의 카포는 생각했다. 이젠 놈의 숨통을 슬슬 조이면서 뜨거운 맛을 보여 주어야 할 것 같았다.

그리고 그 다음 문제는 말하기도 부끄러운 일이었지만 조직 내에서 자꾸만 야기되고 있는 불복종에 관한 문제였다. 자칫하다가는 그것이 공공연한 문제로 등장할 가능성이 있었다. 그것이 젖비린내 나는 전투원들의 기강 문제라면 크게 고민할 것도 없었다. 그러나 제법 지위를 갖고 있는 놈들이 발광을 해대기 시작했다는 것은 그냥 넘길 수 없는 일이었다. 조반니는 조직 속에 썩은 사과가 섞여 있다고 생각했다.

카포와 부하들 사이의 신뢰는 알 카포네가 조직을 다스리던 시절부터 전해 내려오는 일종의 불문율이었다. 그때는 동료를 의심한다는 것 자체가 감히 생각도 못할 일이었다. 그러나 지금은 상황이 많이 달라져 있었고 조직을 배반하면 어떤 결과를 맞게 될 것인지 일깨워줄 필요가 있었다.

조반니는 피에트로 라발로를 언제나 〈골든 피에트로〉라고 불렀었다. 라발로는 어디를 가더라도 미끈한 여자들에게 인기가 좋았기 때문이었다. 그런데 그 얼간이 같은 골든 피에트로가 피에트로 라발로인지 뭔지 하는 이름으로 불리면서부터 눈꼴 사납게 구는 일이 한두 가지가 아니었다. 라발로는 은근히 조반니의 자리를 넘보고 있었고 조반니 역시 그런 눈치를 모르는 바 아니었지만 선뜻 젊은 놈에게 길을 비켜줄 수는 없다고 생각하고 있었다. 그러나 피에트로 라발로는 자신의 앞길을 스스로 헤쳐 나갈 수 있는 능력이 있었고 그런 것이 사내 대장부의 기개라는 것을 인정하지 않을 수 없었다.

그런 판국에 가문의 질서를 위협하는 새로운 충격을 조반니는 그냥 지나칠 수 없었다. 물론 알툴로 조반니도 그와 오랫동안 같이 일을 해온 제이크 베치가 무슨 일인가를 꾸미고 있다는 것은 알고 있었다. 하지만 그런 식으로 나올 것이라곤 상상도 하지 못했었다. 그것도 하필이면 가장 좋지 않은 시기를 골라서 일을 벌이다니 괘씸하기 짝이 없었다.

시카고의 카포는 얼굴을 잔뜩 찌푸리고 클래식한 장식이 조각된 커다란 티크 책상을 신경질적으로 두드렸다. 가문 내부의 사람들이 둘로 쫙 갈라져 서로에게 총질을 해대는 것이 눈에 보이는 듯해서였다. 그는 자신의 눈앞에 서서 새로운 정보라는 것을 열심히 주워 섬기고 있는 세 사내를 쳐다보며 그 사내들이 자신들의 입에서 흘러나온 정보에 대해 얼마만큼의 신뢰도를 가지고 있는지를 헤아려 보았다. 그들은 그 정보를 정확한 것으로 믿고 있는지, 아니면 조반니가 그것을 부정해 주기를 바라고 있는지 알 수 없었다. 어쩌면 조반니가 의연히 일어서서 서로 싸우고 있는 부하들에게 강력한 힘을 행사하길 바라고 있는지도 몰랐다.

「필 파란티노라는, 저지 가문의 한 사내가 전해준 얘기입니다, 미스터 조반니. 대노 질리아모 밑에서 자란 친구인 것 같습니다. 아마 대노가 보란의 뒤를 따라 도버 해협을 건너 갔을 때도 같이 갔었던 듯싶습니다. 대노가 필에 대해 얘기한 적도 있었으니까요. 그 친구는 영국에서 부상을 당했고 요즘은 빈둥거리고 있다 하더군요. 대노가 그 친구를 가장 최근에 만난 게 지난 월요일이었는데 라스베이거스로 가서 휴양이나 해야겠다고 말했답니다.」

럴리 터크가 두 손을 앞으로 모으고 선 채 얘기했다.

「그런데 라스베이거스에 있는 친구들을 다 동원해서 그의 행방을 알아보았지만 그는 그곳에 없다고 했습니다. 그래서 추측해 보건대 그는 이곳까지 와서는 눈보라 때문에 발이 묶인 것 같습니다. 미스터 조반니, 그도 시카고 어디선가 폭풍이 멎길 기다리고 있을 겁니다.」

「이 사무실에 있을 때는 〈미스터〉를 붙이지 않아도 좋아. 알툴로라고 불러도 상관하지 않겠어.」

카포는 부드럽게 미소 지으며 믿음직스런 세 부하를 둘러보았다.

「알겠습니다, 조반니.」

「내가 직접 얘길 듣게 그 사내를 이리 끌고 오지 그랬어.」

「그렇게 하지 못한 데 대해 용서를 빕니다. 하지만 그는 잔뜩 겁을 먹은 것 같았습니다. 만일 그런 얘기를 꺼냈었다면 정보를 얻지도 못하고 전화가 끊어졌을 겁니다. 잘못 건드렸다간 뺑소니를 칠 것 같아 달래 가면서 말을 하게 하느라고 애를 먹었습니다.」

베니 로코가 변명조로 말했다.

「아, 그래? 그렇다면 이런 방법이 더 나은 건지도 모르겠군. 그리고 찰스가 머리를 잘 썼다는 건 인정해야겠어.」

카포는 조반니 클럽의 총책임자이기도 한 찰스 드라고를 쌀쌀한 시선으로 쏘아보며 말을 이었다.

「그 사내의 얘기를 혼자 듣지 않고 럴리와 베니까지 듣게 했으니까. 하지만 내가 직접 듣는 것보다는 못하지.」

「정말 죄송합니다, 조반니. 처음에는 그다지 중요하게 생각지 않았던 게 사실입니다. 루프 지역에서 새어 나온 시시한 얘기 정도로 여겼기 때문에 보스께서 그런 일에까지 신경을 쓰게 하고 싶지는 않았습니다.」

찰스 드라고는 긴장된 얼굴에 억지 미소를 그렸다.

「그랬겠지.」

조반니는 여전히 쌀쌀했다.

「그런데 경찰이라는 말을 듣자 짚이는 게 있더군요.」

베니 로코가 얼른 끼여 들었다.

「음.」

조반니는 건성으로 대답하고 황제의 권좌와도 같은 의자에 앉아 등받이에 몸을 묻었다.

「내 생각으로는…….」

「제이크 베치가 연줄이 닿아 있는 곳은 오히려 나보다 더 많을 정도야. 이럴 줄 알았으면 진작에 놈의 기를 꺾어 놓았어야 했는데. 최근 몇 년 동안 그놈하고 시티 짐이 손발을 맞춰 놀아나는 꼴은 정말 눈뜨고는 못 볼 지경이었어. 그래, 너희들은 필이란 사내의 얘기가 믿을 만하다고 생각한단 말이지? 터크, 너는 그 얼굴도 모르는 저지 가문의 사내가 전화로 지껄인 몇 마디 때문에 이제껏 쌓아 올린 귀한 것을 송두리째 날려 버릴지도 모르는 모험을 하겠나는 서야?」

조반니는 오른손 엄지와 검지로 값비싼 양복의 깃을 죽 훑었다.

「그런데 그 사내의 얘기는 앞뒤가 맞아 떨어진단 말입니다. 사내의 전화가 있은 뒤 저는 곧 그쪽으로 사람을 보내 알아보라고 했습니다. 〈머니즈포슈〉에는 베치의 부하들이 우글거리고 있었는데 그들은 무엇 때문에 그곳에 모였는지조차 모르고 있었습니다. 다만 경찰차를 타고 한판 벌일 거라는 것 정도의 말만 들었다는 겁니다. 이것저것 묻고 있는데 조장쯤 되어 보이는 사내들이 나타나서 제 부하들을 모두 눈보라 속으로 몰아내 버렸답니다. 그것만 보아도 무슨 꿍꿍이가 작용하고 있다는 걸 알 수 있지 않습니까?」

터크의 목소리는 확신에 차 있었다.

「그것만으로도 충분히 따져 물을 꼬투리가 됩니다. 뭔가가 진행되고 있음에 틀림없습니다, 조반니.」

로코가 덧붙였다.

「베치는 터크와 의논할 일이 있었던 것 같습니다. 이건 비밀로 해달라고 내게 부탁을 하더군요.」

찰스 드라고도 나지막하게 한마디 했다.

「그놈은 터크를 제편으로 끌어들이고 싶었던 게로군.」

조반니는 코웃음을 쳤다.

「그렇게 보는 게 옳을 겁니다. 그는 이쪽저쪽의 눈치를 보느라 정신이 없었으니까요.」

찰스 드라고는 고개를 끄덕였다.

「미쳐도 단단히 미친 모양이군.」

터크가 중얼거렸다.

「아무튼 괘씸한 놈이야. 설마 제이크가 그런 일을 꾸밀 줄 누가 알았겠어? 쥐새끼같이 구는 놈이 아닌 줄 알았는데 내가 잘못 생각했었나 보군. 그런데 왜 하필이면 보란에게 붙어서 애를 먹이지?」

조반니는 속이 끓어오르는지 얼굴색이 시뻘겋게 변했다. 그는 주먹을 쥐었다 폈다 하며 입술을 지그시 깨물었다.

「그가 쓰고 있는 방법은 치사하기 이를 데 없습니다. 보란 때문에 한창 시끄러운 이때에 그놈을 앞가림으로 삼고 꽁무니에서 일을 꾸미다니요. 아무리 좋게 생각하려 해도 참을 수가 없습니다.」

로코가 카포의 눈치를 살피며 말했다.

「자네 말이 옳아, 베니. 그리고 럴리, 지금 이 문제는 전적으로 네게 맡기겠다. 알아서 처리해.」

「영광입니다, 조반니. 실수 없이 처리하겠습니다. 마음 푹 놓으십시오.」

「난 명예를 위해 이러는 게 아니야. 난 일을 해낼 수 있는 사람은 너밖에 없다고 회의 석상에서도 말했어. 그래서 네게 전투 사령관의 임무가 주어진 것이긴 하지만.」

「감사합니다. 기대에 어긋나지 않도록 열심히 하겠습니다.」

「그래. 말하지 않아도 잘 알아. 이런 얘기는 미리 하지 않는 게 좋을지도 모르겠지만, 라발로와 관련된 일 말이야.」

카포는 잠시 말을 끊고 집게손가락을 관자놀이에 붙인 채 뭔가를 생각하는 듯 눈을 감았다. 그러나 곧 눈을 뜨고 길게 한숨을 내쉬었다.

「시가에 불을 붙여줘, 찰스.」

찰스 드라고는 조반니의 책상 위에 놓인, 진주를 박아 넣은 담뱃갑을 열고 특별 주문으로 매주 자메이카에서 한 상자씩 보내 오는 시가를 꺼냈다. 그는 조끼 주머니에서 은으로 만들어진 라이터를 꺼내 50달러가 넘는 시가에 불을 붙인 후 카포에게 정중한 태도로 내밀었다.

「내 말 잘 들어, 터크. 오늘밤에 너와 라발로 사이에 있었던 일에 대해서는 네 말이 옳다는 걸 인정하겠어. 왜냐하면 난 너를 잘 알고 있으니까. 그리고 너를 알고 있는 만큼 골든 피에트로도 잘 알고 있어. 그와 루이스 아우렐리는 마치 동성 연애를 하는 놈들처럼 붙어 다녔지. 그렇기 때문에 라발로가 루이스를 죽인

놈을 미친 것처럼 찾아다니는지 모르겠어. 그 기분은 나도 얼마든지 이해할 수 있어.」

조반니는 담배 연기를 길게 내뿜으며 잠시 말을 그쳤다. 럴리터크는 또 카포의 잔소리가 시작된다고 생각하며 몰래 한숨을 내쉬었다. 조반니가 다시 입을 열었다.

「그러나 이해한다는 것과 규칙을 지켜 나간다는 것은 별개의 문제야. 죽은 사람에 대해 나쁜 평을 하는 게 옳지 않은 일일지도 모르겠지만 난 루이스 그놈이 도무지 비위에 맞지 않았어. 내가 그놈하고 그런 대로 잘 지내 왔었던 건 순전히 피에트로 라발로 때문이었어. 내가 이런 얘기를 하는 이유를 알겠지? 앞으로 내가 하는 말을 오해하지 말라는 뜻이야. 나와 라발로는 알다시피 오랜 친구 사이야. 그리고 그를 개인적으로도 좋아해. 하지만 난 우정보다 가문을 더 중요하게 생각해.」

조반니는 얼굴을 잔뜩 찌푸린 채 세 사내를 둘러보았다. 그들은 카포의 입에서 나올 다음 얘기가 어떤 것인지 충분히 알겠다는 듯 고개를 끄덕였다. 조반니는 헛기침을 한 후 말을 이었다.

「난 피에트로 라발로가 가진 모든 것을 빼앗아 버릴 생각이야. 그놈의 지위를 비롯한 모든 것을 박탈한 후 애리조나 뉴멕시코 근방으로 쫓아내겠어. 그곳에서 한 1, 2년 지내게 한 다음 얌전하게 있으면 다시 시카고로 불러들여야지. 그러나 돌아올 때는 여기서 쫓겨날 때와 마찬가지로 빈손으로 시작해야 할 거야. 그것이 내가 골든 피에트로에게 내릴 조처야.」

문제의 결론을 미리 얘기한 마피아의 제왕은 자신의 얘기에 감동한 듯한 표정으로 서 있는 세 부하들을 쳐다보며 마음속으로 만족한 미소를 지었다.

「하지만 그렇게 엄하게 하실 것까지는 없지 않을까요? 그저 너무 까불다가는 큰코다칠 거라는 경고만 해주어도 될 것 같은데요? 모든 걸 제게 맡기시기로 한 이상 그렇게 하시는 게 어떻겠습니까?」

럴리 터크는 카포의 눈치를 살피며 조심스레 얘기했다.

「우선 자리에 앉으라구.」

조반니는 그제야 부하들이 너무 오랫동안 서 있는 것에 생각이 미쳤는지 불쑥 한마디 했다. 세 사내는 서로의 얼굴을 쳐다본 후 커다란 책상 앞으로 의자를 끌어다 반원을 그리며 앉았다.

알툴로 조반니는 생각에 잠긴 채 약 1분 가량을 시가만 피우고 있었다. 카포가 침묵을 지키고 있자 부하들은 바늘방석에 앉은 듯 안절부절못했다. 이윽고 조반니가 가라앉은 목소리로 터크에게 말했다.

「내가 이런 얘기를 하는 이유가 뭐라고 생각하나, 터크? 더군다나 찰스와 베니가 듣는 자리에서 말일세.」

그 대답은 너무나 뻔한 얘기였다. 그것은 일을 시작하기 전의 절차 같은 것이었다.

「보스께서 가문을 얼마나 소중하게 생각하시는지를 저희들에게 알리시려는 뜻이겠지요.」

럴리 터크는 망설이는 말투로 대답했다.

「물론 그런 의미도 있긴 하지만 내가 보스이기 때문에 가문을 중요시하는 것은 아니야. 오히려 그 반대지. 가문을 소중하게 여기고 있기 때문에 보스 노릇을 할 수 있는 거야. 내 말뜻을 알아듣겠지?」

「알겠습니다. 참 좋으신 말씀이군요. 진심입니다.」

「그래, 알면 그걸로 됐어. 그런데 그런 모든 일들이 자네들한
테 어떤 의미가 있는지 한번 생각해 봐.」

조반니는 몸을 앞으로 숙이고 구리로 된 재떨이에 시가를 비
벼 껐다.

「그건 당장이라도 말씀 드릴 수 있습니다.」

터크는 자신 있게 말했다.

「그래?」

「제 생각으로는 지금과 같이 시끄러운 일에 보스께서 직접 뛰
어드는 건 바람직하지 못한 것 같습니다. 그건 마음에 들지가 않
아요. 괜찮으시다면 오늘밤에 일어나는 일은 모두 제가 책임을
지겠으니 제게 맡겨 주십시오. 전 보스께서 시시한 일로 고민하
는 걸 원치 않습니다. 이 자리에 있는 두 친구를 증인으로 세워
도 좋습니다. 오늘밤의 일은 전적으로 제가 책임지겠습니다. 무
슨 일이 일어나건 그 결정은 제가 내린 겁니다.」

「무엇에 대해 책임지겠다는 거야?」

「모든 일에 대해섭니다. 특히 제이크 베치와 슬럼가에 있는 그
의 부하들에 대해서입니다.」

터크는 열심히 얘기했다.

조반니는 잠시 날카로운 눈길로 터크를 쏘아보더니 온갖 원격
조종 장치가 다 되어 있는 의자에서 일어났다. 그는 책상을 돌아
터크의 앞에까지 오더니 그의 어깨에 두 손을 얹고 이마에 입을
맞추었다.

「됐어. 모두 나가 봐. 그리고 피에트로를 이리 보내줘.」

세 사내는 바쁜 걸음으로 사무실을 나왔다. 그들은 심호흡을
하며 긴장을 풀었다.

「조금 전의 것이 설마 죽음의 키스는 아니었겠지?」

럴리 터크는 신경질적으로 웃었다.

「물론 아니겠지. 그런데 보스가 입맞춤을 하는 건 처음 보았어. 보스는 자네의 충성심에 정말 기뻤던 거야, 터크.」

찰스 드라고가 말했다.

「내 말뜻은 그게 아니야. 앞으로 있을 전투에서 우리가 이긴다면 더 바랄 것이 없겠지만 만약 우리가 실패한다면 어떻게 될 것 같아? 이 엄청난 범죄의 도시는 누구 손에 들어가는 거야?」

터크는 심각한 표정을 지었다.

「그리고 설사 이곳에서 이기더라도 다른 곳에서 지게 된다면 어떤 결과가 초래될 것 같은가? 터크, 자넨 자네가 한 얘기를 잊지 않고 있겠지? 모든 걸 책임지겠다고 한 얘기 말이야.」

베니 로코는 팔짱을 끼고 터크를 바라보았다.

「그런 걱정은 그때 가서 해도 돼. 당분간 우린 눈코 뜰 새 없이 바쁠 거야. 우선 보란을 감시하는 놈들 중에서 쓸 만한 놈 몇 명을 이쪽으로 빼내야겠어. 보란도 물론 골칫거리 중 하나지만 시카고의 세력 판도가 뒤바뀔지도 모르는 게 현실이니까 이대로 있을 수만은 없지. 사방에 연락을 해둬야겠어. 난 언더보스들에게 연락하겠네. 베니, 마피오조와 놀고먹는 전체 비전투원들에게 연락을 해줘. 그리고 찰스, 자네는…… 아냐, 자네가 할 일은 알고 있겠지?」

터크는 찰스 드라고를 쳐다보았다.

「그래. 제이크 베치의 조직 속에 있는 정보원들에게 연락하겠네.」

드라고는 히죽 웃었다.

「좋아. 난 자네들을 결코 잊지 않을 거야.」

터크는 진지하게 말했다.

「그럼. 우리도 이번 일을 잊지 않을 거야. 어쩌면 이번 일은 역사에 길이 남을 대사건이 될지도 모르겠군.」

로코는 딱딱한 분위기를 바꾸어 보려는 듯 킬킬거렸다.

「그럼 보란은 어떻게 하지?」

드라고는 눈살을 찌푸렸다.

「그까짓 보란쯤이야 아무려면 어때? 그놈은 내 골칫거리 리스트에서 우선 순위가 아니라네.」

럴리 터크는 무뚝뚝하게 말했다.

이제 조직을 배반하는 놈들과의 전쟁이 막을 올린 셈이었다. 럴리 터크는 멋진 한판 승부를 기대하고 있었다. 그러나 그 고문 전문가는 그의 리스트에서 별로 중요한 위치를 차지하지 않는 한 사람으로 이루어진 군대의 위력을 너무 무시하고 있었다.

마피아 왕국은 과거에 여러 차례 있었던 피비린내 나는 전투의 폐허 위에 이루어졌다. 그 세계에서는 힘있고 싸움에 능통한 자만이 살아 남을 수 있었다. 그리고 보란은 마피아들보다 훨씬 뛰어난 전투 전문가였다.

럴리 터크가 그를 대수롭지 않게 생각하는 그 순간에도 모든 일은 그가 마음먹은 대로 움직이고 있었다.

# *12*
## 오 해

〈머니즈포슈〉의 밀실은 쉴 새 없이 피워댄 시가와 담배의 연기로 눈이 아릴 지경이었다. 그리고 그 방은 더 이상 발 들여 놓을 틈도 없을 만큼 사내들로 꽉차 있었다. 사내들은 벽에 기대서거나 바닥에 웅크리고 앉아 있었지만 그런 가운데도 보스가 오락가락할 수 있는 길은 터놓고 있었다.

노인은 마치 카펫을 닳아 없애려고 마음먹은 사람처럼 비좁은 방 안을 서성거리며 주먹으로 자신의 손바닥을 탁탁 치기도 하고 벽을 두들기기도 하며 무슨 말인지를 끊임없이 중얼거렸다.

메닝게티와 스판노는 입을 굳게 다물고 팔짱을 낀 채 딱딱한 의자에 앉아 천장을 쏘아보고 있었다.

아무도 입을 여는 사람은 없었다. 모두 그날밤 그들에게 닥칠 운명에 대해 생각하는 표정이었다. 보스가 깊은 생각에 잠겨 있으니 부하들도 그런 얼굴을 하고 있는 게 당연한 일인지도 몰랐다.

그때 방 문이 열리고 해밀튼 경감이 들어왔다. 그는 안개처럼 자욱한 담배 연기에 얼굴을 찡그리다가 마침 그쪽으로 몸을 돌린 제이크 베치에게 말했다.

「어떻게 됐소?」

「아직 결정이 나지 않았어.」

베치는 해밀튼의 얼굴을 쳐다보지도 않은 채 고민에 가득 찬 표정으로 말했다.

「빨리 결정을 해주시오. 밤새도록 순찰차를 하릴없이 돌아다니게 할 수는 없지 않소? 당장 부하들을 태우든지 아니면 그냥 차를 돌려보내든지 합시다. 주민들이 눈치를 채면 곤란하니까.」

경감은 애원조로 말했다.

「경감이라고 그렇게 콧대가 높아진 건가? 시카고의 경찰이 언제부터 그렇게 아무 걱정 없이 밤을 맞을 수 있게 됐는지 모르겠군.」

베치는 무뚝뚝하게 대꾸했다. 해밀튼은 어처구니없다는 듯 눈을 휘둥그레 떴다.

「겁주려는 거라면 그만두시오.」

「겁주는 게 아니라 경고하는 거야. 떠들지 말고 가만 있으라구. 난 좀더 생각해 봐야겠으니.」

베치는 심술궂게 말했다.

해밀튼은 고개를 설레설레 내젓곤 책상으로 다가가 한쪽 모서리에 엉덩이를 걸쳤다. 마리오 메닝게티가 애매한 미소를 띠고 그를 쳐다보았다. 해밀튼은 그를 마주보며 넌더리가 난다는 듯한 표정을 지었다.

베치는 뒷짐을 지고 한동안 더 서성거리다가 갑자기 우뚝 서더니 해밀튼의 눈앞에 얼굴을 바짝 들이밀었다.

「난 일이 어떻게 돌아가고 있는지를 확실히 알기 전에는 부하들을 자네의 순찰차에 태우지 않을 거야.」

「알아서 하시오. 당신 생각이 옳은 것 같군요. 그 얘기는 없었던 걸로 합시다. 지금 당신에게 필요한 건 순찰이 아닌 것 같으니까.」

해밀튼은 어깨를 으쓱했다.

「입을 함부로 놀리지 말라구. 야, 마리오!」

베치가 소리치자 마리오 메닝게티는 거의 반사적으로 고개를 돌렸다.

「네, 보스.」

「그 말을 다시 한 번 해봐. 아까 내게 전했던 대로 얘기해 보라구.」

「네. 제 정보원의 말에 따르면 찰스 드라고는 시금 여기저기에다 전화질을 하고 있는 모양입니다. 침몰하기 시작한 배는 버리는 게 좋다고 하면서 떠날 것을 부추기고 있답니다. 그리고 오늘밤 안으로 그들 쪽으로 돌아서는 사람은 그 누구든 환영하겠다고 했답니다. 그렇지 않은 사람들은 모두 주(州) 밖으로 나가는 것이 현명한 판단이라고 떠들어 댄다는군요.」

「〈그 누구든〉이라고 했단 말이지?」

베치는 손톱을 깨물었다.

「그렇습니다.」

「오늘밤 안으로 돌아서라구?」

「네, 보스.」

「이것 참 일이 재미있게 돌아가는군. 그것이야말로 지금부터 우리가 취해야 할 행동이야.」

베치는 손가락을 소리나게 퉁겼다.

「무슨 말씀입니까?」

메닝게티는 어리둥절한 표정을 지었다.

「이제부터 우리는 그놈한테 가는 거야. 뭔가 오해가 생긴 모양인데 그걸 풀어야만 해. 한밤중까지 갈 수 있겠지?」

베치는 해밀튼을 돌아보았다.

「눈은 이제 멎었지만 도로 사정은 형편없이 나쁩니다. 눈 대신 비가 오고 있으니까요. 길이 미끄러워 속도를 낼 수 없으니 지금 바로 출발해야만 한밤중까지 도착할 수 있습니다.」

「잠깐만, 보스께서 직접 가시겠다는 겁니까?」

메닝게티는 걱정스러운 얼굴이었다.

「물론 가야지.」

「그건 나뭇단을 지고 불 속으로 뛰어드는 격이 아닐까요?」

「어쩌면 그럴지도 모르지. 하지만 그렇게 비관적으로만 생각할 일도 아니야.」

제이크 베치는 이미 마음을 정할 것 같았고 잔뜩 굳어 있던 표정도 누그러진 듯싶었다. 그는 찰리 스판노에게 눈짓을 했다.

「찰리, 밖에 있는 애들한테 떠날 준비를 하라고 해.」

「뭘 타고 갈 생각이오?」

해밀튼이 책상에서 일어서며 물었다.

「몰라서 묻나? 자네의 요란한 순찰차는 두 대만 있으면 돼. 나머지는 모두 돌려보내.」

「두 대는 왜 남겨 두는 거요?」

「에스코트를 위해서지. 자네는 선도차에 올라타고 길을 트라구. 번쩍거리는 경고등만 봐도 차들이 모두 비킬 것 아닌가? 자넨 최대 속력으로 달리면 돼.」

베치는 이빨을 드러내며 음흉한 미소를 지었다.

「난 그렇게 무작정 달릴 수는 없소.」

해밀튼은 무뚝뚝하게 대꾸했다.

「못하겠다는 말이 내게 통할 것 같은가? 자네가 탄 차를 멈추게 하는 것은 머리에 바람 구멍을 내는 총알뿐이야.」

제이크 베치는 위협 섞인 목소리로 말했다. 해밀튼 경감은 얼굴이 납덩이처럼 창백해지더니 말없이 방을 나가 버렸다. 그의 뒷모습을 지켜보며 베치가 다시 입을 열었다.

「마리오, 출발이다! 왜건은 앞으로 빼놓고 5분 후에는 모두 떠날 수 있도록 준비해.」

베치는 무슨 생각을 하는지 히죽거렸다. 바닥에 쭈그리고 있던 전부원의 조장들은 웅성거리며 자리에서 일어났다.

「전화는 미리 하셔야죠?」

메닝게티가 베치를 쳐다보며 말했다.

「물론.」

「무기는 어떻게 할까요?」

「그런 것까지 일일이 지시를 해야 하나? 무기는 있는 대로 다 실어.」

마리오 메닝게티는 어두운 표정으로 고개를 끄덕이며 조장들의 뒤를 따라 사무실을 나갔다.

제이크 베치는 알툴로 조반니의 전화 번호를 돌렸다. 이런 시간에 전화를 건다는 것은 일상적인 예의 범절로 따져볼 때 온당

한 일은 아니었다. 그러나 지금 그는 꼭 조반니와 통화를 해야
했고 직접 연결되지 않는다 하더라도 그의 얘기가 조반니의 귀
에 들어가게 해야만 했다. 정확한 원인은 알 수 없지만 오해를
풀어야 한다고 그는 생각했다. 오해를 풀 수 있는 길은 한 가지
뿐이었다. 아니, 어쩌면 두 가지가 될 수도 있었다. 그리고 제이
크 베치는 그 방법을 누구보다도 잘 알고 있었다.

부드러운 대화로 해결되지 않는 일은 실력 행사로 해결될 수
있었다.

제이크 베치는 행동할 시각을 뒤로 미루는 사람이 아니었다.
상대방의 이해를 바라면서 무작정 기다리고 있는 동안 자신의
부하들이 상대방의 그늘 속으로 빨려 들어가는 경우를 그는 많
이 보아 왔다. 제이크 베치는 결코 바보가 아니었다. 그리고
그렇기 때문에 거친 마피아의 세계에서 40년 동안이나 살아왔는
지도 몰랐다.


〈머니즈포슈〉 앞의 차도에는 택시 한 대가 시동을 건 채 주차
해 있었다. 미터기가 찰칵 하는 소리를 내며 연신 튀어오르는 차
안에서는 운전사와 손님이 다정하게 얘기를 나누고 있었다. 그
차에 탄 손님은 깔끔한 회색 양복 위에 회색 코트를 입은 키가
큰 사내였다. 그는 한쪽 눈을 가죽 안대로 가리고 있었는데 역시
회색 함부르크 모자를 눈썹까지 눌러쓰고 있었다. 불을 붙이지
않은 파이프를 아무렇게나 입에 물고 있는 사내의 옆자리에는
납작한 브리프케이스가 놓여 있었다.

그때 〈머니즈포슈〉의 문이 벌컥 열리더니 회색 양복을 입은
또 다른 한 사내가 뛰어나왔다. 그 사내는 택시가 서 있는 차도

로 내려서더니 몹시 바쁜 일이 있는 사람 같은 표정으로 사방을 두리번거렸다.

「바로 저 사람이 경찰 본부의 해밀튼 경감입니다.」

운전사는 앞 유리창 너머로 보이는 사내를 턱짓했다.

「고맙소.」

가죽 안대의 사내는 지갑에서 빳빳한 20달러짜리 지폐를 꺼내 시트 위에 올려놓고 차에서 내렸다.

해밀튼은 택시의 뒤쪽으로 접근하고 있는 순찰차를 향해 손을 흔들었다. 순찰차가 택시 뒤에 멈추자 해밀튼은 그쪽으로 다가 갔다. 미끄러운 길에서 넘어지지 않기 위해 조심스럽게 걸음을 옮기는 해밀튼 앞으로 가죽 안대의 사내가 불쑥 나섰다.

「저 차들은 당신이 끌고 왔소, 경감?」

사내는 싸늘한 목소리로 말했다.

「당신은 누구요?」

해밀튼은 깜짝 놀란 얼굴이 되었다.

「이렇게 합시다, 경감. 당신이 나의 이름을 묻지 않는다면 나도 당신의 이름을 말하지 않겠소.」

사내는 묘한 미소를 지었다. 해밀튼은 안대를 한 사내에게 왜 자신이 위축되는지 이유를 알 수 없었다. 그는 한숨을 내쉬었다.

「좋소. 용건을 얘기해 보시오.」

「순찰차들 때문에 짐한테로 전화가 빗발치듯 걸려 오고 있소. 뭐가 어찌됐건 빨리 차들을 해산시키라고 짐이 말하더군.」

「나도 그럴려고 생각하고 있었소. 짐한테 곧 그렇게 하겠다고 전해 주시오. 그리고 저 안에 있는 노인에 대해서도 무슨 수를 써야 할 것 같다고 얘기해 주시오. 그 늙은이는 자신이 1950년대에 살고 있는 걸로 착각하는 모양이오.」

해밀튼은 방금 그가 뛰어나온 가게를 손가락질하며 말했다. 그는 자신의 앞에 서 있는 애꾸눈 사내가 시티 짐과 연관되어 있다고 생각했다.

「제이크 베치는 가끔씩 다루기 어려울 때가 있지. 그런데 왜 이렇게 순찰차가 많이 모여 있는지 그 이유를 모르겠소. 당신이 끌고 온 것이니 설명할 수 있을 것 같은데?」

「미치광이 같은 늙은이가 생각해 낸 계획의 일부분이었소. 그는 순찰차에다 어뢰를 잔뜩 싣고 맥 보란을 두들겨 부수겠다고 했소. 아무래도 베치는 젊고 유능한 부하들에게 자신의 힘을 자랑하고 싶었던 모양이오. 보란을 잡아 그놈의 목을 장대 끝에 매달고 아직 늙지 않았음을 과시하고 싶었던 것 같소. 하지만 그건 단순히 생각에 불과한 일이었소.」

「그렇게 생각하고 있다면 빨리 순찰차를 해산시키는 게 좋겠군.」

「그럴려고 내가 나온 거요. 아까도 말했잖소. 그리고 짐한테 가거든 내 말을 꼭 전해 주시오.」

「말해 보시오.」

「베치는 지금 제정신이 아닌 것 같소. 그는 자신을 없애 버리려는 살인 계약이 어디선가 이루어지고 있다는 망상에 사로잡혀 있소. 그래서 당장 조반니에게 가서 어떤 식으로든 끝장을 보려는 모양이오. 그들이 만나 봤자 아름다운 일이 벌어질 것 같지는 않소. 우리 모두가 어떤 엉뚱한 일을 당하기 전에 그들의 대결을 막아 보도록 하라고 짐에게 말해 주시오.」

해밀튼은 손에 입김을 불며 가게 쪽을 흘끗거렸다.

「그럼 조반니에게 가는 데 이 순찰차들을 모두 끌고 가겠다는 거요?」

「다행스럽게도 베치는 두 대만 남겨 놓으라고 했소. 에스코트를 위해서 말이오. 난 곧 출발해야 하오.」

「달리 생각할 것도 없군. 그가 하자는 대로 하시오. 그 전에 내 부탁도 하나 들어주시오. 난 경찰 본부로 돌아가야 하는데 보다시피 택시도 떠나 버렸으니 당신이 데려온 차들 중에 하나를 이용했으면 하오.」

「어려운 부탁도 아니군요. 내 말이나 잊지 말고 짐에게 전해 주시오.」

「알았소. 그리고 한 가지 충고하고 싶은데, 만일 생사의 갈림 길에 설 것 같은 일이 벌어지면 당신은 어디까지나 경찰 신분임을 잊지 말아야 하오.」

가죽 안대의 사내는 목소리를 낮춰 말했다.

「아, 물론이오. 나아 인제나 상황을 잘 판난하지 않소?」

해밀튼은 의미 있는 미소를 지었다. 그는 바로 앞에 서 있는 순찰차의 운전석 문을 열고 마이크를 집어들었다.

가죽 안대의 사내는 그에게 손을 흔들어 보이고는 조금 전까지 택시가 멈춰 서 있던 차도로 내려섰다. 또 한 대의 순찰차가 왼쪽에서 모습을 나타내더니 사내의 앞에 와서 멈추었고 사내가 뒷좌석에 올라타자마자 앞으로 내달리기 시작했다.

몇 분 뒤 가죽 안대의 사내를 태운 순찰차는 경찰 본부의 주차장으로 미끄러져 들어갔다. 사내는 운전을 해온 경찰관에게 수고했다는 말을 남기고 계단을 향해 바삐 걸어갔다.

눈에 거슬릴 정도는 아니었으나 조금씩 다리를 저는 그 사내의 한쪽 손에는 브리프케이스가, 다른 한쪽 손에는 아직도 불을 붙이지 않은 파이프가 들려 있었다. 코트의 단추는 모두 풀어진 채였기 때문에 사내가 걸어갈 때마다 코트 자락이 멋진 율동으로 흔들거렸다.

가죽 안대의 사내는 경관들과 신문 기자들이 들끓는 로비를 빠른 걸음으로 가로질러 갔다. 그는 어떤 면에서는 경찰서의 간부 같기도 했고 다른 한편으로는 변호사 같아 보이기도 했다. 아무튼 경찰들과 상당한 관계를 맺고 있는 사람처럼 보였다.

그러나 사실 그는 그 어떤 경우에도 해당되지 않는 사람이었다. 그 사내는 지금 이 고장에서, 아니 전국적으로 수사진들의 끈질긴 추적을 받고 있는 문제의 사나이 맥 보란이었다. 경찰들은 그를 잡기 위해 혈안이 되어 있었지만 변장한 그를 알아보는 사람은 아무도 없었다.

보란은 경찰서 안에 붙어 있는 온갖 안내문들과 메모들을 죽 훑어보며 북적거리는 복도를 지나갔다. 그의 한쪽 눈은 가려져 있었지만 시야에 들어오는 것은 하나도 놓치지 않고 머릿속에 새겨 넣고 있었다.

형사실로 이어지는 층계를 내려가 복도를 따라 한참 걸어가자 그 건물에서는 가장 조용한 장소에 이르게 되었다. 그곳은 보란이 목표로 삼고 있는 곳이기도 했다.

보란은 〈연락 책임부〉라는 문패가 붙어 있는 곳으로 들어갔다. 안에는 세 개의 방이 있었는데 모두 문이 닫힌 채였다. 대기실로 보이는 곳은 텅 비어 있었다. 그는 세 방의 문을 차례로 살펴보다가 〈매코믹 주 검찰국〉이라고 적힌 문 앞에 서서 주먹으로 두어 번 가볍게 두드렸다. 그리고는 대답은 들을 필요도 없다는 듯 곧 바로 문을 밀고 안으로 들어섰다.

커다란 책상 위에 트럼프를 펼쳐 놓고 점을 치던 50세 가량 된 사내가 고개를 들었다.

「일 때문에 왔다면 시간이 너무 늦었소. 그게 아니라면 방을 잘못 찾아온 거고.」

사내는 니코틴이 낀 누런 이빨을 드러내며 음산하게 웃었다.

「당신이 조슈 매코믹이죠?」

가죽 안대의 사내는 억양 없는 목소리로 물었다.

「그렇소. 난 올 들어 최악인 날씨 때문에 꼼짝도 못하고 있소. 그건 그렇고 내 이름을 아는 걸 보니 방을 잘못 찾은 건 아닌 듯 싶소만⋯⋯.」

「당신은 경찰 본부와 주 검찰국 사이의 연락을 담당하고 있죠?」

회색 양복의 사내는 매코믹의 말은 들은 체도 하지 않았다. 사내의 질문은 묻는 것이라기보다 확인을 위한 것 같았다.

「그 일을 맡은 사람 중 한 명이긴 한데⋯⋯.」

매코믹은 고개를 끄덕이며 눈을 가늘게 뜨고 난데없이 나타난 사내를 물끄러미 쳐다보았다.

보란은 들고 있던 브리프케이스를 책상 위에 올려놓고 뚜껑을 열어 스타인의 수첩을 꺼냈다.

「당신이 여기 있는 건 정말 날씨 때문이오? 혹시 야간 부업 때문 아니오?」

보란은 싸늘하게 말했다.

「무슨 말을 하는 거요? 당신은 도대체 누구요?」

매코믹은 심상치 않은 분위기를 느끼고는 책상 위에 늘어놓았던 트럼프를 신경질적으로 뒤섞었다.

「조슈 매코믹. 정치적으로 힘을 쓴 결과 시카고 경찰 본부 소속의 특별 연락반에 들어오게 되었음. 시카고 경찰 본부에 관련되는 정치 문제에 관해서는 주 검찰국을 대표하는 입장임.」

보란은 스타인의 수첩을 뒤적거려 한 면을 펼치더니 장례식 때 예배를 맡은 목사와 꼭같은 말투로 그 페이지를 읽었다.

「그건 뭐야? 넌 도대체 누구냔 말이야!」

매코믹은 약이 오른 듯 얼굴이 벌겋게 달아올라 소리쳤다.

「조용히 해!」

보란은 어느새 꺼내 들었는지 가방을 들고 있던 손에 소음기가 부착된 베레타를 움켜쥐고 있었다.

「영문을 모르겠군……」

매코믹은 꺼져 들어가는 소리로 말하며 두 손바닥으로 책상을 짚고 몸을 앞으로 굽혔다. 그의 얼굴에서 핏기가 싹 걷혔다.

조슈 매코믹에 관한 기록은 스타인의 수첩 속에서 자그마치 6페이지 반이나 차지하고 있었다. 과거 6년 동안에 걸쳐 그가 시카고와 그 주변의 마피아 간부들과 어떻게 관계를 맺어 왔으며 일리노이 주 당국에 얼마만한 적대 행위를 하였는지에 대해 자세히 적혀 있었다.

그는 시카고 신디케이트가 관련되어 있는 범죄에 엄청난 영향력을 행사하고 있었다. 마피아의 범죄를 담당했던 판사, 배심원들 중 그의 손아귀에서 놀아나지 않은 사람이 없을 정도였으며 그의 영향력은 주 최고 재판소까지 미치고 있는 형편이었다. 그가 현재의 자리에 앉은 지는 15개월밖에 되지 않았는데 지금 그가 하고 있는 일은 마피아들과 줄이 닿아 있는 사람들의 신변에

법률적인 위험이 닥칠 때마다 그것에 대처할 정보를 사전에 제공해 주는 밀고자 노릇이었다.

그는 경찰관도 아니었고 관리도 아니었다. 그는 스타인의 수첩에 적혀 있는 것 이상도 이하도 아닌 인간이었다. 정치의 밑바닥에서 돈으로 매수된 스파이, 신디케이트의 아첨배에 지나지 않았다. 그리고 보란의 입장에서 본다면 그는 진짜 마피아와 다를 바 없는 존재였다.

진땀을 흘리며 베레타의 총구를 들여다보고 있는 매코믹의 눈동자 너머에서는 죽음의 그림자가 일렁거렸다.

「당신이 하는 얘기가 무슨 뜻인지 도무지 못 알아듣겠소. 난 아무 짓도 하지 않았소. 이건 계약 살인이오? 당신은 돈 때문에 나를 죽이려 하는 거요? 그렇다면 그 계약액의 두 배, 아니 세 배라도 지불하겠소. 그걸로 부족하다면 내가 가진 모든 것을 다 내놓겠소.」

매코믹은 쉰 듯한 목소리로 중얼거렸다.

보란은 싸늘한 눈길로 마피아의 앞잡이를 쏘아보며 총을 들지 않은 쪽 손으로 스타인의 수첩을 브리프케이스에 넣고 무엇인가를 꺼내 매코믹의 눈앞에 던졌다. 그것을 들여다본 사내는 신음소리를 냈다.

「설마, 그럴 리가…….」

매코믹은 저격수 메달을 집어들고 멍청한 눈길로 보란을 쳐다보았다.

「난 네가 갖고 있는 게 어떤 것인지 다 알고 있어. 하지만 그걸로는 어림도 없어.」

보란은 조금도 태도를 늦추지 않았다.

「난 마피아가 아니오! 그 수첩에 뭐라고 씌어 있는지 모르겠지만 맹세코 마피아는 아니오. 제발 믿어 주시오, 보란.」

매코믹은 두 손을 마주 잡고 애원을 했다.

「마피아는 아닐지 모르겠지만 그보다 더 나쁜 놈이지. 너 같은 놈들 때문에 마피아들이 하고 싶은 일을 제 마음대로 할 수 있으니까.」

보란의 머릿속으로 불구가 된 스타인의 모습이 스쳐 지나갔다.

「난 커다란 기계 가운데 끼여 있는 하찮은 부속품에 불과하오. 그 기계에 범죄라고 이름 붙이는 건 어울리지 않소. 그건 정치요. 엄청난 힘의 정치……. 나 같은 톱니바퀴는 그 기계에 있어 1000, 아니 1만 개도 넘을 거요.」

매코믹은 보기에도 딱한 모습으로 목숨을 구걸하고 있었다.

보란은 그의 말에도 일리가 있다고 생각했다. 그까짓 놈의 목숨을 빼앗는다고 해서 사건의 판도가 크게 달라질 리는 없었다. 그러나 보란의 머릿속에는 다시 스타인이 떠올랐다.

「8만 명이 될지도 모르지.」

보란은 거의 들리지 않는 소리로 웅얼거렸다.

「보란, 지금처럼 범죄가 판을 치게 된 건 나 같은 부속품들 때문이 아니오. 당신은 그것이 얼마나 큰 범죄 기계인지 상상이나 해보았소? 나 따위가 그런 곳에서 얼굴이 통하리라 생각하오? 물론 난 어떤 계급에 속한 사람들과 오래 전부터 사귀어 왔소. 그건 인정하겠소. 그런데 당신은 내가 단지 혼자 힘으로 어떤 일을 할 수 있다고 생각하시오? 만일 내가 독자적으로 무슨 일을 한다면 당장 여기서 쫓겨나고 말 거요.」

매코믹은 자조적인 미소를 지으며 보란을 올려다보았다. 보란이 아무 반응도 보이지 않자 그는 길게 한숨을 내쉬고 말을 이었다.

「내가 나쁜 게 아니오, 보란. 조직이 잘못된 거란 말이오. 어떤 사람도 조직의 눈 밖에 나서는 견뎌 나가기 힘드오.」

보란은 사내가 하는 얘기를 충분히 이해할 수 있었다. 상상도 할 수 없이 많은 사람들이 자신들도 미처 깨닫지 못한 사이에 조직이 쳐놓은 그물에 걸려들어 이제까지 지켜 오던 정상적이고 따뜻한 그들의 삶을 암흑의 구렁텅이에 묻어 버렸는지를 누구보다도 잘 알고 있었다. 그리고 한번 조직의 마수에 걸려들면 그 사람은 누구를 막론하고 조직이 필요로 하는 인간으로 바뀌어지고 말았다.

「난 지금 너의 목숨을 원하는 게 아니야.」

「그럼 뭘 바라는 거요?」

사내의 얼굴에 살아날 수 있다는 희망의 빛이 떠올랐다.

「네 사무실을 쓰고 싶다. 넌 여기서 나가 줬으면 좋겠어.」

「당신이 기회만 준다면 총알같이 이 방에서 튀어나가겠소.」

「그리고 다시는 돌아오지 마. 그 조직에 속해 있는 사람들에게 내 얘기를 전해. 보란은 당분간 이 부근에 버티고 있으면서 조직이 어떻게 돌아가고 있는지를 지켜볼 것이라고.」

「겨우 그 얘기를 나한테 하려고 위험을 무릅쓰고 경찰관들이 득실거리는 이곳에 들어오진 않았을 텐데?」

매코믹은 살 수 있다는 게 확실해지자 정신이 드는 듯 제법 침착한 목소리로 물었다. 그는 베레타와 보란의 얼굴을 번갈아 살피며 자신의 말에 보란이 마음을 바꾸게 될까 봐 안절부절못했다.

「제법 똑똑하군. 물론 그것이 내 용건의 전부는 아니야. 매코 믹, 스프링필드에 있는 네 보스에게 전화를 걸어.」

보란은 책상 위에 얌전하게 놓여 있는 전화통을 턱으로 가리 켰다.

「보스라니?」

「너의 공식적인 상관 말이야. 그와 연결되면 아주 진지한 태도 로 내가 시키는 얘기를 해. 이제부터 너의 연기력을 이 맥 보란 이 감상할 생각이니까 잘하라구.」

보란은 싸늘하게 미소 지었다.

「무슨 얘기를……?」

「방금 매우 중요한 정보를 입수했다. 시카고의 암흑가에서 실 력을 행사하는 녀석들이 하나도 빠짐없이 〈조반니 클럽〉으로 모 여들고 있다. 놈들은 어쩌면 시가전을 꾸미고 있을지도 모른다. 그러던 중 보란이 그 모임을 때려부수려 한다는 정보를 입수했 고 그 정보는 믿을 만하다. 그러니 주 검찰국에서 주와 시의 경 찰관들을 은밀히 소집하여 〈조반니 클럽〉으로 쳐들어간다면 일 이 재미있게 돌아가지 않겠는가, 대강 이런 말을 전하면 돼.」

보란은 매코믹의 표정을 살폈다. 그는 보란의 말을 끝까지 듣 기도 전에 전화통으로 손을 뻗고 있었다. 다이얼을 돌리는 매코 믹의 손가락은 부들부들 떨렸으나 그의 목소리는 매우 침착하고 또렷했다.

「그런 일이라면 내가 적임자요. 염려 말라구.」

보란은 매코믹이 전화통에 대고 떠들어 대는 소리를 가만히 듣고 있었다. 그는 매코믹이 어떤 사내인지를 알고 있었지만 어쩐지 호감이 가는 사내라고 생각했다. 검은색과 하얀색 사이에는 강약이 서로 다른 여러 종류의 회색이 섞여 있게 마련이었다.

통화가 끝나자 보란은 만족스러운 미소를 지으며 매코믹에게 다가갔다. 그는 매코믹에게 재갈을 물린 다음 온몸을 꽁꽁 묶어 대기실에 딸린 창고 속에 집어넣고 문을 잠가 버렸다.

보란은 그 방을 나와 다시 혼잡한 복도를 지나갔다. 그곳은 경찰서라면 어디서나 볼 수 있는 어수선한 풍경이 펼쳐져 있었다. 그가 걸어가고 있는 복도에는 겁을 먹고 울먹이는 용의자며 화를 내며 가슴을 치는 아내, 어머니들이 있었다. 보란은 무관심한 태도를 꾸미고 그의 주위에 있는 모든 것들을 살펴보았다.

경찰관들과 눈매가 날카로운 변호사들, 온갖 종류의 사건 브로커들이 보란은 거들떠보지도 않은 채 바삐 지나갔다. 그리고 걷잡을 수 없을 정도로 수선을 피우는 피해자, 화가 잔뜩 난 목격자들, 그들의 모습을 멍청하게 지켜보는 사람들, 겁에 질린 꼬마들이 죽 늘어서 있는 곳을 지나자 신문 기자들과 사회 사업가, 카메라맨들이 어울려 얘기하는 데에 이르렀다. 경찰 본부 안은 쉬지 않고 걸려 오는 전화의 벨소리와 끊임없이 두드려 대는 타이프라이터 소리가 갖가지 소음에 범벅이 되어 귀를 먹먹하게 울리고 있었다.

보란은 북새통 같은 경찰 본부 건물에서 나와 혹한 속으로 뛰어들었다. 겨울을 맞이한 그의 정글은 신선한 삶의 냄새를 풍기고 있었다.

보란은 경찰관이나 변호사들, 그리고 판사 같은 사람들이 왜 그렇게 심술 사납고 다루기 힘든 인간으로 성품이 비뚤어진 사람들로 변하는가에 대한 의문이 그제야 풀리는 것 같았다. 다른 한편으로 생각해 보면 그런 식으로 변하지 않고서는 험한 세상을 살아갈 수 없을 것 같았다.

그리고 보란은 자신이 목숨을 걸고 싸우는 일에 대해 잠시 생각해 보았다. 도대체 이 세상에서 싸울 만한 가치가 있는 것이 실제로 있을까 하는 의구심이 솟아오르는 것을 억누를 수 없었다.

보란은 만일 그에게 마피아를 단번에 쓸어버릴 수 있는 마법의 칼이 있다면 지금의 상황이 어떻게 변해 있을 것인지도 생각해 보았다. 크게 상황이 달라지는 않을 것 같았다. 그가 없애 버린 놈들의 자리는 새로운 실력자로 떠오른 녀석들이 차지할 것이고 마피아 조직은 아무런 타격도 입지 않은 것처럼 그들의 사업을 계속해 나갈 것이다. 그리고 그들의 그늘에서는 여전히 풋내기 정치가, 탐관 오리, 마약 밀매자, 온갖 자잘한 범죄들이 판을 칠 것이다. 그 엄청난 범죄 기계는 자신의 힘만으로도 충분히 되살아날 수 있다.

보란은 고개를 세차게 내저었다. 그런 불길한 생각은 할 필요조차 없었다. 이제 와서 자신이 하고 있는 일에 회의를 가진다는 것은 있을 수 없는 일이었다. 그는 잡념을 떨치려는 듯 빠른 걸음으로 전진 기지인 포드로 돌아갔다. 스노우 타이어에 이상이 없는지를 확인한 후 차에 오른 보란은 앞으로 있을 전투에 대비하여 온 신경을 바짝 긴장시켰다.

사람들이 살아가는 세상에는 그들이 깨닫지 못하는 어떤 것이 있게 마련이다. 사람들의 단물만 빨아먹는 거머리들만이 득실거린다면 이 세상은 금방 황폐해져 버릴 것임에 틀림없다. 그리고 그 다음 세대의 사람들은 아무 것도 남지 않은 껍데기만 물려받을 수밖에 없다.

때때로 사람들은 자신의 어깨를 짓누르고, 모든 선함과 아름다운 것을 빨아들이는 시커먼 손길의 위협을 느낄지도 모른다. 그리하여 달콤한 것을 모두 빼앗겨 버린 후 썩은 냄새를 진동시키는 어떤 힘이 있다는 것을 깨닫게 될지도……. 하지만 그런 사실을 알게 되었다 하더라도 그것에 맞설 수 있는 방법은 아무 것도 없다.

그런 점에서 볼 때 보란은 살아가야 하는 뚜렷한 이유가 있었다. 스타인의 수첩에 적힌 걸 보면 그 조직은 시카고에서만도 해마다 2억 달러 이상의 돈을 벌어들이지만 조직이 착취한 사람들에겐 단 1센트의 자비도 베풀지 않는다고 했다. 결론부터 얘기하자면 그 조직은 직접 간접으로 범죄를 기르고 있는 셈이었다. 조직이 스쳐 지나간 자리에는 불량 청소년들, 마약 중독자들을 비롯해 행복했던 한 가정이 파괴된다든지 하는 온갖 비극이 폐허처럼 남았디.

보란은 자신도 그 손길의 방문을 받았던 것을 상기하곤 어금니를 악물었다. 이제 조직이 모든 사람들에게서 거두어들인 것을 다시 원래의 주인에게 되돌려 주는 작업을 해야 할 때라고 생각했다. 거머리들이 인간의 피를 빠는 일을 중단시키는 것은 물론이고 나아가 그들이 여지껏 빨았던 피를 되돌려 받는 일을 누군가가 해야 했다.

보란은 쓴웃음을 머금으며 그의 전진 기지를 차도 한가운데로 몰았다. 언뜻 그가 타고 있는 차는 전진 기지가 아니라 긴급 수혈차라는 생각이 그의 머릿속을 스치고 갔다.

# 13
## 조반니 클럽

맥 보란의 전투 계획은 매우 단순한 것 같았지만 그것을 실행에 옮기는 데에는 여러 가지 어려운 점이 많았다. 그가 대항하려는 적들은 막강한 화기로 무장한 병력이었고, 그들에게 혼자서 정면 공격을 한다면 어느 쪽에 승산이 있는지는 불을 보듯 환한 일이었다.

보란은 전투에 환상 따위를 섞지 않는 사람이었다. 그는 적의 약점을 찔러 혼란과 공포를 불러일으킨 후 불안정한 상태로 허둥거릴 때 쳐들어가 어떻게 싸우느냐 하는 것에 공격의 성공 여부가 달려 있다고 생각하고 있었다.

그리고 루프 지역의 보스인 제이크 베치에 대한 정보는 보란에겐 전혀 생각하지 못했던 소득이었다. 그 사내는 보란이 마피아의 내부에 뿌리려 하는 불신의 씨앗을 싹트게 할 가장 알맞는 사람이었다.

코사 노스트라는 워낙 탐욕과 공포가 묘하게 조화를 이루고 있는 조직이기 때문에 조직의 결합 형태에 조금만 손질을 하면 그들끼리의 전쟁에 불을 붙이는 것은 그리 어렵지 않았다.

시카고를 하나의 실험실이라고 가정한다면 그는 그곳에서 인간의 가장 원초적이고 고질적인 질병에 대한 실험을 하고 있는 셈이었다.

보란은 찬바람에 스산하게 쓸려 다니는 나뭇잎들을 바라보며 가슴속에 불안의 먹구름이 잔뜩 끼여 있음을 느꼈다. 그것은 단순히 마피아와의 전투에 앞서 느끼던 그런 감정과는 다른 것이었다.

스타인이 보란에게 준 수첩 속에는 마피아에 대한 기록이 상당 부분을 차지하고 있었다. 그러나 그것이 전부는 아니었다. 보란을 범죄의 도시라 일컬어지는 시카고로 오게끔 만든 부패의 악취는 이 도시뿐 아니라 더 멀리까지 퍼져 있었다. 다시 말하면 그가 싸워야 할 적은 마피아 가문만이 아니었고 보다 큰 힘이었다.

보란이 알고 있는 마피아 조직은 신디케이트 그 자체가 악의 근원이자 결과였다. 그러나 시카고에서는 그 공식이 꼭 들어맞지가 않았다.

보란은 머릿속에 떠오르는 한 가지 생각을 떨쳐 버릴 수가 없었다. 보란이 보기에 시카고는 인공적인 범죄 도시라는 분위기가 짙게 풍겼다. 시카고를 오늘날과 같이 만든 것은 코사 노스트라가 아니라 어떤 눈에 보이지 않는 힘이었다. 시카고의 마피아 조직은 그 도시를 유지하는 거대한 체제의 필요에 의해 만들어진 것들 중 하나에 불과한 것 같았다.

마피아에 몸담고 있는 사내들은 정치에 대해서는 아는 것이 별로 없었다. 그들은 정치에 관한 감각도 세련되지 못했을 뿐 아니라 정치를 영구적인 〈기계〉로 만들어 기능을 발휘하도록 할 만한 능력도 갖고 있지 않았다.

만약 조직이 한 도시를 파먹어 들어가기로 작정했다면 그것은 그다지 어려운 일도 아니었다. 그들은 그 도시를 꼼짝할 수 없게 만들어 놓은 다음 그 도시의 기능이 마비될 때까지 단물을 다 빨아먹을 것이고 그런 다음 폐허로 변한 도시를 팽개칠 것이다.

필라델피아의 마피아 가문에 의해 도시의 기능이 완전히 바뀌어진 레딩이 바로 가장 좋은 예라고 할 수 있었다. 마피아들은 레딩의 시장과 시청을 고스란히 돈으로 사들였다. 조금이라도 저항하는 사람이 있으면 쥐도 새도 모르게 처치해 버렸다. 레딩의 시민들이 그들의 고장에서 무슨 일이 벌어지고 있다는 것을 알게 되었을 무렵에 펜실베이니아의 전원 도시는 대서양 연안의 범죄 도시로 완전 탈바꿈해 있었다. 지금의 레딩은 동부에서 가장 도박 시설이 잘되어 있고 매춘업이 번창하는 곳으로 알려져 있었다.

금주법이 효력을 잃게 된 후부터 제일 활발하게 돌아가고 있는 레딩의 비합법적인 주정(酒精) 공장은 시가 운영하는 수도를 끌어 쓰고 있었다. 도시 개발 사업은 전면 철폐되었고 기업들은 모두 지사를 철수시켜 버렸다. 번화가와 주택가는 빈민굴로 변했다.

그저 멍청하게 당하기만 하던 시민들이 겨우 사건의 진상을 알게 되었을 때에는 그들 목덜미에 붙어 피를 빨아먹던 거머리들은 배를 두드리고 있었고 뒤늦게 연방 정부가 개입했으나 레딩은 이미 대책을 세울 수 없을 정도로 황폐해진 뒤였다.

레딩의 경우와 비교해볼 때 만일 시카고를 쥐고 흔드는 세력이 마피아라면 시카고는 벌써 오래 전에 끝장이 났을 것이었다.

보란은 마침내 시카고에서의 마피아 조직은 단순히 영업 허가를 얻어 장사를 하고 있는 것에 불과하다는 결론을 내렸다. 그렇다면 그 영업 허가는 누가 내준 것이란 말인가?

스타인의 수첩에 그것에 대한 언급이 조금 있었다. 그 〈왕국〉은 주(州) 안의 몇몇 지구 정당을 멋대로 주물럭거리면서 〈왕국〉이 원하는 사람들을 연방 의회를 비롯해 주의회, 시의회에 내보내고 연방 판서를 제 기분대로 갈아치우는 일을 서슴치 않는다고 기록되어 있었다. 그리고 그들은 전국적인 정치 조직이나 단체에도 영향력을 행사할 정도라고 했다.

보란은 자신의 정보 노트에 들어 있는 한 단어가 언뜻 떠올랐다.

「〈코사 디 툿티 코사〉라고? 그건 시카고를 휘두르는 그 정체 불명의 왕국을 본뜬 것에 불과하군.」

보란은 입술 끝을 치켜 올리며 중얼거렸다.

시카고에는 자체적인 〈위대한 힘〉이 이미 존재하는 것 같았다. 그리고 시카고는 코사 노스트라의 것만은 아니었다. 보란은 돈 때문에 눈이 어두워진 관리들이 들끓는 시카고를 상상하며 짙은 한숨을 내쉬었다.

보란은 〈국민에게는 각각 그에 어울리는 정부가 있다〉는 말을 기억하고 있었다. 그는 시카고의 앞날에 대한 걱정은 시카고 시민들에게 맡기기로 결심했다. 어쩌면 전국민이 시카고에 대한 걱정을 해야 할지도 모른다.

아무튼 보란은 지금 직면하고 있는 일을 마무리지어야 했고 그 일은 온힘을 다 기울여도 감당하기 어려운 것이었다. 그가 지금부터 상대하려는 적은 단순히 마피아가 아니라 미국의 한 도시와 그곳의 정치적인 흐름이었다.

보란은 이제까지의 정보를 종합하고 분석한 결과 시카고의 4대 보스를 모두 공격하는 것은 현실적으로 불가능하다는 판단을 내렸다. 그는 그 네 놈 가운데에서 알툴로 조반니만을 목표로 삼기로 했다.

그가 스타인에게서 알아내려 했던 9명의 사내에 대한 흥미는 이미 사라진 지 오래였다. 보란은 직접 그들을 사형 집행하는 것보다 주어진 상황을 이용하기로 했다. 신디케이트 내에 문제가 생기면 고용되었던 놈들은 자신들의 상관을 주저없이 처치해 버리는 것이 통례였다. 탐욕으로 똘똘 뭉친 장사꾼들은 실질적인 구매력을 가진 사람들에게 맡겨 놓으면 저절로 질서는 잡히게 된다. 그리고 선거권을 가진 사람들도 언제까지나 악취가 물씬거리는 정치가들을 지도자로 선택하지는 않는다. 그런 종류의 일들은 선량한 시민들 스스로도 처리할 수 있다.

맥 보란이 우선적으로 해야 할 것은 치열한 전투 현장을 온몸으로 누비는 일이었다.

〈조반니 클럽〉이 우뚝 서 있는 곳은 몇 년 전에 쿠크 군에서 공원과 공영 골프장을 만들기 위해 많은 돈을 들여 확보해 놓은 땅이었다. 당시에 그곳은 인가가 드문 미개발 지구였는데 지역 발전을 위해 그 일대를 군에서 사들였었다. 그 가운데서도 특히 북동쪽에 위치한 구획은 데스플란스 강에 접해 있어서 그 지역을 강변 레크리에이션 시설 설치 장소로 정해 놓고 있었다.

그런데 얼마 후 강변의 레크리에이션 시설은 타산이 맞지 않는다는 말이 떠돌기 시작했고 도무지 납득이 가지 않는 이유로 그 계획은 취소되고 말았다. 그리고 그 지역의 공원 조성 계획은 공공 오락 시설물 설치 계획으로 바뀌어졌고 정확한 이유는 밝혀지지 않은 채 〈클럽스 매니지먼트〉라는 회사로 그 땅의 소유권이 넘어가 버렸다.

그 땅의 소유권과 계획 진행을 군으로부터 인계받은 클럽스 매니지먼트는 공공 오락 시설을 만들었는데 그것이 바로 〈조반니 클럽〉이었다. 그곳은 시민들에게 공개되었으므로 공공 오락 시설이라는 명분은 섰지만 그곳에 출입할 수 있는 사람들의 종류를 살펴보면 공개라는 건 눈가림에 불과함을 금방 알 수 있었다.

〈조반니 클럽〉은 초일류로 꾸며져 있었는데 하룻밤 향락을 갖기 위해 테이블을 차지하려면 예약하는 데만 1인당 50달러를 지불해야 했다.

또한 그곳을 이용하는 손님들은 그 클럽의 복장에 관한 규칙을 반드시 지켜야만 했다.

웨이터들은 모두 연미복을 입고 단정하게 나비 넥타이를 매고 있었다. 클럽 안쪽의 밀실에서 시중을 드는 사람이나 카지노의 딜러들까지 모두 정장 차림이었으며 다이닝 룸에 초대되는 연예인들도 그 방면의 톱 스타들뿐이었다.

쿠크 군의 남쪽에는 9개의 홀이 있는 미완성의 골프장이 있었다. 특별히 만들어진 도로를 사이에 두고 바로 그 서쪽에는 860에이커에 이르는 공원이 자리잡고 있었다. 그곳은 원래 덤불이 무성한 불모지로 강을 등지고 있었는데 알툴로 조반니는 아무도 손을 대지 못했던 그 불모지를 개간하여 외부로부터 거의 단절된 플레이 그라운드를 만들었다.

지금은 조반니의 소유인 북쪽의 땅에는 아직도 주택가가 들어서 있었다. 그 집들은 〈조반니 클럽〉에서는 울창한 숲에 가려 보이지 않았지만 조반니는 그곳에 사는 사람들을 언제나 멸시에 가득 찬 눈으로 대하곤 했다.

클럽 건물은 미국의 식민지 시대 양식을 본떠 지어진 것이었는데 위풍당당함과 예술적인 면을 동시에 지니고 있었다. 만일 정상적인 수단으로 그 건물을 짓고 내부 장식을 했다면 적어도 100만 달러는 들었을 것 같았다. 그러나 조반니는 그렇게 돈을 헤프게 쓰는 사내가 아니었다.

조반니는 목수 조합에 간접적인 영향력을 행사하여 턱없이 싼 가격으로 인부들을 부렸다. 그는 자신이 연기로 날려 버릴 시가 하나를 사는 데 50달러쯤은 눈 하나 깜박하지 않고 내놓을 수 있었지만 일급 목수의 일당으로는 10달러도 비싸다고 소리를 질러 대는 인물이었다.

자재를 공급하는 회사와 실내 장식을 맡은 회사는 조반니가 소유하고 있었으므로 문제될 것이 없었다. 그러한 이유 때문에 〈조반니 클럽〉 같은 호화 찬란한 건물도 그는 별 어려움이 없이 만들 수 있었다.

조반니는 장사를 하는 데 있어 이용할 수 있는 것은 모두 써먹을 줄 알았다.

그 점은 전투에 임하는 보란의 자세와 공통된 것이었다. 보란 역시 어떤 조그만 정보라도 놓치지 않고 전투에 이용하고 있었다.

어쩔 수 없이 밤길에 나서긴 했지만 보란은 가능한 한 낮 동안에 그 건물을 정찰하고 싶었었다. 밤의 장막 속에서는 아무리 두 눈을 크게 뜨고 살핀다 하더라도 놓치는 부분이 있게 마련이기 때문이었다. 오늘 같은 밤에는 더욱 그러했다. 폭풍이 몰고온 지독한 눈보라는 이미 멎어 있었고 시계가 다소 호전되었다고는 하나 길바닥에 수북이 쌓인 눈이 꽁꽁 얼어붙어 도로 사정은 최악의 상태였다. 게다가 지금은 눈이 멎은 대신 소름이 끼칠 정도의 차가운 비가 내리고 있었다. 몇 시간 전부터 간선 도로를 오가는 차량은 없었고 도로를 순찰하는 쿠크 군의 경비차도 보이지 않았다.

조반니가 쿠크 군으로부터 빼앗다시피 한 그 땅은 찌그러진 삼각형이었다. 도로를 따라 뻗은 대지의 한쪽 길이는 약 1500피트나 됐다. 데스플란스 강을 따라 뻗은 쪽의 길이는 300피트쯤 될 것 같았다. 건물은 강으로부터 약 500피트 가량 물러선 곳에 우뚝 서 있었다.

도로와 건물 사이에는 완만한 곡선을 이루고 있는 마찻길이 나 있었다. 그 엄청나게 넓은 땅에 빙 둘러 철책이 쳐져 있었는데 한가운데쯤에 현란하게 꾸며 놓은 아치와 커다란 문장이 걸린 석조문이 있었다. 보란이 도착했을 때 그곳은 불이 환하게 밝혀져 있었다. 건물 양쪽의 주차장으로 보이는 공간에도 모두 불이 켜져 있었다.

입구의 아치 밑에는 20대 남짓한 리무진 크루 왜건이 범퍼가 서로 맞닿을 정도로 바짝 붙어 늘어서 있는 것이 보였다. 그 자동차 대열의 맨 끝에는 붉은 경고등을 번쩍이는 시카고 경찰 소

속의 순찰차가 있었다. 엔진에서 김을 토하며 늘어선 자동차들
은 선도차만 빼놓고 모두 주차등을 켜고 있었다.

보란은 긴급 상황을 알리는 황색 경고등이 번쩍이는 전진 기
지를 조심스럽게 몰았다. 순찰차 옆에 차를 세운 보란은 운전석
의 차창을 내리고 경찰들에게 말을 붙였다.

「무슨 일입니까?」

보란은 입김을 내뿜으며 소리쳤다.

「아무 일도 아니오. 그대로 전진하시오.」

순찰차의 창문이 반쯤 내려가는가 싶더니 한 경관이 대답했
다.

「장례 행렬이라면 속도가 너무 느린 것 같은데요?」

보란이 말했다.

「장례 행렬이 아니오. 당신은 리무진만 보면 장례식 생각이 나
는 모양이군. 〈조반니 클럽〉에서 VIP 파티가 있소.」

「아, 알겠습니다.」

보란은 공범자 같은 미소를 지었다.

「그런데 당신은 왜 황색 경고등을 달았소?」

「난 에디슨 전력 회사에서 나왔습니다. 정말 지독한 추위로군
요.」

「전선이 눈보라 때문에 망가지기라도 했소?」

경찰관은 보란의 전진 기지인 밴을 자세히 살펴보기 위해 목
을 쭉 뻗었다. 그러나 그 자동차는 시카고에서 그곳까지 쉴 새
없이 달려왔는지 온통 흙탕물투성이인 데다가 그 흙탕물이 꽁꽁
얼어붙어 있어서 어떤 용도며 어느 단체의 소속인지를 전혀 분
간할 수 없었다.

「그렇습니다. 건물 안의 형편이 어떤지 얘기해 줄 수 있겠습니까?」

보란이 물었다.

「나도 자세한 건 모르오. 실은 여긴 내 담당 구역이 아니오.」

경관은 멋쩍은 듯 너털웃음을 터뜨렸다.

「그렇다면 내가 직접 들어가 보는 수밖에 없겠군요.」

보란은 운전석의 차창을 올린 후 차량의 대열을 따라 밴을 몰았다.

얼어붙은 길 위에 늘어서 있는 왜건의 창문은 뿌옇게 흐려 있었는데 누군가가 물방울을 닦아낸 자국과 손가락으로 낙서를 해놓은 자국이 군데군데 보였다.

보란은 천천히 차를 몰아가면서 차 안에 타고 있는 사내들의 수를 헤아려 보았다. 앞좌석에 두 명, 뒷좌석에 세 명, 그리고 보조 좌석에 두 명씩으로 계산한다면 차 한 대에 타고 있는 사내들은 모두 7명이었다. 그리고 줄지어 있는 자동차들은 20대 정도였으므로 그곳으로 몰려온 사내들은 100명도 넘는다는 계산이 나왔다.

해밀튼에게서 듣기로는 순찰차가 맨 앞과 맨 뒤에서 달린다고 했으나 자동차 대열의 맨 앞에 있는 차는 순찰차가 아니라 왜건이었다. 보란은 잠시 동안 생각한 결과 베치의 부하 가운데 한 명과 해밀튼 경감이 베치가 앞으로 벌일 일의 준비 공작을 위해 먼저 안으로 들어간 것이라고 판단했다.

보란은 제이크 베치가 조심성이 많은 사내라고 생각했다. 그렇지 않고서는 조직 내에서 살아 남기 힘든 것이 사실이었다.

마피아의 보스에게 있어서 형무소나 죽음보다 더 두려워해야

할 것이 있다면 그것은 자신의 가문 내에 있는 야심 만만한 경쟁
자였다. 조직은 낭만적이며 견고한 질서와 형제의 우애를 기본
이념으로 내세우고 있었으나 실지로 뚜껑을 열어 본다면 비정과
음모가 들끓고 있었다.

　조직 내에서 어느 정도 지위를 인정받는 보스들은 그 단계에
오를 때까지 눈치껏 형제를 배반했고, 양다리를 걸치는 일을 서
슴치 않은 인물들이었다. 그렇기 때문에 부하를 거느릴 수 있는
신분이 된 사내들은 언제나 자신보다 못한 위치에 있는 사람들
에게 경계의 눈초리를 보내며 감시해야만 했다. 그리고 자신보
다 더 권력이 있는 상관이 자신의 경쟁자에게 유리한 판정을 내
릴까 봐 항상 가슴 조여야 했다.

　아무튼 조반니의 비밀 집회에 뛰어들려는 자가 있다면 그 사
람은 매우 처리하기 곤란한 어떤 임무를 띠고 있다고 보아도 크
게 틀린 일은 아니었다. 맥 보란이 먼 길을 달려온 이유는 바로
그 비밀 집회에 참석하기 위해서였다. 그리고 자신이 싸움을 붙
여 놓은 두 사내 사이의 대화가 어떤 식으로 돌아가는지 확인하
기 위해서였다.

　맥 보란의 시카고 전투는 클라이맥스를 향해 치달리고 있었
다.

## 14
## 준비 완료

맥 보란은 마피아의 소굴 가운데로 천천히 진군하고 있었다. 그는 도중에 두 차례나 차에서 내려 전선을 점검하는 체하며 적의 눈치를 실폈다. 그가 세 번째 차에서 내렸을 때 철책 부근의 어둠 속에서 한 사내가 말을 걸었다.

「거기서 뭐하는 거요?」

「전선을 점검하고 있소. 눈이 온데다 얼음이 끼여서 전선이 상당히 무거워진 것 같소.」

보란은 가볍게 받아 넘기며 사내의 위치를 파악하기 위해 어둠 속을 노려보았다.

「그럼 큰일인데.」

「이렇게 상태가 나빠진 건 올 겨울 들어 처음이오. 바람만 불지 않는다면 별 문제가 없겠는데.」

보란은 담배를 꺼내 물고 불을 붙였다.

「전선이 끊어지면 야단인데…….」

사내는 강추위에 턱이 굳어 버렸는지 발음이 분명하지 않았다.

보란은 건물 주위를 경계하는 사내들이 몇 명쯤 될 것인지 생각해 보았다.

그러나 곧 밖에서 순찰을 하는 전투원들은 큰 문제가 되지는 않는다고 판단했다. 왜냐하면 뼛속까지 얼어붙을 듯한 차가운 비가 내리고 있었고 바람 또한 매섭게 몰아치고 있었으므로 순찰을 하는 사내들의 몸과 마음은 이미 동태가 되어 버린 지 오래일 것이기 때문이었다. 보란은 몸이 얼어 버린 전투원들은 싸움이 벌어졌을 때 아무런 힘도 쓸 수 없다는 것을 경험을 통해 너무나 잘 알고 있었다. 그것은 적들에게만 한정된 문제가 아니었다.

「내 차에 따끈한 커피가 있는데 한잔 하겠소? 별로 맛은 없지만…….」

보란은 부드러운 어조로 물었다.

「정말이오? 그걸 가져다 준다면 10달러, 아니 20달러라도 내겠소.」

사내는 무척이나 반가워했다.

「잠깐만 기다리시오.」

보란은 웃음을 참으며 전진 기지로 돌아가 보온병을 꺼내 들고 사내가 있는 철책 쪽으로 다가갔다.

가까이에서 보니까 그 마피아의 전투원은 철책 너머에 서 있었다. 사내는 발목까지 치렁치렁한 검정색 코트를 입고 모자를 푹 눌러쓴데다 목에는 목도리를 두르고 있었는데 목도리의 입김이 닿는 부분은 뻣뻣하게 얼어 있었다.

보란은 조그만 플라스틱 컵에 커피를 따라 철책 사이로 들이 밀었다. 컵을 건네받는 사내의 손가락이 보란의 손등을 스쳤다. 장갑도 끼지 않고 있었는지 사내의 손가락은 마치 얼음 조각 같았다.

「아, 이제야 살 것 같군. 당신이 아니었더라면 난 내장이 얼어붙어 버릴 뻔했소. 자, 20달러 받으시오. 아까 내가 한 얘기는 농담이 아니었소.」

사내는 소리를 내며 커피를 마신 다음 철책 사이로 지폐를 내밀었다.

「그럴 것까지는 없소. 오늘 같은 날씨에 밖에서 근무하는 것만 해도 큰 고역일 텐데 따끈한 커피 한잔 대접 못 해서야 말이 안 되지. 당신은 밤새도록 이짓을 해야 하오?」

보란은 사내의 비위를 맞추며 넌지시 물었다.

「아마 그럴 모양이오.」

사내는 보란이 타고 온 포드를 흘끗거리더니 말을 이었다.

「당신 차의 유리창이 온통 뿌옇게 된 걸 보니 난방이 잘 되어 있는 모양이군. 정말 부럽소.」

「그리고 난 특수 내의를 세 겹이나 껴입었기 때문에 밖에 있더라도 별로 추위를 느끼지 않소.」

「특수 내의라니?」

「쉽게 얘기하면 체온이 달아나지 않도록 몸을 싸주는 거요. 그러나 얼굴만은 사정이 좀 다르오. 얼굴까지 특수 내의로 싼다면 앞을 볼 수 없으니까. 하지만 다른 부분은 거의 추위를 느낄 수가 없소.」

「그럼 다른 친구들에게도 당신의 특수 내의에 관해 얘기를 해 줘야겠군.」

「당신말고도 밖에서 돌아다니는 사람들이 또 있는 모양이구 료?」

「물론이오. 당신은 얼굴만 추위를 느낀다고 했지만 지금 난 온 몸이 얼음 덩어리가 된 것 같은 기분이오.」

사내는 몸을 부르르 떨며 투덜거렸다.

그때 어둠 속에서 다른 사내의 목소리가 들렸다.

「밀리, 거기서 뭘하는 거야?」

「아무 것도 아닙니다. 무슨 문제가 생기지 않았나 살피고 있습 니다.」

사내는 소리 나는 쪽으로 고개를 돌리더니 큰 소리로 말했다.

「빨리 네 위치로 돌아가. 그리고 그 사내는 누구야?」

「전기 수리공이오.」

보란이 대신 대답했다.

밀리라고 불린 사내는 급히 나머지 커피를 입 속에 털어 넣고 보란에게 컵을 내밀었다.

「잘 마셨소. 내 기분이 어떤지 당신은 짐작도 못 할 거요.」

사내는 수북이 쌓인 눈을 밟으며 멀어져 갔다. 뽀드득거리는 소리가 어둠 속에 스며들었다.

보란은 방금 새로이 얻은 정보를 검토해 보았다. 지금 이곳엔 집 주위를 경비하는 사내들이 있고 그들의 근무 상태를 감시하 는 사람이 있다. 그리고 경비를 하는 사내들은 벌써 찬바람에 몸 이 굳은 상태이다. 또 밀리에게 커피를 준 사람은 전기 수리공이 었으므로 보란이 전봇대를 타고 올라간다 하더라도 아무도 이상하게 생각하지는 않을 것이다.

보란은 자동차로 돌아가 한 덩어리의 플라스틱 폭탄을 손으로 반죽하기 시작했다. 그는 그것을 이미 눈여겨보아 둔 한 전봇대에 설치할 생각이었다. 이제 몇 분 지나지 않아 건물 안에 있는 적들은 전기 수리공의 존재를 한 놈도 빠짐없이 느끼게 될 것이라고 생각하며 보란은 폭탄을 주머니 속에 집어넣었다.

해밀튼 경감은 방 한쪽에 비켜 앉아 스판노와 드라고, 그리고 베니 로코가 얘기를 나누는 모습을 지켜보고 있었다. 그는 세 사내의 얘기에 끼여들 필요가 없다고 생각하곤 묵묵히 앉아 있었다.

「이것 봐, 드라고. 당신이 여기저기에 전화를 해서 사람들을 불러 모았잖아? 우리가 여기 온 것도 그 때문이라구.」

스판노는 침을 튀겨 대며 말했다.

「그건 드라고 혼자 생각이 아니었어. 사실 조반니는 사람들이 몰려다니는 걸 좋아하지 않는다구. 하지만 드라고는 전화를 할 수밖에 없는 입장이었어. 그는 이렇게 많이 몰려올 줄은 몰랐거든. 그런데 저렇게 많이 이곳으로 달려오다니 영문을 모르겠어.」

베니 로코가 변명조로 말했다.

「문제는 말이야, 적어도 베치는 언제라도 여기서는 환영받을 것이며 굳이 초대장을 받지 않더라도 여기 오는 것을 망설일 필요가 없다는 거야. 그러니까 베치가 이곳으로 오고 싶은 생각이 있다면 언제든지 올 수 있지만 부하들을 저렇게 많이 데리고 올 필요는 없는 거지.」

드라고는 난처한 표정을 지었다.

「하지만 베치는 당신들 말을 좋게 받아들이지 않을 걸? 당신은 사방에 전화를 걸어 모두 이곳으로 모이라고 하지 않았어? 그래서 베치는 형제간의 우애를 나타내기 위해 사람들을 한 명도 빠짐없이 모두 끌어 모아서 미끄러운 길을 달려온 거야. 그런데 막상 이곳에 와보니 당신은 부하들을 돌려보내라고 한단 말이야. 그런 대접을 받고도 베치가 기분이 좋을 것 같아? 당신이 뻣뻣하게 대하는데 그가 순순히 당신 말을 받아들일 것 같으냐구?」

스판노는 드라고를 쏘아보며 나지막하게 말했다.

「우리 말대로 하는 게 좋을 걸? 그렇게 할 수 없다면 하고 싶은 대로 해보라고 해.」

베니 로코는 위협적으로 내뱉었다.

「아니, 감히 누구에게 그런 말을 하는 거야? 입을 함부로 놀리지 말라구. 지금 제이크 베치는 조직원들을 모두 데리고 와서 이 안으로 들어와도 좋다는 대답을 기다리고 있어. 그분으로 말하자면 당신이 벌거숭이 어린애였을 때부터 거물급으로 인정받던 사람이라구.」

스판노는 벌컥 화를 냈다.

그때 럴리 터크가 안으로 들어왔다. 그는 발을 굴러 구두에 묻었던 눈을 털어 냈다.

「스판노, 가서 베치에게 전해. 만약 이곳에 혼자 들어오는 게 겁이 난다면 우리가 모르는 어떤 일을 꾸미고 있다가 그것이 들통날까 봐 두려워하기 때문인 걸로 생각하겠다구. 베치가 오고 싶다면 언제라도 상관 않겠지만 같이 올 수 있는 자동차의 수는 네 대로 제한한다고 해. 그 이상은 절대로 안돼. 내가 할 얘기는 그게 전부야.」

터크는 무뚝뚝하게 얘기하곤 로비를 지나 복도의 모퉁이를 돌아갔다.

「마치 예수님께서 말씀하시는 것 같은 투로군.」

스판노는 터크의 뒷모습을 지켜보며 어이가 없다는 듯 투덜거렸다.

「바로 그거야, 스판노.」

드라고가 말했다.

「알았어. 당신들 말을 보스에게 그대로 전하지. 하지만 베치가 어떻게 받아들이느냐 하는 것까지는 책임질 수 없어.」

스판노는 불쾌한 표정을 역력히 드러내며 몸을 돌렸다. 그는 해밀튼과 눈이 마주치자 고개를 설레설레 내젓고는 밖으로 나가 버렸다.

「여기서 무슨 일이 벌어지고 있는지 도무지 감을 못 잡겠군. 하지만 한 가지만은 분명히 해두자구. 난 이번 일과는 아무런 관련이 없어.」

해밀튼은 두 사내들 쪽으로 천천히 다가가며 조심스럽게 말했다.

「그래? 당신이 앞장서서 달려왔으면서도?」

드라고가 비아냥거렸다.

「난 베치가 시키는 대로 했을 뿐이야. 베치는 이곳까지 올 동안 귀찮은 일을 당하기 싫었던 거야.」

「밖에 있는 사내들은 베치의 주력 부대 같은데, 해밀튼?」

베니 로코는 흐릿한 창문 쪽을 쳐다보았다.

「그렇다고 할 수 있어. 하지만 난 도무지 영문을 모르겠어. 아직까지도 난 내가 저 차들의 앞장을 서서 이곳까지 와야만 했던 이유를 알 수 없단 말이야. 내 입장을 조반니에게 잘 말해 주게.」

해밀튼은 얼굴을 찌푸렸다.

「그렇게 하고말고.」

「난 시내로 돌아가 봐야겠어.」

해밀튼이 말했다.

「그러는 게 좋겠지.」

드라고는 매혹적인 바리톤으로 부드럽게 말했다.

「또 만나세.」

해밀튼이 밖으로 나가자 두 사내는 의미 있는 미소를 교환했다. 그들은 럴리 터크에게 방금 해밀튼 경감이 한 얘기를 전하기 위하여 터크가 사라진 복도의 모퉁이를 돌아갔다.

맥 보란은 〈조반니 클럽〉에 전력을 공급하는 굵직한 케이블 둘레에 플라스틱 폭탄을 다져 놓은 다음 기폭 장치를 채워 넣고 잽싸게 땅으로 내려왔다. 그는 자동차에 오르자마자 클럽 북쪽의 숲을 지나 강으로 뻗어 있는 길을 달려가기 시작했다. 그 길은 오랫동안 사람과 차량의 통행이 거의 없었기 때문에 이제는 도로로서의 형태를 찾아보기가 힘들었다.

그 길에 이어져 있는 강변은 낚싯배를 띄우기 위한 잔교처럼 쓰이던 곳이었는데 지금은 폭이 갑자기 넓어져 강물 속에 가라앉아 있었다. 강바닥은 얼어붙어 있었고 바람에 날린 눈이 켜켜이 덮여 있어서 보란은 하마터면 차를 몰고 빙판 위로 달릴 뻔했다.

보란은 차에서 내려 조심스럽게 얼음의 두께를 확인한 다음 자동차로 돌아가 점프슈트 위에 마피아들이 즐겨 입는 회색 코트를 껴입었다. 그는 함부르크 모자를 집어들었다가 그것을 옆으로 치우고 앞 챙을 내려 호크로 잠글 수 있는 테가 넓은 검은 모자를 썼다.

그는 베레타의 탄창을 점검하고 여분의 클립을 허리에 차고 있는 특수 벨트 속에 넣었다. 그리고 톰슨 기관총을 어깨에 멘 후 가벼운 걸음으로 건물 쪽으로 향했다. 보란은 무슨 일이 있어도 〈조반니 클럽〉에서의 파티에 참석할 생각이었다.

그는 얼어붙은 강둑에 늘어서 있는 관목 쪽에 바짝 붙어 신속하게 앞으로 나아갔다. 그는 벨트에 붙어 있는 네모진 조그만 상자를 손가락으로 쓰다듬으며 만족한 미소를 지었다. 그것은 원격 조종으로 전원 케이블에 장치한 폭약을 터뜨릴 수 있는 무선 발신기였다.

보란은 잠시 후면 〈조반니 클럽〉에서 난리판이 벌어질 것을 잘 알고 있었다. 그 난리판에 불을 붙일 사람은 다름아닌 그 자신이었다. 보란은 마피아들끼리 싸움을 붙일 모든 준비를 다 갖추어 놓고 있었다.

# 15
## 암 투

「좋아, 좋다구! 난 들어가고야 말 테니까! 자동차는 네 대만 들어올 수 있도록 제한한다구? 그렇다면 이렇게 해야겠다. 한 대에 열 명씩 태워. 그럼 40명이야. 각 조장들이 믿고 내세울 만한 놈들로 골라. 그리고 메닝게티, 너는 스판노와 같이 내 옆에 꼭 붙어 있어.」

제이크 베치는 치밀어 오르는 화를 참을 수 없다는 듯 소리를 질렀다.

「나머지 전투원들은 어떻게 해야 합니까?」

메닝게티는 붉으락푸르락하는 베치의 얼굴을 쳐다보았다.

「밖에서 기다려야지.」

「언제까지 기다려야 합니까?」

「내가 연락할 때까지지야. 안에서 결판이 나는 대로 내가 신호를 할 테니까.」

「신호가 없으면 언제까지고 기다려야 합니까?」

「재수 없는 소리 하지 마. 아니야, 네 말도 일리가 있군. 30분이 넘도록 연락이 없으면 체면 차릴 것 없이 쳐들어오도록 해. 스판노, 넌 밖에서 애들과 있는 것이 더 좋겠다. 쓸 만한 놈들이 모두 다 안으로 들어가면 바깥에 구멍이 뚫릴 수도 있으니까.」

베치는 어느 정도 화가 가라앉았는지 침착한 어조로 말했다.

「알겠습니다.」

스판노는 싫은 기색도 보이지 않고 고개를 끄덕였다.

「어딘지 이상하다는 낌새가 느껴지면 곧장 안으로 들어와.」

「맡겨 주십시오, 베치.」

「메닝게티, 넌 어서 안으로 들어갈 애들을 골라.」

「네, 보스.」

마리오 메닝게티는 뭔가 못마땅한 것이 있는 듯 눈살을 찌푸린 채 베치의 차에서 내려, 줄지어 늘어서 있는 왜건에 타고 있던 사내들을 칼날 같은 바람이 몰아치고 있는 바깥으로 모두 끌어냈다.

「난 이만 돌아가겠소.」

해밀튼은 메닝게티가 사내들을 두 패로 나누는 모습을 지켜보며 베치에게 말했다.

「바쁜 일이라도 있나?」

베치는 무뚝뚝하게 물었다.

「그런 게 아니라…….」

해밀튼은 베치의 시선을 피하며 우물쭈물했다.

「겁이 나는 모양이로군.」

루프 지역의 보스는 쌀쌀하게 말했다.

「그렇소. 난 겁이 나오. 이곳은 내 관할 구역이 아니기 때문에 순찰차가 이곳에서 할 수 있는 일은 없소. 그리고 당신이 이곳에서 죽치고 있는 동안 보란이 당신의 영역 안에서 날뛰고 있을지도 모르잖소? 내 생각으로는 여기서 시간을 헛되이 소비할 게 아니라 그놈을 잡는 데 힘을 기울여야 할 것 같소.」

해밀튼은 정말 걱정스럽다는 표정이었다.

「기가 막혀 말도 안 나오는군. 언제부터 경감 나리가 나한테 이래라저래라 할 수 있게 되었지? 이보라구, 경감. 그런 비위 거슬리는 소리를 하려면 시내로 돌아가는 게 더 낫겠어. 그리고 문을 꼭꼭 걸어 잠근 다음 뇌물로 받은 돈이 얼마나 되는지 헤아려 보라구. 돈 계산이 끝나면 경감이 그 자리에 앉기 전에는 무슨 일을 했었는지, 이 제이크 베치가 어떤 일을 해주었는지 곰곰이 생각해 봐. 그만 가보시지, 경감 나리.」

베치는 노골적으로 경멸을 드러내며 쏘아붙였다.

해밀튼은 끓어오르는 분노를 억지로 삼키며 자신의 차로 돌아갔다.

「어서 시내로 돌아가자. 전속력으로! 뒤돌아볼 필요도 없다.」

해밀튼은 가라앉은 목소리로 부하에게 말했다. 그는 시트에 몸을 묻고 울적한 얼굴로 베치가 자신에게 1500달러를 던져 주던 때를 회상했다.

그는 착실한 경관이었다. 베치가 준 돈을 상관에게 먹여 승진을 하기 이전의 그는 밤에도 다리를 뻗고 잠자리에 들 수 있었고 자녀들의 얼굴도 똑바로 쳐다볼 수 있었다.

그러나 지금은 비록 지위는 올랐지만 언제나 마음이 편하지가 않았다. 어떻게 자식들에게 돈을 써서 승진했다는 얘기를 할 수 있단 말인가?

운전사가 커다란 곡선을 그리며 간선 도로 위로 차를 몰았을 때 앞쪽의 어둠을 가르는 헤드라이트 불빛 속으로 뭔가가 반짝거리는 것이 해밀튼의 눈에 들어왔다. 도로 저 멀리 안개가 끼여 가물가물한 어둠 속에 반짝거리는 것은 틀림없는 자동차의 대열이었다. 그것도 보통 자동차가 아니라 지붕에 경고등을 단 경찰차였다. 지금 그 차들의 경고등은 모두 꺼진 채였다.

「일이 고약하게 됐군. 기동 경찰이야. 빨리 빠져 나가야겠어.」

해밀튼은 마피아의 자동차 대열 꽁무니에 서 있는 순찰차에게 자신의 뒤를 따라오도록 무선으로 지시를 내렸다.

그들은 도로 사정이 좋지 않음에도 속도를 올렸지만 얼마 못 가서 주립 경찰의 바리케이드에 걸리고 말았다.


보란은 어깨에 메고 있던 톰슨 기관총을 팔 밑에 끼고 눈을 밟으며 대지의 한가운데 있는 아치를 향해 열심히 걸어갔다.

그때 바로 앞쪽에서 누군가 기침하는 소리가 났다. 그리고 곧 사람의 실루엣이 어슴푸레하게 나타났다. 쇼트건을 든 한 사내가 잔기침을 하며 발을 동동 구르고 있는 모습이 보이자 보란은 목소리를 조금 바꾸어 먼저 말을 걸었다.

「그 자리에서 떠나면 안 돼.」

「도대체 어떻게 된 거야?」

사내는 다시 한 번 기침을 했다.

「제이크 베치가 부하들을 100명도 넘게 끌고 왔어. 아무튼 경계나 철저히 하라구.」

보란은 사내가 무엇인가 물어 보려는 눈치가 보이자 얼른 앞쪽으로 걸어갔다. 그는 기둥들이 늘어서 있는 환한 현관을 피해 마찻길을 따라 걸었다.

곳곳에 경비를 선 사내들이 있었다. 사내들은 서너 명씩 모여서 나무에 기대거나 발 밑에 쌓인 눈을 다지면서 낮은 소리로 얘기를 주고받고 있었다.

「당신 거기서 뭐하는 거야?」

한 사내가 마찻길을 건너오며 보란에게 말했다.

「드라고가 당신한테 말을 전하더군.」

보란은 모자를 깊숙이 눌러썼다.

「찰스 드라고 말인가?」

사내의 목소리는 철책 부근에서 커피를 마시던 밀리에게 제자리로 돌아가라고 독촉하던 바로 그 음성이었다.

「그 사람말고 드라고가 또 있나? 당신을 좀 보자고 하던데?」

보란은 무뚝뚝하게 말했다. 그는 마피아들과 맞닥뜨렸을 때는 위압적인 자세를 취하는 게 유리하다는 것을 알고 있었다.

「그는 지금 어디 있나?」

「지금 어디 있는지는 딱 꼬집어 얘기할 수 없는 걸? 현관으로 들어가 봐. 집 안 어디엔가 있을 테니까.」

「그래?」

사내는 뭔가 이상하다는 듯 고개를 갸웃거리며 입 속으로 불만의 말을 중얼거렸으나 이내 클럽 건물 쪽으로 걸음을 옮겼다.

클럽 현관과 아치 사이의 절반쯤 되는 위치에 보란이 이르렀을 때 아치를 통해 들어오는 헤드라이트 불빛이 있었다. 보란은 얼른 나무의 그림자 속으로 몸을 숨겼다. 그는 오른손으로 톰슨을 움켜쥔 채 다른 한 손은 벨트의 무선 발신기에 갖다 댔다.

자동차들은 완만한 곡선을 이루고 있는 마찻길을 천천히 달리고 있었다. 보란은 맨 앞의 차가 그가 숨어 있는 나무 앞을 지나가기를 기다려 엄지손가락으로 무선 기폭 장치의 버튼을 눌렀다.

멀리 떨어진 전주에서 불꽃이 번쩍이더니 묵직한 폭발음이 밤하늘을 울렸고 〈조반니 클럽〉의 건물은 물론이고 널따란 정원까지 순식간에 암흑 속으로 빨려들고 말았다.

베치가 탄 자동차에서 뻗어나온 헤드라이트 불빛만이 마찻길을 희뿌옇게 밝혔다.

맨 앞에서 달리던 차는 예기치 못했던 사태에 놀라 자지러질 듯 급정거를 했고 그 뒤를 따르던 세 대의 자동차들도 바퀴가 찢어지는 듯한 날카로운 마찰음을 지르며 일제히 멈춰 섰다. 그러나 그 차들은 간격이 너무 좁았기 때문에 범퍼들이 서로 부딪치며 요란한 소리를 냈다. 차들이 모두 멈추자 누군가가 그런 일을 짐작했었다는 듯한 말투로 명령을 내렸나. 네 대의 차에서 일제히 헤드라이트가 꺼졌다.

보란은 그와 때를 같이 해서 톰슨 기관총을 갈겨 댔다. 그가 목표로 하고 있는 것은 네 대의 왜건이 아니라 어둠 속에 희끄무레하게 보이는 〈조반니 클럽〉의 본채 건물이었다.

보란의 톰슨에서 시퍼런 불꽃이 터져 나오자 마치 준비를 하고 있은 듯한 반격의 총성이 밤의 정적을 찢어 놓았다. 그러나 그 반격은 보란에게 향한 것이 아니었다. 늘어서 있는 네 대의 자동차들에게 총알이 퍼부어졌다. 집 안에서 총을 쏘아 대고 있는 사내들은 보란이 그곳에 있다는 것은 꿈에도 생각지 못하고 있었고 자동차에 타고 있는 사람들이 그들의 적이라고 생각하고 있었다.

서로 얽혀 있던 자동차의 옆문이 벌컥 열리면서 사내들이 쏟아져 나왔다.

「죽여! 모두 없애 버려!」

제이크 베치는 동료의 배반에 분통이 터져 고래고래 소리를 지르며 부하들을 부추겼다.

한길 쪽에서도 총성이 울렸다. 베치가 기다리도록 지시를 내린 사내들이 보스를 응원하기 위해 마찻길 위에 고립되어 있는 자동차들 쪽으로 우르르 몰려들고 있었다.

사내들이 〈형제〉들에게 총알을 퍼붓고 있을 때 보란은 벌써 다른 곳으로 자리를 옮기고 있었다. 그가 그 자리에 나타났던 것은 전쟁의 포문을 열기 위해서였다.

맥 보란에게는 보다 중요한 일이 있었다.


제이크 베치의 차를 운전하고 있던 사람은 굿시 테이트라는 사내였다. 그의 옆좌석에는 마리오 메닝게티가, 메닝게티의 옆에는 제이크 베치가 문고리를 붙든 채 쭈그리고 있었다. 뒷좌석에는 7명의 사내들이 거의 포개다시피 해서 들어차 있었다.

「굿시, 침착하게 차를 몰아. 절대 쳐들어가는 표시를 해선 안돼. 우린 어디까지나 부드러운 미소와 신사적인 태도로 녀석을 대해야 해.」

베치는 교활한 미소를 지으며 운전사에게 말했다.

「알겠습니다, 보스.」

「그리고……」

메닝게티가 불안한 목소리로 무슨 말인가를 하려는 순간 클럽의 불이 순식간에 꺼져 버렸다.

「차를 세워!」

메닝게티는 그가 하려던 말을 꿀꺽 삼키고 운전사에게 소리쳤다.

충성스런 부하는 보스의 몸을 자신의 몸으로 덮어 급정거할 때의 충격을 줄이려 했다. 베치는 반사 신경에 의해 행동하는 메닝게티 밑에 깔려 납작하게 되었다.

차가 뒤집혀질 듯 멈춰 서자 뒤따르던 왜건이 범퍼를 들이받았고 따분한 얼굴로 뒷좌석에 포개 앉아 있던 사내들은 일제히 앞으로 쏟아졌다.

제이크 베치가 겨우 차의 바닥에서 몸을 일으키는데 톰슨의 사격음이 날카롭게 울려 퍼졌다. 베치는 더 이상 가만히 있을 수 없다고 판단했다. 그는 문을 열어젖히고 밖으로 뛰쳐나가면서 소리를 질러 댔다.

차들의 문이 열리고 사내들이 몰려 나왔다. 톰슨에 이어 다른 화기들에서 뿜어져 나오는 총알들이 사방에서 빗발치듯 쏟아졌고 굿시 테이트가 고통에 찬 신음을 내뱉으며 눈 위에 널브러졌다. 이어 베치의 바로 옆에 있던 사내의 가슴이 피로 물드는가 싶더니 그 사내도 길 위에 나동그라졌다.

뒤따르던 자동차에서 뛰어나온 사내들은 무작정 총을 갈겨 대기 시작했다. 베치는 그 중 한 녀석이라도 제대로 목표를 향해 총을 쏘고 있는지 의심스러웠다.

사실 제이크 베치 자신도 적이 어디 있는지를 제대로 분간할 수가 없었다. 그러나 멍청히 있을 수만은 없었기 때문에 38구경을 단단히 움켜쥔 채 아무 데나 대고 쏘아 댔다.

「배신자들은 모조리 죽여 버려! 한 놈도 남기지 마라!」

베치는 아우성을 쳤다.

잠시 후 도로 쪽으로부터 새로운 총성이 터져 나왔다. 베치는 스판노와 루프 지역의 전투원들이 합세하기 위해 달려오고 있음을 알아차렸다.

그는 사방을 둘러보며 은밀히 그 자리를 벗어날 궁리를 했다. 자동차들이 있는 곳으로부터 벗어나야만 개죽음을 면할 수 있다는 본능 때문이었다. 그는 깜깜한 클럽 건물 쪽으로 비척거리며 걸어갔다.

제이크 베치는 자신의 반평생을 같이 살아온 형제와의 인연을 끊기 위해 걸어가고 있었다. 더 이상 망설일 시간적 여유가 없었다. 하늘이 지켜보는 가운데 배신자인 카포의 목숨을 꼭 빼앗고야 말겠다는 결심을 다지면서 베치는 계속 걸음을 옮겼다.

# 16
## 역전승

알툴로 조반니를 비롯한 시카고의 4대 보스는 피에트로 라발로에 관한 얘기를 하고 있었다.

럴리 터크는 사무실 문을 가볍게 노크한 후 문이 열리기를 기다렸다. 그러나 자물쇠가 열리는 대신 인터폰에서 카포의 목소리가 흘러나왔다.

「뭐야?」

「럴리 터크입니다. 급히 말씀 드릴 게 있습니다.」

터크는 공손하게 대꾸했다.

자물쇠가 열리는 부저 소리가 나자 터크는 문을 밀고 안으로 들어섰다. 조반니의 책상 곁에 앉아 있던 피에트로 라발로가 잡아먹을 듯한 눈길로 터크를 노려보았다.

「지금 막 피에트로에게 나쁜 소식을 전하고 있었어. 1, 2년 동안 사막의 공기를 마시는 것이 고혈압에 좋을 거라는 얘길 했거든. 피에트로도 그 말에 동의했어.」

조반니는 라발로를 흘끗 쳐다보았다.

「틀림없이 동의했네.」

라발로는 불쾌한 표정을 감추려 들지도 않았다. 그는 잠시도 터크에게 눈을 떼지 않았다.

「할 얘기란 게 뭐야?」

조반니가 물었다.

「제이크 베치가 자동차 20대에 부하들을 나눠 싣고 문 앞에까지 들이닥쳤습니다. 저는 찰스에게…….」

「그 따위 일에 나를 끌어들이지 않겠다고 분명히 얘기하지 않았나. 터크?」

카포는 터크의 말을 자르며 조용히 말했다.

「네. 말은 그렇게 했었지만…….」

「결정을 하는 데 나의 지지가 있어야겠다는 말인가?」

조반니는 터크를 쏘아보았다. 터크가 아무런 대꾸도 하지 못하고 마른 입술을 혀로 축이며 서 있자 조반니는 무슨 생각인가를 잠깐 하는 눈치를 보이더니 라발로를 쳐다보았다.

「자네의 고혈압이 정말 그렇게 심각한가, 피에트로? 꼭 사막에서 요양을 해야 하나?」

조반니는 부드러운 목소리로 물었다.

「무슨 말씀을 하시려는 건지…….」

라발로는 갑자기 카포의 태도가 바뀐 것을 어떻게 받아들여야 할지를 몰라 더듬거렸다.

「자넨 어떻게 생각하나, 터크? 피에트로가 사막으로 요양을 가야겠나?」

조반니는 웃음 머금은 얼굴로 물었다.

「이미 말씀 드렸지 않습니까? 그렇게까지 하지 않아도 된다고 말입니다.」

「그래. 분명 자넨 온건한 입장이었지.」

조반니는 날카로운 눈길로 라발로와 터크를 번갈아 쳐다보았다. 두 사내는 침을 꿀꺽 삼키며 카포의 다음 얘기를 기다렸다.

「나는 곰곰이 생각해 보았어. 우린 지금 말할 수 없이 골치 아픈 문제를 안고 있어. 피에트로, 만약 자네가 힘이 되어 준다면, 다시 말해 자네의 전투 경험을 나의 젊은 애들한테 나누어 준다면 자네는 사막에서 따분한 시간을 보내지 않아도 될 거야.」

「무슨 말씀인지 분명하게 해주십시오, 보스.」

라발로는 바짝 긴장한 얼굴이었다. 자신의 앞길에 한 줄기 희망이 보인다고 생각했는지 그의 목소리는 떨리고 있었다.

「제이크 베치는 머리가 돌아 버린 것 같아.」

조반니는 심각한 표정이었나.

「그게 정말입니까? 설마 베치가…….」

「설마가 사람 잡는단 말이야. 내가 데리고 있는 젊은 애들은 미친 놈을 상대해 본 적이 없어. 그래서 생각한 건데 자네가 그 놈을 처리해 주었으면 좋겠어. 자넨 이번 일에 틀림없이 나를 도와줄 거라고 생각하네. 이건 제이크를 도와 주는 것도 돼.」

「알겠습니다, 조반니.」

라발로는 굳은 얼굴로 고개를 끄덕였다.

알툴로 조반니는 커다란 책상 앞에 모여 있는 시카고의 보스들을 둘러보며 자신의 생각에 대한 동의를 구하는 듯한 눈길을 보냈다. 그 사내들은 카포의 의견에 동의하는 표정을 지으며 말없이 고개를 끄덕거렸다.

「됐어. 결정된 거야. 제이크에게 구원의 손길을 뻗치기로 자네가 작정했으니 자네의 사막 요양 여행은 없었던 걸로 하겠네.」

조반니는 멋지게 다듬어진 은발을 쓸어 넘겼다.

「감사합니다, 보스.」

「기대에 어긋나지 않게 행동하게, 골든 피에트로.」

잠시 무거운 정적이 방 안에 자리잡았다. 살인 계약은 조용한 가운데 이루어졌고 제이크 베치의 눈에 보이지 않는 사망 증명서에 방 안에 있는 사내들은 서명을 한 셈이었다.

「제이크가 지금 밖에 와 있다고 했나?」

라발로는 끈끈한 침묵을 깨며 터크를 쳐다보았다.

「네. 그가 건물 안에까지 들어올는지는 모르겠습니다. 하지만 부하들을 100명 이상이나 몰고 왔으니 무슨 짓을 벌일지 짐작할 수 없습니다. 그래서 정문 아치를 통과할 수 있는 자동차의 수를 네 대로 제한시켰습니다. 베치가 일을 벌이도록 내버려둘 수는 없는 노릇 아닙니까?」

터크는 불편한 듯 조반니의 시선을 외면했다.

「그래. 그냥 보고만 있을 수는 없지.」

라발로는 조반니 대신 대답하며 자리에서 일어나 터크 쪽으로 다가갔다.

「터크, 타운에이커스 모터로지에서 권총을 잃어버렸네. 어디 가야 찾을 수 있을까? 베치를 요절내려면 총이 있어야 할 텐데…….」

라발로가 혼잣말을 하듯 중얼거리자 터크는 재킷 속에서 리볼 버를 꺼내 그에게 건넸다.

「이것 아닙니까?」

라발로는 터크가 내미는 권총을 물끄러미 쳐다보았다. 그것은 라발로의 것은 아니었지만 살인을 하는 데 지장은 없어 보이는 물건이었다. 라발로는 그것을 받아들었다.

「고맙네. 이만 나가서 바깥일이 어떻게 돌아가고 있는지 살펴봐야겠군. 어쩌면 제이크 베치를 설득할 수 있을지도 모르겠어.」

라발로는 코트 주머니에 손을 넣고 문 쪽으로 걸어갔다.

「실례했습니다, 조반니. 여러분들께 약속 드리겠습니다. 오늘 밤에는 더 이상 모임을 방해하는 일이 없을 겁니다.」

터크는 카포와 사내들을 둘러보며 말했다.

「제발 그렇게 해주게. 우린 아직 얘기해야 할 문제가 많단 말이야. 참, 보란에 대한 새소식은 없나?」

조반니가 물었다.

「아직은 없습니다. 잠잠하게 있는 게 오히려 불안한데요? 벌써 꽁무니를 뺐는지도 모르겠지만…….」

「곧 녀석에 대한 소식을 듣게 되겠지. 나가 봐, 터크.」

피에트로 라발로와 럴리 터크는 호화로운 사무실에서 물러 나왔다.

라발로는 등 뒤에서 문이 닫히자마자 기다렸다는 듯 터크에게 불만을 터뜨렸다.

「골칫덩어리를 내게 떠맡겼어, 터크!」

「추방당할 뻔한 걸 구해 줬는데 웬 투정입니까? 뭐가 어찌됐든 결말만 좋으면 모든 게 좋은 것 아니겠습니까?」

터크는 어깨를 으쓱하며 장난스럽게 말했다.

「결말이 좋다니? 좋을 것 하나도 없다구. 난 지난 15년 동안 청부 살인을 해본 적이 없어. 게다가 난 제이크 베치와 오랜 친구 사이야. 일이 이런 식으로 되어서는 안 되는 거야.」

라발로는 쓴웃음을 지었다.

「그런 점으로 따져 본다면 가슴 아프시겠지만 그는 당신의 보스를 죽이려 하고 있습니다.」

터크는 무뚝뚝하게 대꾸했다.

라발로가 입을 열려는 순간이었다. 갑자기 건물 안은 먹물을 뿌린 듯 어둠 속에 휩싸였다.

「무슨 일이죠?」

터크는 걸음을 멈추고 그 자리에 우뚝 섰다.

「정전이야.」

「그건 나도 알고 있습니다.」

터크는 신경질적으로 말을 받았다.

그리고 요란한 기관총 소리가 대기를 뒤흔들어 놓았고 그 총소리에 대항하여 다른 화기들이 울부짖기 시작했다.

터크는 거의 반사적으로 조반니의 사무실을 향해 뛰어갔다. 그는 그 사무실의 문에 부착된 자동 개폐 장치나 인터폰은 정전이 된 지금에는 아무 쓸모가 없다는 데 생각이 미치자 문에 대고 소리를 질렀다.

「가만히 계십시오. 무슨 일인지 곧 알아내겠습니다.」

라발로는 칠흑 같은 어둠을 걷어 내려고 라이터를 꺼내 거칠게 눌러 댔다. 그러나 라이터는 가스가 떨어졌는지 불꽃만 튀겨 댈 뿐이었다. 라발로는 라이터를 바닥에 팽개치며 길게 욕설을 늘어놓았다.

「틀림없이 보란 짓이야! 내 이럴 줄 알았어. 그놈이 분명 이곳까지 기어들 거라구 생각했었다구!」

그러나 럴리 터크는 보란의 짓이라고는 생각지 않았다. 그는 제이크 베치와 그의 부하들이 잔재주를 부려 케이블을 끊어 놓았다고 짐작했다. 그리고 그 행동은 조반니와 베치 사이에 드디어 싸움이 시작된 걸 의미한다고 판단했다.

럴리 터크는 언젠가는 가문 내부에서의 세력 다툼이 표면화될 것으로 생각하고 있었다. 요즘 들어 가문의 분위기는 최악의 상태였다. 지금이야말로 가문 전체에 새로운 피가 부어져야 할 때였다. 그것은 최고 간부와 중견 간부들에게 더 절실한 일이었다. 그리고 럴리 터크에게는 남아도는 신선한 피가 얼마든지 있었다.

라발로가 출구를 찾기 위해 어둠 속에서 더듬거리고 있을 때 터크는 뒷문을 향해 벽을 따라 나아가고 있었다. 만일 그곳에서 보스 가운데 한 명을 쓰러뜨려야 한다면 그것을 어디서 해야 하는지 그는 잘 알고 있었다. 그러나 지금 터크가 뒷문으로 가고 있는 이유는 보스를 처치하기 위해서가 아니었다. 그는 가문 내에서 확고한 자리를 차지하기 위한 더 좋은 방법을 알고 있었다. 그것은 카포의 목숨을 구해 주는 일이었다.

클럽 안팎은 귀를 찢어 놓을 듯한 총소리와 사내들이 내지르는 비명으로 지옥처럼 변해 있었다. 지금 마피아의 소굴을 휘어잡고 있는 죽음의 불꽃은 터져 나오는 총소리, 신음 소리 등과 함께 보란에게 무척 익숙한 것들이었다. 보란은 그 소리들이 대살육 제전의 서곡이라고 생각했다.

그리고 그 제전의 숨은 지휘자는 그곳에서 일어나는 모든 움직임과 그 여파까지도 면밀하게 계산하고 있었다. 미친 듯이 질러 대는 사내들의 고함과 명령, 대답 소리, 그리고 승리와 패배가 엇갈리는 순간의 아우성들이 마피아의 성지를 삼켜 버릴 듯 울려 퍼졌다.

보란은 형제들끼리 맞서고 있는 것보다 더 잔학한 전투를 본 적이 없었다.

그는 그 전투 현장의 한 장면 한 장면을 가슴속에 똑똑히 새기며 마피아 섬멸전의 승패를 좌우하는 열쇠가 있는 곳으로 한 걸음씩 다가갔다.

클럽 건물의 뒤꼍에 이르자 보란은 거추장스러운 코트와 모자를 벗어 눈더미 위에 던져 버렸다. 그리고는 톰슨을 등에 비스듬히 둘러메고 창틀을 밟으며 위쪽으로 기어오르기 시작했다. 한 걸음 한 걸음이 위태로운 전진이었다. 드디어 보란은 제일 위층의 포치에 이르렀다. 그는 얼음처럼 차가운 철제 난간을 단단히 움켜쥔 뒤 밟고 있는 창틀을 박차면서 위로 뛰어올랐다.

포치에 오르자마자 보란은 눈앞에 보이는 프랑스풍의 창문을 향해 달려가 발로 창틀을 걷어찼다. 바짝 말라 있던 나무 창틀은 별 저항 없이 요란한 파열음을 내며 부서졌다. 보란은 방 안으로 뛰어들었다.

그는 방을 가로질러 소리나지 않게 문을 열고 복도로 나섰다. 그리고는 인간들이 육욕을 불태우던 조그만 방들을 스쳐 앞으로 나아갔다.

그때 어디선가 사람들의 말소리가 들려 왔다. 바깥에서는 지옥 같은 풍경이 펼쳐지고 있었기 때문에 조심스럽게 속삭이는 그 목소리는 마치 망령들의 음성 같았다. 그러나 그것은 살아 있는 인간의 목소리였다.

보란은 지금 나선형 계단의 맨 꼭대기에 서 있었다. 발 아래의 어둠 속에 희끄무레하게 보이는 한 방에서 사내들이 너댓 명 모여 서서 가끔씩 창 밖을 내다보며 얘기를 나누고 있었고 보란이 들은 소리는 바로 그 사내들의 것이었다.

보란은 톰슨 기관총을 오른쪽 옆구리에 꽉 붙인 후 조명탄을 꺼내 밑으로 던졌다. 조명탄이 터지면서 순식간에 어둠이 물러 났고 보란은 자신이 적의 심장부에 와 있음을 깨달았다.

창 밖을 내다보고 있던 사내들은 모두 네 명이었다. 그들은 하나같이 세상의 온갖 탐욕을 덕지덕지 바른 얼굴을 하고 있었다. 사내들은 등 뒤에서 갑작스레 찾아든 밝음에 놀라 고개를 돌렸다. 그 순간 보란은 그들의 얼굴에 나타난 표정을 똑똑히 읽을 수 있었다. 그것은 평생 동안 단 한 번밖에 체험할 수 없는, 죽음이 다가왔다는 것을 절감한 순간의 이지러진 얼굴이었다.

한 사내가 잽싸게 권총을 꺼내 들더니 보란을 향해 한 발을 쏘았다.

그러나 그 뜨거운 선물은 보란의 곁을 스쳐 지나갔고 그와 동시에 보란의 톰슨은 사납게 울부짖기 시작했다. 보란은 층계를 뛰어내려 가며 8자 모양으로 톰슨을 갈겨 댔다. 사내들은 제각기 다른 표정으로 허공을 움켜 잡다가 벽에 부딪쳐서는 퉁겨 나오며 부서진 인형처럼 바닥에 나동그라졌다.

아직 보란의 분노를 받지 않은 사내는 반격을 하기 시작했지만 그가 쏜 총알은 값비싼 실내 장식물들을 박살내고 있을 뿐이었다. 보란은 그 반격에 대항하기 위해 톰슨을 고쳐 쥐려 했다. 그러나 어떤 묵직한 물건에 뒤통수를 얻어맞고서는 무기를 떨어뜨리고 말았다. 격렬한 통증이 아직 완치되지 않은 어깨를 타고 온몸으로 퍼져 나갔다. 다시 한 번 목덜미를 얻어맞자 보란은 계단을 굴러 아래로 떨어졌다.

보란은 무기력하게 늘어진 팔을 점프슈트에 집어넣으려고 애를 썼으나 적의 동작이 그보다 한순간 빨랐다. 보란은 그를 향해 다가오는 묵직한 발걸음을 느꼈다.

조명탄이 꺼져 버린 방 안을 강력한 휴대용 플래시가 비추고 있었고 그 불빛에 갇힌 보란의 동작 하나하나는 모두 적에게 노출된 상태였다. 보란은 미간을 잔뜩 모은 채 그를 향하고 있는 시커먼 45구경 콜트의 총구를 쏘아보았다.

「죽이지 마, 터크! 그놈은 내 손으로 없애 버릴 거야!」

방 한쪽 구석에서 목이 쉰 듯한 노인의 목소리가 터져 나왔다.

「알겠습니다, 조반니.」

럴리 터크는 음산한 미소를 띤 얼굴로 숨을 몰아 쉬고 있었다. 그가 움켜쥔 45구경 콜트는 말이 필요 없는 명령을 보란에게 내리고 있었다. 보란은 천천히 몸을 일으켰다.

「손을 머리 위로 올려! 벽 쪽으로 돌아서서 다리를 넓게 벌려!」

그것은 보란이 너무나 잘 알고 있는 절차였다. 그는 잠자코 하라는 대로 했다. 하지만 그것이 끝은 아니었다. 그는 아직 죽지 않았고 크게 상처를 입지도 않았다. 그는 결코 절망할 순간은 아니라고 자신을 타일렀다. 그의 사랑스런 베레타가 침묵을 지키고 있도록 만들 생각은 추호도 없었다.

「터크, 저놈은 누구야? 혹시……?」

조반니는 플래시 불빛 속에 떠오른 보란의 얼굴을 쳐다보았다.

「바로 그렇습니다. 보란입니다.」

터크는 카포의 마음을 흡족하게 했다고 판단했는지 흥분을 감추지 못했다.

「정말이야?」

「틀림없습니다. 그러나 단번에 숨통을 끊을 순 없지 않습니까? 천천히, 고통을 뼛속 깊이 느끼도록 하면서 죽이는 게 좋겠죠.」

럴리 터크는 자신의 특기인 〈칠면조 요리〉를 만들고 싶은 듯 잔인한 미소를 흘렸다.

그때 창 밖에서 펼쳐지고 있던 격렬한 전투의 양상이 조금 바뀌는 것 같은 새로운 어떤 소리가 들려 왔다. 누군가가 스피커에 대고 소리를 지르고 있었는데 무슨 내용인지 확실히 알아들을 수는 없었으나 그 말투는 대단히 관료적인 명령조였다.

「이봐, 고문 전문가. 더 늦기 전에 내빼는 게 어때? 바깥에는 경찰 나으리들이 출두한 것 같은데?」

보란은 침착한 목소리로 터크에게 말했다.

조반니는 불안한 얼굴로 창가로 다가가 밖을 내다보다가 터크를 돌아보았다.

「놈이 말한 대로야, 터크. 하지만 놈이 우리 형제들에게 한 몹쓸 짓은 절대 용서할 수 없어.」

조반니는 피로 붉게 물든 채 바닥을 뒹굴고 있는 사내들을 손가락질했다.

「경찰들이라……. 어떻게 이곳까지 몰려왔을까요?」

럴리 터크는 애써 침착한 표정을 짓고 있었으나 목소리는 불안으로 흔들거렸다.

「그건 나도 모르겠어. 좋은 수가 있다, 터크. 그놈을 경찰에 넘겨 주도록 해야겠어. 그러면 골치 아픈 설명 같은 것을 하지 않아도 당분간은 넘어갈 수 있으니까.」

조반니는 광기로 번득이는 눈동자로 보란을 쏘아보았다.

그때 누군가가 요란하게 방문을 두드리는 소리가 들렸다.

「문 열어! 쥐새끼를 잡았어! 나 좀 들어가야겠어!」

「골든 피에트로야.」

조반니가 중얼거렸다. 갑자기 그는 교활한 표정을 지으며 터크에게 권총을 넘겨 달라는 시늉을 했다. 터크는 의아한 눈으로 카포를 쳐다보다가 총을 건네 주었다.

「가서 문을 열어 줘.」

「조심하십시오. 아직 몸수색을 하지 않았으니까요.」

터크는 마지 못한 듯 문으로 다가가 전원이 끊어진 개폐 장치를 수동으로 조작해 문을 열었다.

라발로는 피투성이가 된 제이크 베치를 질질 끌고 비틀거리며 들어왔다.

그와 동시에 캄캄하던 클럽 안에 전기가 들어왔다.

「이제야 자가 발전기가 작동하기 시작한 모양이군.」

터크는 갑작스레 주위가 환해지자 미간을 모으고 눈을 깜박거렸다.

「경찰이 몰려왔어! 100명쯤 될 것 같아.」

라발로는 벌겋게 충혈된 눈알을 굴리며 헐떡거렸다.

제이크 베치는 지금 자신이 어디에 있는지, 왜 그곳에 있어야 하는지 통 모르고 있는 것 같았다. 그는 몸을 거의 반으로 접듯이 하여 앞으로 숙이고 짓이겨진 팔을 배에 꽉 붙이고 있었다. 그의 고급 양복은 찢어지고 피에 절어 넝마나 다름없었다. 체면 따위는 안중에도 없다는 듯 그는 맞아 터진 입술 사이로 연신 앓는 소리를 내며 동정을 구걸하고 있었다.

라발로는 터크에게 자신의 포로를 넘겨 주려다 입을 딱 벌린 채 그 자리에 우뚝 서고 말았다. 그의 활짝 열린 눈동자에 보란의 모습이 가득 채워지자 라발로는 자신의 포로에 대한 관심이 깡그리 없어졌다. 그는 태엽을 감아 놓은 인형 같은 걸음걸이로 카포에게 다가갔다.

「이놈입니다. 씹어 먹어도 시원치 않을 보란 놈입니다!」

라발로는 모든 공포와 증오의 결정체를 만났다는 듯한 시선으로 보란을 쏘아보았다.

그는 보란이야말로 자신을 그토록 비참한 지경으로 몰아넣은 장본인이라고 생각하고 있었다. 보란만 아니었던들 자신의 오랜 친구인 베치를 그렇게 비참하게 만들지 않았어도 좋았을 것이고 카포에게 굴욕적인 말을 참고 듣지 않아도 되었을 것이었다. 아무튼 자신에게 닥친 모든 불명예스러운 일의 화근은 한마디로 보란 때문이었다.

「그래. 바로 그놈이야.」

조반니는 상처 입은 카나리아를 덮치려는 고양이 같은 표정을 짓고 보란을 노려보았다. 그의 얼굴에서 만족한 미소가 퍼져 나갔다.

갑자기 피에트로 라발로는 소리를 내지르더니 보란에게 달려들었다. 그는 그토록 증오하던 대상이 무기력하게 눈앞에 서 있는 것을 보자 앞뒤 가리지 않고 돌진해서 리볼버를 거꾸로 들고 보란의 이마를 세차게 내리쳤다.

그러나 그것은 보란이 기다리던 기회였다. 리볼버가 그의 머리카락도 건드리기 전에 보란은 간단히 라발로의 팔목을 붙잡고 뒤로 꺾었다. 그와 동시에 보란은 점프슈트 속에서 재빨리 베레타를 뽑아 들면서 라발로를 바짝 끌어당겨 방패로 삼았다. 하지만 비정한 마피아의 카포는 그 방패에 뜨거운 납덩이를 쑤셔 넣는 걸 조금도 주저하지 않았다. 라발로의 심장에서 피가 솟구치는 걸 보며 조반니는 조금이라도 유리한 위치에 서기 위해 몸을 옆으로 비켰다. 그러나 전투로 단련된 보란의 총구는 적이 어떠한 각도에 있든 상관하지 않았다. 보란은 슬쩍 곁눈질을 하며 방아쇠를 당기는 한편 자신의 팔 안에서 엄청난 무게로 늘어지고 있는 라발로의 시체를 옆으로 팽개쳤다. 다음 순간 알툴로 조반니의 손에 들렸던 콜트가 툭 떨어지더니 이어 그의 몸이 무너졌다.

베치를 소파에 뉘고 있던 럴리 터크는 바닥에 떨어진 45구경을 잽싸게 집어 들고 보란을 향해 시퍼런 불꽃을 뿜어 댔다.

보란은 최대한 몸을 빨리 놀렸지만 뜨거운 납덩이 두 개가 살 속으로 파고드는 것을 막지는 못했다.

보란은 베레타를 연속적으로 네 번 쏘았다. 두 번은 뛰어오르면서, 두 번은 바닥을 구르며 럴리 터크를 공격했다. 터크는 동작이 점점 느려지더니 마침내는 완전히 굳어 버렸다. 그는 믿어지지 않는다는 표정으로 보란을 바라보며 우두커니 서 있었다. 그의 얼굴은 시커먼 흙빛이었고 이미 그의 몸에서는 인간의 영혼이 빠져 나갔음을 느낄 수 있었다.

보란의 베레타가 다시 한 번 불을 뿜었다. 총성의 여운이 가시기도 전에 터크의 두 눈 사이에는 시커먼 구멍이 뚫리며 분수처럼 피가 뿜어져 나왔다. 고문 전문가는 나무토막인 양 고꾸라졌다.

보란은 조반니 쪽으로 다가갔다. 그 늙은이는 아직 숨이 붙어 있었으나 벌써 그의 몸에는 죽음의 그림자가 짙게 드리워져 있었다.

「의자에 앉혀 줘. 위엄을 갖추고 죽고 싶다.」

카포의 입에서는 피거품이 흘러내렸다. 그의 목소리는 거의 들리지도 않았다.

「위엄이라니? 그 따위는 네게 어울리지 않는다. 넌 온갖 추잡한 짓을 다하면서 살아오지 않았느냐? 그러니 너의 죽음도 더럽고 추할 수밖에!」

보란은 소파에 늘어져 있는 제이크 베치에게 다가갔다. 그는 주위에 죽음의 손길이 너울거리고 있는 줄도 모르고 자신의 고통을 이기지 못한 채 끙끙거리고 있었다. 갑자기 고통으로 흐려진 베치의 눈동자가 번쩍이는 것 같았다.

「넌…… 전화 수리공인데…….」

베치는 쥐어짜듯 말했다.

「그래, 아직 정신은 말짱한가 보군. 난 그때 팔자에도 없는 직업을 갖느라 좀 바빴어.」

보란은 싸늘하게 미소 지었다.

「내겐 너무도 지독한 밤이야…….」

베치는 다시 통증이 밀려오는지 얼굴을 일그러뜨리며 숨을 헐떡였다.

「그러나 넌 행운아야.」

보란은 문 쪽으로 슬슬 뒷걸음질쳤다. 그가 피비린내 물씬거리는 그곳을 막 떠나려는 순간 한 사내가 코트 자락을 펄럭이며 뛰어 들어왔다. 사내는 점프슈트를 입은 키가 큰 사내와 맞닥뜨리자 눈을 휘둥그렇게 뜨고 서버렸다.

「아니!」

그 사내는 미국 시민들에게 너무도 잘 알려져 있는 낯익은 얼굴을 하고 있었다. 한번쯤 텔레비전을 본 사람이라면 그 얼굴을 기억하고 있을 것이었다. 그 얼굴은 시카고에서 행사가 벌어질 때면 반드시 등장했고 『타임』지의 표지에도 실린 적이 있었으며 기타 신문, 잡지에도 자주 오르내렸었다.

「늦게 도착했군, 짐. 아니, 이 신성한 마피아의 신전에서는 시티 짐이라고 부르는 게 어울리겠지?」

보란은 가증스럽다는 투로 말했다.

사내는 보란의 손에 들린 베레타를 노려보며 절망적인 표정으로 신음을 했다.

「어서 죽여라!」

사내는 모든 것을 단념한 듯 퀭한 눈으로 보란을 쳐다보았다.

「아냐, 너의 최후에 알맞는 시간과 장소는 따로 마련되어 있어.」

보란은 음산하게 웃으며 나선형 계단을 뛰어 올라갔다.

보란은 건물 안으로 들어왔던 길을 거슬러 다시 뒤꼍으로 나왔다. 건물의 앞쪽에서는 여전히 경찰과 마피아가 격렬한 전투를 벌이고 있었다. 하지만 전투의 대세는 이미 경찰 쪽으로 기울어지고 있음을 알 수 있었다. 보란은 암세포와도 같은 마피아들을 때려잡고 있는 경찰에게 마음속으로 성원을 보냈다. 그리고

경찰이 지금의 전투에서뿐만 아니라 조직에 매수되어 있을 것이
뻔한 법정에서도 이겨 주기를 바라는 마음 간절했다.

보란은 휘청거리는 다리를 간신히 가누며 자동차가 있는 곳으
로 돌아와 럴리 터크의 총격에 입은 상처를 살펴보고 지혈제를
뿌린 다음 붕대로 대충 싸맨 후 자동차의 시동을 걸었다. 경찰이
그의 냄새를 맡기 전에 어서 그 전투 현장을 벗어나야만 했다.

보란은 얼어붙은 강을 끼고 상류 쪽으로 차를 몰았다. 그는 시
카고야말로 마피아 섬멸전을 벌이는 데 더 없이 좋은 장소였다
고 생각하며 혼자서 미소를 지었다. 매서운 바람이 몰아치고 있
는 호반의 도시에서 그가 만난 사람들과 그에게 따뜻한 마음을
보여준 사람들을 생각하며 아직도 신의 가호가 그를 따르고 있
다는 것에 감사했다.

보란은 노스사이드의 한 검소한 집 현관에 서서 벨을 누르고
있았다. 새벽 4시였지만 집 안에는 불이 환히 밝혀져 있었다. 얼
마 전에 그가 이곳에 왔었을 때 〈세금 컨설턴트〉라고 붙어 있던
문패는 〈레오폴드 스타인 법률 사무소〉라고 바뀌어 있었다.

문을 연 사람은 뺨이 발그레한 소녀였는데 보란을 보자 눈을
커다랗게 뜨고 소리쳤다.

「아빠, 그분이 오셨어요!」

보란은 빙그레 웃으며 안으로 들어섰다. 휠체어를 탄 사내 뒤
에 서 있던 금발의 미녀는 보란을 보자 거실을 가로질러 뛰어오
더니 쏟아지듯 그의 품속으로 파고들며 마구 키스를 퍼부었다.

「정말…… 돌아오셨군요!」

지미는 눈물을 글썽이며 말했다.

보란은 스타인의 집에서 받고 있는 이보다 더 따뜻한 환영은 이 세상엔 없다고 생각했다. 지미는 보란의 몸을 더듬어 보다가 크고 작은 상처들이 무수히 나 있는 것을 발견하곤 한숨을 내쉬었다. 지미와 스타인의 딸은 야단법석을 떨며 보란의 상처를 소독하고 붕대를 감았다. 보란은 어쩔 수 없다는 듯한 표정을 지으며 두 아가씨에게 몸을 내맡겼다. 스타인은 흐뭇한 미소를 머금은 채 보란을 바라보고 있었다.

치료가 끝나자 그들은 주방의 테이블 가에 모여 앉았다.

「문패가 바뀌었더군요.」

보란은 럼을 떨어뜨린 커피를 마시며 싱긋 웃었다.

「웃지 마시오, 보란. 난 앞으로 다시는 놈들에게 등을 보이며 도망가진 않겠다고 맹세했소.」

「조심하십시오. 맥 보란의 방문을 받았다고는 하나 놈들의 세력이 약해질 것 같지는 않으니까요.」

보란은 자신의 곁에 꼭 붙어 있는 폭시 레이디의 등을 쓸어내렸다.

「당신이 여기 오기 약 한 시간쯤 전에 텔레비전 뉴스를 봤소. 그렇게 엄청난 살육극은 일찍이 없었다더군. 시카고의 신디케이트 전체 보스 가운데 살아 남은 녀석은 불과 한줌도 되지 않는다고 했소. 메닝게티와 드라고는 형무소로 직행했다더군요.」

하나밖에 없는 변호사의 눈동자가 보란을 쳐다보고 있었다.

「베니 로코는요? 그리고 스판노는?」

「그놈들은 더 이상 신경 쓸 게 없소.」

스타인은 손가락으로 목에 금을 긋는 시늉을 해보였다.

「그럼 그 두 놈의 이름은 내 수첩에서 지워도 되겠군. 스타인,

아까 내가 조심하라고 했던 건 아직도 이곳에서 먼지가 풀썩인
다는 뜻이오.」

「나도 그런 것쯤은 알고 있소. 나도 당신이 조심하는 것만큼
조심하겠소. 이젠 안심이 되오?」

스타인은 남아 있던 커피를 단숨에 마셔 버렸다.

보란은 자신과 같은 차가운 사내에게도 세상이 관심을 보이고
있는 것처럼 스타인에게도 세상의 관심이 모아질 것으로 생각했
다. 세상 일을 걱정하는 사람에게 세계가 걱정을 해주지 않을 리
없었다.

보란은 정의로 가슴을 불태우고 있는 친구와의 작별이 가까워
졌음을 느꼈다. 그는 다시 그의 정글로 돌아가야만 했다. 그 정
글이 아무리 험난한 곳이라 하더라도 그가 숨쉴 수 있는 곳은 그
곳밖에 없다는 것을 누구보다도 잘 알기 때문이었다.

보란은 주방에서 스타인 부녀와 악수를 나누었다. 지미는 거
실까지 따라나와 보란의 팔을 붙들고 놓을 줄을 몰랐다.

「잘 있어요, 지미.」

보란은 가슴속에 차오르는 고독과 연민을 숨기기 위해 무뚝뚝
하게 말했다.

「어디로 가시는 거죠? 이제부터 어떻게 하시려는 거예요?」

지미는 떨리는 입술로 보란의 손에 입을 맞추었다.

「엎드려!」

갑자기 보란이 나지막하게 소리쳤다. 그러나 지미는 바닥으로
몸을 던지는 대신 그의 팔 안으로 뛰어들었다. 그녀는 기어코 눈
물을 쏟으며 두 팔로 그를 꼭 껴안았다.

「진정하라구, 지미. 난 나의 정글로 돌아가는 거요. 그곳이 내

가 살 곳이거든. 내 말 알아듣겠소, 폭시 레이디?」

보란은 그녀의 젖은 뺨을 어루만지며 속삭였다. 그녀는 결의
에 찬 그의 눈을 한참 들여다보더니 길게 한숨을 내쉬었다.

「당신을 막을 수 있는 사람은 아무도 없을 거예요. 제발……
몸조심하세요.」

그녀는 목이 메이는 듯 더 이상 말을 잇지 못했다.

보란은 그녀의 작은 몸을 으스러질 듯 껴안아 주고는 얼른 몸
을 돌려 밖으로 나왔다. 그녀가 문간에서 자신의 뒷모습을 지켜
보고 있다는 걸 알고 있었지만 보란은 뒤돌아보지 않았다. 그는
숨이 막힐 것 같은 찬바람을 가슴으로 안으며 거친 정글 속을 걸
어나갔다.

인간은 태어나는 순간부터 무덤을 향해 나아가고 있다는 것을
보란은 알고 있었다. 그러나 생명체가 마지막 호흡을 내뿜고 돌
아가는 곳이 어디인가 하는 것보다 출발점과 종착역을 잇는 그
길이 더 중요한 것 아니겠는가.

맥 보란이 걸어가야 할 그 길은 바로 정글 속으로 이어져 있었
다. 그리고 결국 언젠가는 그도 생존을 유지하던 정글 속에서 죽
어 넘어질 것이었다. 그러나 그는 그 운명을 피할 마음은 털끝만
큼도 없었다.

그가 치르고 있는 피비린내 나는 전투는 자신의 의지만으로
시작했다가 그만둘 수 있는 그런 종류의 일이 아니었다. 그것은
맥 보란의 삶의 방식이었고 그렇기 때문에 생명이 붙어 있는 한
결코 중도에서 포기할 수 없는 일이었다.

그는 자신의 앞에 놓여 있는 운명을 똑바로 쳐다보며 전진할
따름이었다.                                              (계속)